私の前衛短歌

永田和宏
Kazuhiro Nagata

砂子屋書房

「極」同窓会、京都・白河院。1977年３月。

前列左より　菱川善夫、安永蕗子、塚本邦雄、原田禹雄
後列左より　岡井隆、春日井建、山中智恵子、永田和宏、佐佐木幸綱

はじめに

私が本格的に歌を始めたとき、それは昭和四二年、一九六七年ごろだったが、現代短歌はすなわち〈前衛短歌〉であった。当時、前衛短歌を引っ張っていたのは、まず塚本邦雄、岡井隆、そして寺山修司と春日井建であっただろうか。女流に山中智恵子がおり、評論家として菱川善夫がその活動を論として支えていた。

大学一年目に「京大短歌会」に入会し、まもなく顧問の高安国世先生の「塔短歌会」に入会した。ほぼ同時に学生たちが主体の同人誌「幻想派」の創刊に加わり、大学二年生以降は、学生短歌会、結社誌、同人誌の三つを拠点に、文字通り短歌漬けの生活が始まった。

「京大短歌会」「幻想派」は言うに及ばず、「塔」においても前衛短歌は大きな問題であり、影響を受けている歌人は多かった。本郷義武、黒住嘉輝、池本一郎などの論客は、アララギ派の歌人よりは、塚本邦雄を論じ、岡井隆を論じることのほうが多かったのではないだろうか。

歌との出会いが何であったかは、その歌人の将来を大きく左右するものだと私は思っているが、私を下限とする数年上までの世代は、かなり特殊な現代短歌との関わりをしてきたのではないかと思っている。

　私たちより上の世代は、前衛短歌は現代短歌のなかに新しく興ってきた一つの潮流であり、運動体であった。近代短歌の否定ないしは超克を掲げて、塚本、岡井、寺山を先頭に、現代短歌の世界に切り込んできた存在であった。しかし、私たちの世代は、たまたま現代短歌という世界に触れたとき、そこにあったのが前衛短歌であり、それ以外のものではなかった。

　もう少し詳しく言えば、初期の難解派などのレッテルを貼られて苦闘していた時代から、前衛短歌は一つの運動体としてアイデンティティをほぼ確立し、特に若い世代には圧倒的な影響力を持った、まさにその活動の全盛期にあたっていたのだと言ってもいいだろう。塚本邦雄が、『緑色研究』を出した後、『感幻樂』の作品を作っていた時代。岡井隆の『眼底紀行』が出たのは「幻想派」創刊の年である。寺山修司が『田園に死す』を出し、笠原伸夫「剿《しょうめつ》滅的前衛短歌論」と菱川善夫「実感的前衛短歌論」の激しい応酬があり、深作光貞編集の「律'68」が出て、これは後に現代短歌委員会による年刊『現代短歌』に受け渡されることになる。短歌における〈私〉とは何かに、まったく新しい視点を提供した、岡井隆の「現代短歌演習」もこの少し前に「短歌」に連載されていたはずである。

　間違いなく現代短歌の中心的な存在として認められつつあった前衛短歌ではあったが、多くの集会やシンポジウムにおいては、数年前から起こりつつあった、アンチ前衛のバッシングに対する危機感が濃厚であり、誰の言葉も熱く、その昂揚感は紛れもなかった。まことに熱くも、短い疾風怒濤のような前衛短歌の絶頂期とも言うべき時期に、私は歌に出遭った。

そして、それから数年のうちに、春日井建が『行け帰ることなく』を、寺山修司が『寺山修司全歌集』を上梓して、短歌から遠ざかることになる。前衛短歌が衰退するということではなかったが、福島泰樹の『バリケード・一九六六年二月』、大島史洋『藍を走る』、佐佐木幸綱の『群黎』など新しい世代の歌集が相継いで上梓され、時代は確実に変わりつつあった。一九七〇年以降は、「前衛短歌の夕映え」の時期と形容されることもある。私より数年あとで、短歌の世界に入ってきた歌人たちにとっては、前衛短歌は確かな存在感を持ってはいただろうが、もはや夕映えのなかにその存在が感じられていたのかもしれない。

ここでやや大ざっぱな括り方を許していただければ、近代以降の短歌史のなかでもっとも大きな出来事、あるいは運動として捉えられる前衛短歌運動をリアルタイムで経験した世代、しかもそれが自らの作歌活動の起点となった歌人というのは、そう多くはないだろうと思うのである。私より数年上の世代まで、多く見積もっても十年ほど上の世代までに限られるのではないだろうか。そして、私はおそらく世代的には、前衛短歌をリアルタイムに実感した最後の世代に属するのではないかと思う。

私はここに『私の前衛短歌』と題して、これまでに書いてきたさまざまの文章をまとめようとしている。なかには、恥しくてとても他人の目には曝せないような若書きも含まれている。苟《いやしく》も一冊の書としてまとめようとするならば、現在の時点から見て、若書きと思われるもの、未熟なものは除外するのが本当だろう。しかし、ここで私は、これまでに前衛短歌に関して書いてきたすべての文章を、臆面もなくそのままの形で（現在の地点からの直しをいっさい入れないで）、まとめることにした。しかもそれを時系列にまとめようと考えたのである。

それは、ひとりの若い歌人が前衛短歌という運動に出遭って、それをどのように受け止め、時間の経過とともに、どのような角度をとってそれに接するようになっていったか、その全過程をリアルタイムで再現してみたかったからである。難解で、かつ大げさな表現、あるいはパセティックな性急さなどが、特に初期の文章には露わである。正直羞しいとも思う。それは承知であるが、これらの文章には、歌人としての成長の途上にある一人の若者のなかで、前衛短歌運動がどのような位置を占めていたかがおのずからあらわれているだろう、そして、彼のなかに表れているような熱さとテンションの高さが、取りもなおさず、時代そのものの熱さとパッションであったことを感じていただければと願うのである。

前衛短歌とはどういうものであったか。その位置づけ、意味づけは、すでに多くのすぐれた論考が世に出ている。しかし、その時代、どのような熱気のなかで、それが受け取られていたか、もはやそれを共有することのできる世代は限られている。私の個人史のなかでの前衛体験を示すとともに、その時代が共有した前衛短歌への思いを、それからすでに四〇年以上経ってしまった現在において作歌をしている若い人々にも伝えることができればと願うのである。

本集では、私の執筆時期に沿って、時間経過とともに読んでいただくということが、リアルな前衛体験として大切であろうと考え、経時的にすべての文章を並べた。しかしそれだけでは、まとまりという点から不全感が残るかもしれないと考え、もうひとつ項目別の目次を巻末につけておいた。本集所載の文章は、総論的なもの、前衛歌人論、彼らとの交流について書いたエッセイ的なものと、種々雑多であるが、この項目別目次によって、おおよその構成を感じてもらうことも意味のあることかもしれないと考えたからである。因みに、冒頭の一篇「カイン以後」は、前衛短歌とはほとんど関係のないエッセイである。もっとも初期に総合誌に書いたものの一つだが、いかに気負って書いていたか、そのテンションの高さを残しておくのも一興であろうと考え、敢えて入れておくことにした。

多くは前衛短歌について論じ、書いているが、それはとりもなおさず、私個人の前衛短歌体験なのである。その時代感を感じとっていただければ幸いである。

目次＊私の前衛短歌

装本・倉本修

私の前衛短歌

カイン以後

撲ちおろす一瞬しなやかに閃めきて水のごとくに崩おれにけり

永田和宏

旧約「創世記」の第四章は、初めて読んだとき躓いて以来、ぼくにはどうにも納得のいかない、釈然としない章である。ヨブ記を読んでも、ドストエフスキーやカミュに足をのばしても一向にわかったという気にならないし、有島武郎のカインやヘッセのデミアン、あるいはエリア・カザン監督の「エデンの東」では尚更歯が立たぬ。

何故カインだけが？　という単純な疑問は、だがきっと、かなり見当はずれの疑問なのに違いない。ヴァン・ルーンのような見方はもちろん論外としても、多くの作品やそこに展開される解釈はなるほどもっともだと思うのであるが、そう思いつつも、「エホバ、アベルと其供物を眷顧《かへりみ》たまひしかども、カインと其供物を眷み給はざりしかば」という行《くだり》にさしかかると、〈だが何故？〉という抵抗なしに読み進むことができないのだ。

〈だが何故？〉と問うても答えが返ってこないとき、あるいは返ってきた答に更に疑問符をかぶせなければならないこの問の等比級数の果に、ぼくたちは非常に魅力的なことば、〈不条理〉という一語につきあたる。「最初から答なんかないんだよ。それを不条理というんだよ」というささやきに、「それでも……」とくいさがってみたい気持をなお押え難いのである。

この一首、言うまでもなく「カイン其弟アベルに語《ものがた》りぬ。彼等野にをりける時カイン其弟アベルに起《たち》かゝりて之を殺せり」に対応する。

ふりかえってみるとぼくには、肉体が陽に灼かれつつ弓のように撓いきる瞬間、あるいは次にそれがスローモーションのように静かに崩おれる瞬間を歌った作品が、カインに限らず意外に多い。

棒高跳の青年一瞬カインのごとく撓えり　夕映のなか

『メビウスの地平』

重心を失えるものうつくしく崩おれてきぬその海の髪

崩おるる真際のかかるやさしさの脚すこやかに地を離るると

どこまでもスポットライトに追われゆく青貝色に倒るるまでを

おもむろにひとは髪よりくずおれぬ　水のごときはわが胸のなかに

映画「俺たちに明日はない」のラスト、機関銃がいっせいに火を吹き、車の中の二人がカーテンのくずれおちるように、残像を曳きつつ静かにゆっくり倒れゆくシーンの美しさは、忘れ難いものである。ぎりぎりまで撓って、次の瞬間には全身を貫いていた全ての力が、伸ばした腕の先から放電されたように、しずかにくずれおちる。およそ肉体の滅びの最も美しい形態としてぼくには常にこのようなイメージがつきまとっているようである。

カインの斧が振りおろされた瞬間、陽に眩しく煌めきながら美しく撓ったに違いないアベルの姿は、次にはそのまま、神によって額に刻印されるカインのイメージに連続する。

この額の刻印が、デミアンの言うように勇気ある人々を表わす、とはぼくは思わない。カインが斧を振りおろした時、彼は明らかに殺意を持っていたが、それは決して憎しみではなかったような気がする。「カイン其弟アベルに語《ものがた》りぬ」とだけ記す聖書の、この魅力的なしかも謎に満ちた一節に思いをとどめるならば、どうしてもそれは一瞬の狂気、衝動であったろうとしか思えないのだ。

それでは何故カインだけが、と再び問うとき、カインがアベルを嫉妬したのではなくて、カインとアベルの愛に本当は神が、エホバが嫉妬したのではないか、だからアベルが死んだあともカインのみを生かして地のさすらい人としたのではないかと考えてみることは、この弟殺しの一幕劇の解釈として魅力的である。それは高橋睦郎の「眠りと犯しと落下と」における解釈にもやや近い。

高橋睦郎の詩において、兄(カイン)は弟に、弟は兄に限りなくやさしく語りかける。お互いの語り合う、しかももはや通じることのない愛、ここに同性愛などということばを持ち出す必要は全くないが、兄カインは、その愛のために弟を殺したのだ。たとえばその兄は、「白いひよわなのどが／ひくひくとしていたのを　ぼくはおぼえている／ひいてゆく激怒をおわらせないために／ぼくは　鉄の一撃で　あいつを永久に語れなくした／それから　ぼくの血に汚れた手は／木の枝やいらぐさを　やたらと　あいつのうえにかさねた」と語るが、この激怒とは他ならぬ神そのものに対する怒りではないだろうか。

自らの愛さえも犠牲とした怒り、しかもそれが、他ならぬ神に、それだけで全てである筈の神に向けられた怒りであるという点で、カインこそ真に怒り得た最初で最後の人間ではなかったか、と思うのだ。怒りがその核のまわりに結晶化する前に、既にそれを覆うべき舌ざわりのいい糖衣が用意されているような、この怒りの不毛の時代にあって、ぼくらはカインに限りない羨望を感じる。

カイン以後　瞋りは常に宥《なだ》められ羆《ひぐま》とわれがむかいあいたり

モデル化された不条理の陳列所のような動物園にあって、その中でも檻の中を往ったり来たりする熊ほど、不条理そのものを生きている動物もないのかもしれない。月の輪熊の刻印は、果してカインのそれと同じものであったか、どうか。熊の檻の前に立って、ふと何か語りかけたいような懐しさを感じたら、それはきっと、ぼくの内なるカインとどこか通じ合うからなのかもしれない。

好むと否とにかかわらず、トニオの言う〈額に刻印された〉ものとしての生活を強いられているのであれば、ぼくはまだしばらく、この〈だが何故に?〉にこだわり続けていこうと思っている。

「短歌」一九七四年(昭四九)三月

『韻律とモチーフ』（岡井隆著）

現在〈短歌〉に関わっている者たちのうちで、己れの定型観を問われて、口を噤まざるを得ない者は少なくないが、この詩型の根拠を定型性のみに求めようとする意識は更に少ないであろう。実作者の側から文語定型について語る場合、そこにある種のうしろめたさが影を落しているのはよく見ることである。〈七五の魔〉〈形式の恩寵〉などとくり返し攻撃されたことによる条件反射でもあろうか。

私が〈定型〉について考える契機ともなった、「詩型は単なる器ではない。内から外へ向う詩精神――ポエジーの遠心力と、外から内へ向って濃縮してくる詩型の求心力とが、一瞬バランスを保つ、この白熱する力学的平衡を定型が可能にする」という「伴奏楽譜」（処女評論集『海への手紙』にも所収）中の一文を懐しく読んだが、岡井二八歳のこの一篇以来、吉本隆明との論争（「定型という生きもの」「二十日鼠と野良犬」）、金子兜太との共著『短詩型文学論』などを通じて、彼は一貫して〈定型論〉を理論的に、また実践的に追求してきた。それら一連の定型論は、戦後短歌の貴重な仕事として長く記憶されることであろうし、私の負うところもまた実に大きい。

『韻律とモチーフ』は三部に分かれ、Ⅰは詩人論、Ⅱは歌論、Ⅲは詩や歌を肴にした気楽なおしゃべりという趣である。『海への手紙』を持たない読者には、Ⅱの定型論に関する幾篇かが特に興味深かろうが、私は〈音韻論実践篇〉とも言うべきⅠ部がとりわけ面白かった。

「読む」という行為のダイナミズムを徹底的に追い、解析することによって、作者の内にカオスとして存在していた様々のモチーフを剔出し、それぞれに絡み合った糸をほぐすという作業は、たとえば萩原朔太郎の「竹」について説得力がある。「光る地面に竹が生え、／青竹が生え、」で始まる有名な「竹」一連を、音数律構成の上から分析し、冒頭の七五調の〈無限志向のモチーフ〉から、律の乱れと相呼応して意味の転換、〈葡萄運動のモチーフ〉が現われ、再び七五調の〈無限志向〉へ向かうという分析は、この一冊中でも顕著な成功例であろう。

しかし個々の応用例の成功不成功とは別に、これらの作業の本当の意味は、世界を様々な角度から認識する〈把握の型〉、即ちモチーフと、結果として作品のもつ韻律とは決して別々のものではなく、相互に規定し合うものであることを証明してみせることにある。そして、（できれば声をあげて）読むという行為の中に、作者のモチーフを回収し得る契機が存在するということを示してみせたことであろう。

その意味では、自歌自註的な「現代短歌の存在理由——自己検証の試み」においては、もっと律そのものをして語らせるという態度が徹底されるべきであった。

『辺境への註釈』などにも典型的に見られ、ここでも「吉岡実詩との一週間」において採用されているが、岡井の近頃の文章には日記体が多い。これを駄目だとする意見をよく聞くが、私はそうは思わない。自分の思考の流れを追って記述するという中には、順接もあり逆接もあり、屈接（?）もありで、思考過程のホットな場を読者と共有するという意味を持つ筈である。読者はその流れに、読むダイゴミを味わえばよいし、それは、この本でも扱われている谷川俊太郎の《〈世界の雛型〉目録》を読み進む際の楽しみに、どこか通じるのではないかと、ふと思ったりもするのである。

「日本読書新聞」一九七七年（昭五二）七月

天使突抜——地名・言葉への愛

塚本邦雄著『国語精粋記』

滋賀県高島郡饗庭村大字饗庭字五十川《いかがわ》。私は、私の生まれた湖西のこの地名に限りない愛着を持っている。土地の者は「饗庭《あへば》」を「あいば」と呼び慣わしているが、そのぶっきらぼうな響きと漢字の持つ視覚的な美しさ。そのあと移り住んだ京都の、紫竹上園生町《しちくかみそのふ》にしても、さらに御室《おむろ》、岩倉、竜安寺《りょうあんじ》にしても、あるいはまた卒業した学校というなら紫竹小学校から双ヶ丘《ならびがおか》中学、嵯峨野高校へと、それらの名前はいずれも一時自分のものとして書き得た幸福を、今尚ひそかな誇りとしているものである。塚本邦雄氏の「国語精粋記」の中に、これらの地名のほとんどを見出すことのできたのは心楽しいことであった。

「国語精粋記」は、氏自身がその跋で述べているように、ここ数年来の日本語論ブームに心昂ぶるようにして成った、塚本邦雄の日本語論とでも言うべき書である。とは言うものの、本書の特徴あるいはその性格は、論理体系の整合性とか提言の新奇性とかあるのではない。この一巻に底流するものを一言で言うなら、それは「一韻文定型詩作者」塚本邦雄の、日本語に対する愛と言うことができよう。ことばへの執着の度合い、愛の深さは、実際に読んでみる以外、とても紹介の仕様が無いが、たとえば「第一外来語の氾濫で溺死するやうな脆弱な国語なら、この際殺させてみることだ。死を楯とした時は蟲や鳥さへ強い。奸智すれすれの叡智が自然に生れ、必ず起死回生の妙策を案出するものだ。」といふ一節にも、この一書を書かねばいられなかった氏のパセティックなまでの衝動を感じ取ることができるし、ふと「馬を洗はば馬のたましひ冴ゆるまで人恋はば人あやむるこころ」という氏の高名な一首を思い出したりもするのだ。

二部四項目八章という、塚本氏好みのシンメトリックな構成の第一部は「固有名詞論」である。「地名はすべて詩歌を伴はぬ歌枕、言葉の名所」と呟きつつ、私など京都に住んでいながら聞いたこともなかった「天使突抜」や「夕顔町」「紅葉《もみぢ》町」「御陵《みささぎ》血洗《ちあらひ》町」などという町名を、地図の上に辿っている塚本氏を想像するのも楽しいことであるが、ここに累々と書き連ねられた、これが地名かと信じられない程にゆかしく、又変った名前を追ってゆくうち、私たちも又ひと時幻想の室内旅行の楽しさを存分に味わうことができるのである。

このような固有名詞への執着は、『十二神将変』をはじめ、氏のどの小説においても顕著であるが、それにしても、あるいはフランス語〈oi〉の日本語表記に徹底して言及する第二項「異国異名頌」にしても、そこでは、一見些末なことにこだわりつづけることによって、そこからみる普遍化へと膨みはじめる話の展開を、塚本氏の驚くべき該博な知識の展開とともに、二つながら味わうことができる。

大阪の電話帳の中に「栗花落《つゆり》」「瞿栗」など百数十のゆかしい名前を見つけ出し、「このささやかな、しかも稀有の事実によって、私は亡びに向ひつつある日本語を、ひとり、ひそかに信じてゐられる」と言い切る言葉の裏には、たとえば人名には当用・人名漢字以外は不可という、国家による強制に対する氏の確固たる抵抗の精神が息づいている。

それは上から下までの画一化の流れの中で、いかに己れの孤を屹立させ得るかという問題に密接に関わらざるを得ず、表現者、創造者としてのその問題を、氏はまさにことばの直面している危機としてとらえようとしているのだ。文部省あるいは国語審議会による中途半端な原則の強制、あるいは実際に名はあがっていなくとも「言葉が二重の意味を持ち、幻想が幻想を呼び、非在の次元に享受者を誘ふやうな芸術を危険視する」ような国家体制、それらに対する警鐘と反発・怖れとは、この一巻を貫くライトモチーフである。そのような統制の最も顕著なあらわれとして氏は「漢字狩り」を怖れるのであり、その故にこそ繰返し、漢語・漢字の復権が叫ばれるのだ。

第二部「詩歌亡びず」では、すでに氏の他の著作において見たことはあるものの、「邦文邦訳私撰小詞華集」の章が興味深かった。新古今歌人の和歌を対象にした、換言ならざる邦訳、異なる形式を用いた本歌取りによる詞華集である。それが本歌をさえ蒼褪めさせるものであるか否かは措くとしても、「和詩調」「今様調」「連句調」へと、その自由自在なパコディストぶりには舌を巻く他はない。又、各行の語数構成、その配置への幾何学的配慮も、印刷媒体の効果を十分考えた上での塚本氏の言語美学の一端として、興味の尽きないところであろう。

「国語精粋記」の性格を、二つのトーンに分けることができる。第一は、崩壊しつつある、あるいはその危機に瀕している日本語に対して警告を発する、あるいは大和言葉や漢字の美しさを知らしめるというかなり啓蒙的な側面である。もう一つは「一韻文定型詩作者の」と、その矜持にみちた「跋」にも見られるように、自らの為に、言語の持っている美と可能性とをどこまでも追求して倦むことがないという側面である。それは、地名漁りによって室内旅行の楽しみを味わいつつ、現在に甦り得る歌枕を求めるという作業にも、一首の和歌のパロディを成すという作業にも端的に見られるだろう。本書の場合、明らかに後者における氏の独自の視点、飽くことなき姿勢こそが、前者の論旨を支えているのだと言えよう。

それを読み手の側からの感想として言えば、塚本氏における、衆を恃まぬ孤立化ともみえる第二の立場こそが、逆に私たちの言語状況を何よりも雄弁に浮かび上らせてくれるのであり、そこにおいてこそ、私たちは言語の〝美〟をお互いに共有し得るのではないか。氏のそのような姿勢のある限り、塚本邦雄は決して私たちの視界から消えることはないであろう。だが最後に一言つけ加えれば、氏がもし第一の立場に傾くことがあるとすれば、それは恐らく私たちがもはや塚本邦雄という存在を必要としない時に違いないのだ。

「短歌」一九七八年（昭五三）三月

Entweder-oder 氏の肖像
――『天河庭園集』以後の岡井隆

一

いきいきと顔上げし友さみどりの筆もてわれの虚像画けり　「歳月の贈物」

かつて「岡井は不幸な作家である、と言ったら人は愕くだろうか。」という一節をもって「岡井隆論――惨たる栄光」（『短歌』昭35・11）を書き始めたのは黒住嘉輝であった。それは文学と現実との間に宙吊りにされた作家の問題を「時代の刻印」という視点から論じたものであったが、いま私はそれとはかなり位相のズレたところで、つまり論じられる対象としての岡井隆の不幸について考えざるを得ない。

現代の歌人の中にあって、塚本邦雄や前登志夫などとともに、岡井隆は論じられることのもっとも多い歌人であるに違いない。たとえば昭和三十三年から四十八年までに書かれた岡井論のうち主なものを集めた『岡井隆研究』なる本があって、ここに集められた評論だけでも三十数篇。漏れたもの、その後に書かれたものなどを加えれば、その数はまことに多い。

論じられる機会が多いということは、それだけアプローチの方向、切り取り方が様々に可能であることに他ならないが、それはまたそのように繰り返し論じられてもなおその作家を決定的に論じ尽くしたと納得させるだけのものが出てこなかったのだということをも、合わせ含んでいると言えよう。辛辣なものから偶像化に近いものまで様々な岡井隆論を読みつつ、そしてそのうちの幾篇かに目をとどめつつ、なおどこかに満たされることのない空腹感をもつとしたら、それが、またぞろ屋下に屋を架すごとく私がこうして岡井隆を考えてみたいと思うことの理由に他ならぬ。

いきいきと岡井隆の肖像に筆を走らせている友を、彼は「さみどりの筆もてわれの虚像画けり」と歌う。もとよりカンバスに定着されたものが虚像以外のものであろう筈はなく、であってみればこの一首を別段深読みする必要はないにしても、彼がこのあたりまえの事実をあたりまえに、しかもやや皮肉っぽく歌っているのを読んだりすると、私などはそこに、彼に向かって休みなく投げかけられる批評的言辞を時に苦笑まじりに読んでいる岡井隆の顔がちらちらしたりもするのだ。

岡井隆は常に誤解されてきた、とまで言いきるつもりはないが、彼については批評者の方の思い込みがいつもあまりに強すぎて、それが岡井論として正当な焦点を結ばなかった理由ではないかと私は考えている。その思い込みは、作品の意味内容にあまりにもとらわれすぎる、あるいはまず

岡井 隆

〈意味〉から岡井の歌に入ろうとする姿勢に由来するのだろう。これは別段岡井論に限ったことではなく、おおかたの歌人論と称するものに共通して見られる傾向であるが、特にも強く岡井の場合にそれを感じるのは、彼が現代歌人の中にあって、作歌の場において政治状況ともっともアクチュアルに関わってきた歌人であるというところから、彼の歌の中に、政治的〈意味〉を殊更拡大してみせるという傾向が顕著であることによるのだろう。

たとえば『朝狩』の中の、「キシヲタオ……しその後に来んもの思《も》えば夏曙の erectio penis」「右翼の木そそり立つ見ゆたまきはるわがうちにこそ茂りたつみゆ」や、『土地よ、痛みを負え』中の連作「ナショナリストの生誕」に対して展開された賛否半ばする多くの論においても、やはり〈意味〉偏重の傾向を認めないわけにはいかないのだ。「右翼の木」については、菱川善夫が「古典的韻律の援用によるリズムの創造」として韻律的側面から鋭く指摘（「〈朝狩〉から〈眼底紀行〉へ」昭43・3）したことが印象深いが、その後そのような視点が発展させられることもなかった。

私たちはイデオロギスト岡井隆を問題にしているのではないのだ。まして実践家、行動家ではなく、まさに歌人としての岡井隆にのみ興味の全てはあるのだ。

歌人岡井隆とは、何か。

問いはまず、短歌という形式をもって、彼がいかに己れの表現をはばたかせようとしたのかという点にこそむけられなければならない。岡井ほど短歌定型に対して自覚的であり、その限界と可能性に対して飽くなき挑戦を繰り返した歌人を、戦後短歌史の中に見出すことはできないだろう。岡井が定型に対してとる態度を一言で言うなら、それを与えられたものとしてよりは、獲得すべきものとして意識しているということに尽きると思われる。かつて「ハガキ誌による詩型論の試み」として毎週発行された「木曜便り」が、未だ存在しない可能性としての定型を執拗に追求する実験室であったこと一つをとってみても、それは容易に納得されるだろう。

どのような短歌定型の構造としての理解、把握のもとに、どのような自己表現がなされたのか、それを作品の現在から照射しなおして検討することこそ、（他ならぬ）岡井隆論のαでありωでもある筈なのだ。

そしてもう一つあたりまえのことをつけ加えておけば、歌人論とは対象となる歌人の作品を整理し、その軌跡をトレイスすることでもなく、因数に分解して最大公約数を見つけることでもない。どの角度からどの速さで飛び込めばその歌人の現在に交叉し得るのか、モンキーハンティングよろしくその初速度と角度とを計算する行為であり、さらにまたその引力圏を脱するための初速度を得る行為でもあるべきなのだ。

二

独裁者の城の内部が写されて、見よ視線もて焼きうるならば！　『朝狩』

詩歌などもはや救抜《きゅうばつ》につながらぬからき地上をひとり行くわれは　『眼底紀行』

父よ父よ世界が見えぬさ庭なる花くきやかに見ゆという午《ひる》を　『天河庭園集』

青あらし映せる水に手を突きてああ忘れたき恥ありしかば

ひぐらしはいつとしもなく絶えぬれば四五日は〈躁〉やがて暗澹《あんたん》　「鷺卵亭」

歌はただ此の世の外の五位の声端的《たんてき》にいま結語を言へば

これらの歌を書き写しつつ、岡井隆はなんと魅力的なフレーズを発明する才に長けた男だろうと思う。日常の全くなにげない行為の端々で、たとえば顔を洗おうとするとき、バスに乗り込もうとしたり酒を飲んでいるときなど、ふと口を衝いて、それもこれらの上句だけとか下句だけとかが何の脈絡もなく出てくることがある。かつて三枝昂之が、酔いの中で沈黙に沈んだとき、想いうかべるのは「ひぐらしは」のごとき岡井のフレーズしかないと書いていたが（「迷ふなよわが特急あずさ」昭50・11）、そのように日常の端々でふと顕ち現われてくるのが、一首としての態を整えない、上句あるいは下句のみのフレーズであるということは、いま私には興味深いことなのである。

もとよりそれは、読者の側の内部状態により多くを帰すべき類の問題であろうが、それを作歌のアルゴリズムというレベルに少し焦点をズラせてみれば、私たちはそこにまぎれもない彼の短歌の特質を指摘することができるであろう。

イディオムを挿木してゆくこの夕べふと後ろから君は視てゐつ　『歳月の贈物』

「記憶への献辞」として村上一郎追悼の一首であるが、「イディオムを挿木」するとはまことに岡井的なフレーズであると思わざるを得ない。もちろん自ら発明したフレーズが、読者のあいだにイディオムとして流布し膾炙しているのだというごとき、自信に満ちた言挙げではそれはなくて、自分の作っているのはたかだかイディオムくらいの値打ちのものなんだよ、と、むしろ消極的にとらえるのがこの歌に沿って言えば妥当であろう。しかし少なくとも岡井自らが、自分の歌をイディオムと関連させて考えているということは興味深い点であり、とすればそれは、私たちが日常の様々な場面で、記憶の抽出からひきずり出した岡井のフレーズを自分勝手に用いていることと、まことにめでたく符号するのだ。

だが、このような切り取り方が、すでに述べたように、歌われた意味内容に便乗して論を組み立てていくという意味で警戒を要することは言うまでもない。それでは岡井作品の構造として、「イディオムを挿木」するという行為はどのように位置づけたら良いのか、まずその点について、少しばかり実証的に考えてみよう。

私がこれから考えてみたいと思うことの内容は、彼にあっては、ただ漫然と外界の事物、現象に触発されて、あるいは他人からの働きかけに呼応する形で、それに己れの心情の揺れを同調させることによって一首が成るのではなく、むしろはじめにやみがたい自己表出の願望として内部に鬱積してくる心情があり、それが熟成される過程で、それに均衡し得る具体的な形象を外界に求めるという操作を経て、一首が完成されるということである。そして、そのようなプロセスにおいて岡井に特徴的に見られることは、はじめまぎれもなく己れ自身のストレートなぎりぎりの心情として意識されたものが、フレーズとして定着されるまでにかなりの一般化を受けて、むしろ普遍的な観念として表現されるということであり、また、そのような一般化された観念ないしは思想をもう一度〈私〉の場にひきもどし、より己れの現在に即した意味を与えるために、短歌定型の上句と下句の対応力が利用されているということなのだ。

岡井の上句または下句のフレーズが、他の歌人たちのそれよりもかなり自立感を与え、イディオム化するのはこのような事情によっていよう。それが、私たち読者が、たとえば「からき地上をひとり行くわれは」という岡井の実感に重ねて「詩歌などもはや救抜につながらぬ」という卓抜な認識を読み取る一方で、時に触れて上句のみを自分勝手な解釈で切り取ることを可能にしている理由であるに違いないのだ。

号泣をして済むならばよからむに花群るるくらき外へ挿されて
なに見ればなぐさまむ眼を遊ばせて紅ひかぬくちびるの縦皺
一方《ひとかた》に過ぎ行く時や揚雲雀啼け性愛の限りつくして
『天河庭園集』

以上述べたことを実証するまず第一の例として、右の三首における発想の方向を見ることにしよう。一首の作品中で、上句あるいは下句だけが独立して固有の意味を担いきるということは、短歌定型が初源的に、従って当然現在に至るも尚持っている構造の上から、決してあり得ることではない。あくまで上句と下句が、短歌定型に固有の対応力によって、摂動的にそれぞれの〈喩〉となりつつ、その対応の中から顕ち現われてくる一回きりの意味を担うことになるのである。

そのことを前提とした上で、これらの歌における発想の核は何かと考えてみれば、それが群れ合う花でも、揚雲雀でも、紅をひかないくちびるに著しく目立つ皺でもないことは容易に納得されよう。三首いずれも上句に作者の認識が提示され、その形象化として下句が位置すると言える。三首目の下句はやや複雑であるが、「性愛の限り」をつくすという行為を雲雀に仮託し、その雲雀に

「啼け」と命ずることによって、一方的に年老いてゆくのみのわが肉体というからい認識にかろうじて耐えようとするのである。いま「年老いてゆくのみのわが肉体」と言ったが、時の過ぎゆきはまず肉体の老化という現象に、その絶対性を実態として刻みつけるであろう。だが岡井にあっては、その実感はさらに、一方向にしかも途絶えることなく流れる時間の経過、という普遍化をかならず通過してから表現される点にその大きな特色を有するのだ。

　実証のための第二の鍵は、次のような作品にある。

ぐにゃぐにゃに縒《よ》れるこころをやうやくにはがねにかへしあひてきにけり　『鷲卵亭』

鋼条をたばねるごときこころもて風上《かざかみ》の敵さぐりゐたりき　『歳月の贈物』

號泣をして済むならばよからむに花群るるくらき外へ挿されて　『天河庭園集』

自殺企図この女人にしありといふしかすがに嗚呼死なば安けむ　『歳月の贈物』

われさえや更にふかぶかとえぐられて比類なき皮膚一枚の旗　『天河庭園集』

俺は創《きず》そのものとして今宵居る闇に拡がる一枚の皮膚　『同』

生きがたき此の生《よ》のはてに桃植《う》ゑて死も明《あ》かうせむそのはなざかり　『鷲卵亭』

歳月はさぶしき乳《ちち》を頒《わか》てども復《ま》た春は来ぬ花をかかげて

これら共通のモチーフ（第四組目は、一方が絶望の果ての悟りに対して、一方が素直な喜びの感情であり、共通のモチーフとは呼べないかもしれないが「歳月」の意識ということで言えば類似である）のもとで、しかも共通した表現の意味するものは何か。「號泣をして済むならばよからむに」「しかすがに鳴呼死なば安けむ」のような隆式イディオムは、現実に彼の直面した様々の場面で、そのそれぞれの場合に応じて彼の中に抽象されてきた観念が、結局同一のものに収斂した結果に他ならないのだと考えてはあまりに短絡的すぎるし、一首の構成から言ってもそうでないことはすでに第一の証明のところで述べたとおりである。

彼には、己れの苦しみを声に出して喚き泣き、誰かに訴えることは自分にはできないことなのだという思いがまずあり、そのやみがたく噴出してくる情念が、様々のバリエーションとして下句（あるいは上句）の場面、情景を呼び寄せたのだと考えた方が妥当であろう。つまりそれらのモチーフは、場面に付属したその場かぎりのものではなく、時と場所を越えて彼の作品を太く貫くモチーフの地下水脈が、たまたま地上に顔を見せたものに他ならないと言って良いであろう。

そのことは、たとえば「號泣をして済むならばよからむに（しかし俺にはできないことだ）」というモチーフが、対〈女〉の歌として様々に形を変えて現われてくることを見れば一層明らかになる筈だ。

泣き喚《さけ》ぶ手紙を読みてのぼり来《こ》し屋上は闇さなきだに闇　『鶯卵亭』

顔を脱《ぬ》ぐごとくいかりを鎮めたるその時の間も黙《もだ》しつつ越ゆ

馬《うま》追《お》ひの居る壁ぎはに眼をやりて女のいかり過ぐるまで待て　『歳月の贈物』

いずれも泣き、喚《さけ》び、いかる（いかっていた）女と、それにむかいつつ無言で耐える他ない男という構図をもっている。「泣き喚ぶ手紙」を読んで屋上にのぼってきた男を囲繞した闇は、その悲痛なリフレインが示すごとく、その時の男の心情の喩であるとともに、「泣き喚ぶ手紙」の主《ぬし》たる女との関係性そのものの喩でもあろう。下句は上句により意味を与えられたのであり、逆に上句は、下句が喩として機能することにより、単なる男の行為を越えた内面的意味を獲得することができたのである。作者のモチーフそのものが、短歌定型の本来的な機能と密接不可分に結びついているこのような例に改めて驚ろかされるとき、それはとりもなおさず、三枝昂之や私などが口を開くと定型だ定型だと莫迦の一つおぼえのごとく言い立てている理由に他ならないのだ。

　そのような作品の外挿上に

飛ぶ雪の碓氷をすぎて昏みゆくいま紛れなき男のこころ　『天河庭園集』

と彼自身が歌う「男のこころ」を置いてみるとき、それはもはや、よくひき合いに出されてきたように、岡井隆を〈雄としての男〉（上田三四二）として把握する視点からは、はるかに遠いところまで来てしまった、と思わざるを得ない。『鵞卵亭』以降の岡井にとりわけ、悲しみをじっと押し殺して耐えている男のイメージが強いが、それはまた彼自身が、岡井隆の現在、として意識しているイメージであるに違いない。そうでなくては、「號泣をして済むならばよからむに花群るるくらき外へ挿されて」と、下句において殊更具体的なイメージを喚起しないフレーズを配置し、それを無意味性へと収斂させることによって、逆に上句の絶対性を際立たせようとした彼の意図は理解できない筈なのだ。

三

岡井隆にあっては既に述べてきたように、やみがたい自己表出の核として、己れの心情をかなり一般化して把握する〈前観念《プレ》〉とでも呼ぶべきものがまずあって、それが自己の体験の場の中でどのような〈意味〉を担ったかを、一首の中で特定するところにその作品の特色があると言えよう。もちろん〈前観念〉とは、表現以前に作者に明確な形で認識されているものではなく、まだモチーフというようなことばでしか呼べないようなものであるに違いないが、作歌とはまた、そのようなモチーフをその中で回収する作業であると言うこともできよう。

それでは、そのように特定された〈意味〉、一首構成上のダイナミズムが私たちに語りかけてくるものは何か。言いかえれば、岡井隆と私たちを架橋するものとして、何を問題にすれば良いのだろうか。

それには様々な受け止め方や切り取り方があることは言うまでもないし、事実『岡井隆研究』における各論者のバラエティに富んだ視点、視角のありようは、それはそれで壮観と言うべきであろう。そしてその問題に、私なら、と改まって答えるなら、そのもっとも基本となるものに、岡井隆の二元論的発想というものを措いてみたい。

彼の書いた塚本邦雄論『辺境よりの註釈』は、「塚本は、二元的対応の世界が好きであると同時に、その数量の上の整合性を質において破っていく作業を好んでいる。」として、塚本の二元論（哲学的意味ではない）嗜好を指摘しているが、それはまたそれを書く岡井自身の二元論嗜好をも示唆していよう。丁度岡井にそれを指摘する私自身、二元的対応による思考形態を好むというように。

ともあれそれがもっとも顕著にあらわれるのは、〈群〉と〈個〉に対する認識である。

かれら発《た》ちそのなかに君ありたりと昼さむきまで怒りつのりつ
かぎりなく群れしとつたえききしとき伝えし声をしばし憎みつ
『眼底紀行』

かつて岡井はこのように群れをなすものに対して「憎さも憎く」と露わな怒りのことばを吐いた

のだった。それは「嫉視する群集へ個の没《い》りやすく　われもしびるるまでに群れたき」（『朝狩』）というように、個が群衆へ紛れてしまうという危機感と、ほかならぬ自分自身が「しびるるまでに群れたき」精神状況の中で、かろうじて〈モップ化〉への傾斜を踏みとどまっている彼にとって、自分とまさに紙一重のところにいながら群への斜面を転がり落ちて行った者たちは、その気持がまざまざとわかる故余計に許せないものと映るのであろう。

政治的集団の居る北口を愛にみだれて過ぐと知らゆな
苦しみて坐れるものを捨て置きておのれ飯食《いいは》む飽き足らうまで
『天河庭園集』

〈眼底紀行〉より七年後の一九七〇年、この二首を含む〈倫理的小品集〉が作られる。もとよりここには、七年という時間の隔たり以上に、二つの政治的季節を闘った〈群〉に対する、岡井の質的に異なった認識があることは言うまでもない。だが、いまそれを詩の構造の問題として眺めてみるとき、〈眼底紀行〉での岡井は群衆の外に立ちつつも、己れもまた一歩間違えば〈群〉へといともやすやすと落ちていくものとして、彼らに身を擦り寄せるように歌ったのであった。気持がわかる故、思い入れが強すぎる故の怒りであり憎悪であったとも言えよう。つまり〈群〉との同化への切実な欲求を歌う行為の中でかろうじて押しとどめていた、言い換えるならば、歌うという行為を群に対する個の異化作業となすことによって、かろうじて群れたいという欲求を鎮めていたのだ。

前掲一首目の上句「かれら発《た》ちそのなかに君ありたりと」に顕ち現われる羨しげな表情は覆い難く、羨望を絶ち切るように強烈な語を畳みかけた下句をもってしても、その怒りの対象はむしろ「かれら」を羨しげに見る己れ自身であるかのように感じられる。二首目になるとさらに明らかである。彼が憎むのは決して上句の行為を行なった主体そのものではない。それを彼に伝えた第三者である。こうなればもはやそれは八ッ当りに近いと言う他ないが、群れてゆく者たちから次々と置いてきぼりをくらい、にもかかわらず〈個〉を守り通さんとするための方法論としての憎悪であるとも言えよう。

ところが『天河……』になると、もはや彼は心揺らぐこともなく、〈個〉の側に安定平衡をはかりつつとどまっている。そして〈群〉と〈個〉という関係性は一首の構造の中に持ち込まれ、上句と下句の対立としてそれを見ようと企図されていることに気づく。たとえば一首目において、「愛にみだれて」という〈私〉の現在は、他の誰かに対して「知らゆな」と言っても（この歌の意図を離れれば）全く構わないのだ。逞しく働いている工夫たちにでも、ベンチで語り合う恋人たちに対してでも、それはよかっただろう。だが彼はそれを「政治的集団」と限定することによって表現の活路を見出そうとしたのに違いない。それを私流に解釈すると、一つは、結句「知らゆな」によって、上句と下句の二つの、一つは政治的な、いま一つは個人的な状況が、明らかに別々に、交叉することもなく存在する以外ないという、いとも寒々とした、しかし正確な状況認識を果したのだと言えよう。いま一つの解釈としては、彼がより明確にしたかったものは、〈個〉と〈群〉との対立ではなくて、「政治的集団」の行為の中に、自分の日常の腑甲斐無さ、無様さを対置し、そのことによって逆に〈個〉としての無様な私状況に居直ろうとしたのだ、というものである。

おそらくその意図は両方を含むものであったに違いないが、第二の解釈の延長上に『鵞卵亭』の次のような歌

わたつみの潮目にあそぶ水鳥にわらはるるまでおのれ護《まも》りつ　『鵞卵亭』
ブルージンの青年　愛の弾《ひ》き語り諸君ゆめゆめわれに倣《なら》ふな

を置いてみるとき、これらは次に述べる自嘲と怒りの問題についてかなり示唆的な問題を含み持っていると思われる。ありていに言えば、私はこれらの歌をまだ好きなのである。水鳥にさえ「わらはるるまでおのれ護りつ」という臆病さ、「ゆめゆめわれに倣ふな」という苦い自意識、そこに岡井隆の本音、肉声がストレートに伝わってくるところにまことに他愛なく感動してしまうのであるらしい。しかし、にもかかわらず私はこれらの歌を否定しなければならないのだと思う。なぜならこれらの歌は、己れの現在に鋭く桔抗してくる対立物を欠いたまま、ただ漫然と「歌い捨て」られていくべき歌だと思われるからなのだ。これらは「見ぐるしいほど弛緩してもいない」(『歳月の贈物——あとがき』)からまだいい。だがそこに少しでも弛緩の気配が忍び入ってきたとき、作品は自嘲の坂をひたすら転がりつづけることになるだろう。

われついに解くことなけむ夏の夜の憤怒は島のごとく残りつ　『天河庭園集』

紅葉《もみじ》して一つの声に耐えしかどおもいは激《たぎ》つ夕かげるまで

東方へ還帰する鶫のひとり旅さびしきつばさわらひつつ寝む　『歳月の贈物』

ことという選《ママえら》びをつねにあやまちて夢のごとくにたのしかりける

『天河……』から『歳月の……』に至る間に、もっとも顕著な変化の一つに怒りの消滅をあげることができよう。しかもそれは、怒りの消滅とちょうどレシプローカルに、自嘲的な作品の増加という現象を伴っている点に注意を喚起する必要がある。

怒りは自己に対するものであれ、他の誰かもしくは何かに対するものであれ、対象になるものと、怒る主体としての自己との間に、互いの存在を賭けた鋭い対立、桔抗がなければ、そもそも成立し得ないものである。怒りが深刻であればある程、その対立の崖は深くなり、さらに定型のもつ対応力をバネとすることにより、それはより際立ったものとなる——と言えばこれはあまりに図式的に過ぎようか。だが岡井の作品に限らず、怒りの感情を詠んだものに、心に残る歌が多いのは、多かれ少なかれいまのような事情が関係しているのだろう。

それに対し自嘲とは、あくまで嘲ける対象たる自己に身を擦り寄せるようにして歌われている筈である。そこには自己批判も自己否定も一切介在する余地は無い。一見自己否定のように見えても、実は全否定した自己をそのまま許してその中に安穏とするのであってみれば、それは、自己に怒りをぶつけることによって、そのエネルギーによって自己を駆り立てようとするものとは本質的に異なるものなのだ。そのような場で定型が本来的な機能を発揮し得ないことは多言を費やすまでもないだろう、短歌定型についてもっとも深い洞察を成し、その機能をもっとも熟知している岡井隆にあって、それがどうにも働きようのない（たとえば自嘲のような）場へと後退してゆくとしたら、もはやその作品は無残ということばでしか呼べないしろものになってしまうに違いないのだ。

この章のはじめに、岡井は二元的対応の世界を好むのではないかと書いたように、その他にも、男と女、われと青年、あるいは善意の中に鈍感さを包み込んで接してくる友と、それに脆くも傷ついてしまう自己というように、それはいたるところに見られる。また、母の死と村上一郎の死の二つから岡井が受け止めているものも、やはり二元論的処理が可能であるし、北川透が『現代歌人文庫』の解説において指摘している、「〈原風土〉への愛と背反」ももちろんそうである。

だがいまはそれらをいちいち例証する紙幅は無いので、最後に私が全く個人的な意味で、もっとも興味深く読んでいる、岡井隆における医学と文学という問題についてだけ触れておきたい。

岡井隆をトータルに把握するのに、歌人岡井の他に理論家岡井という側面をはずして考えることはまずできないが、彼の文章の中には、どの一つをとってみてもそこにサイエンティスト岡井の顔がちらちら見え隠れしている。ある結論へ至るまでのプロセスをちょっと注意深く読んでみれば、彼が直観によって一言で断定して済ませてしまうタイプとも、既に自分の中で組み立て済みの結論を整合的、構成的に展開するタイプとも異なり、考えられるあらゆる可能性について、一個一個各個撃破的に考察検討し、消去法的に結論へと到達する、その試行錯誤に満ち満ちた全プロセスを、楽しみながら全部書き留めていくという書き方をしていることがわかる。これ自体、間違いなく自然科学的発想であるが、さらに彼の註釈作業を見ていると、彼自身も『慰藉論』の中で言うように、それはまさに病理学者岡井の行為そのものであると言ってよい。一篇の詩を漠然と眺めて、その全体的な印象や感動からものを言うのではなく、一句一行を可能な限り仔細に観察し、細大漏らさず記載する。その観察データを全てつき合わせて明らかになってくる所見（たとえばテーマ）に致ろうとする。そのような姿勢にDr,Rの面目は躍如としていると言うべきだろう。

だがことはそれ程幸福な様相ばかりを示すわけではない。

通用門いでて岡井隆氏がおもむろにわれにもどる身ぶるい　『土地よ、痛みを負え』

肺尖にひとつ昼顔の花燃ゆと告げんとしつつたわむ言葉は　『朝狩』

臓器刀《オルガン・メサア》洗うはつかなる水欲しも　たたかわむためにのみ時間《とき》欲しも

手術室よりいま届きたる肺臓のくれないの葉が見えて飯《いい》はむ

ひきちぎる時間ひと塊《くれ》　貧血の紅梅少女《おとめ》診《み》むとおもいて

おびただしき癌のアトラスを閲したるのちダ・ヴィンチへこころ寄りゆく　『天河庭園集』

岡井ほどまた、自己の職業である医学という分野を貪欲に自己の歌の世界へひきずり込んだ歌人も珍しいのではないかと思うのだが、正直に告白すれば、彼のこの方向の歌の多くを、もっとも身近に胸うたれる思いをもって私は読んできたのかもしれないのだ。それは歌われている素材、内容が身近（もっとも私自身は医師ではないのだが）であるということ以上に、医学と文学が自己の内部で占める位置を、常にEntweder-oder《あれかこれか》という問としてひっかついで生きてゆかねばならない彼の緊迫感を、私もまたわがことのようにストレートに受け入れざるを得ない状況にあるからなのだろう。「通用門」で仕切られた二つの世界、それは現実の時間だけでなく、その感性のあり方においても激しく彼に分断を迫る。本当はこの医学と文学という問題に関して、彼の二元論的発想はそのもっとも深刻な対立を余儀なくされていると見るのは、あまりにも私にひきつけ過ぎた見方に過ぎるであろうか。

「おもうにEntweder-oderとは、それ自体問であると同時に答でもあるような一つの状況の異名なのではなかろうか。Sowohl-als《あれもこれも》を希求するのはいい、二者綜合へのけなげな野心は僕自身のものでもあったし、又、ある。しかし、その道がやがてWeder-noch氏の広い前庭へ到っておらぬと誰が知ろう。むしろ、あれかこれかの問に引き裂かれたまま、答と化してしまうにしくはない……。」という『土地よ、痛みを負え』のあとがきは、私にはほとんど感動的でさえあったのを記憶している。そして『天河庭園集』においてもそれがなお岡井の中で問として働きつづけているのを思うとき、彼の作品からはまだまだ私を揺さぶってやまない緊迫力の消失してしまうことはないだろうという確信に近い思いが顕ち現われてくるのだ。そしてその限り岡井隆は、私が身近に、そして熱く関わってゆかざるを得ない歌人でありつづけるだろう。

Gute nacht, Herr Entweder-oder!

「磁場」一九七八年（昭五三）秋号

〈対談〉岡井隆の現在

岡井　隆×永田和宏

『正岡子規』を通して

永田　最近、岡井さんが出された『正岡子規』を読んで非常におもしろくて、そのあたりからお聞きしていこうかと思います。なんでおもしろかったかというと、対象は正岡子規ですけれども、書かれている内容は、正岡子規の向こうにどうしようもなく現在の岡井隆がチラチラしている、つまり岡井隆を取り囲む現代短歌の抱えているいろんな問題が、種々雑多に詰め込まれている。ぼくは、正岡子規を通した岡井隆に興味があった。その辺はわりと意識して書かれたんですか。

岡井　そういうふうに言ってもらうと、著者冥利に尽きるわけだけど、結論がそれでは先に出過ぎてるわね。つまり、なぜあなたがそういうふうにお考えになったかというようなことをぼつぼつこれから聞いていくわけだけど。ぼく自身としては、大それたことを考えているわけじゃないのであってね、結果としてそうだったというふうに言われれば、うれしくなくはない。

従来の正岡子規像というのは、いやに、革新派の親玉にされてる。自分たちの作品はまるで正岡子規離れした作品をどんどんつくってるくせに、子規はいい、子規はいいと言う。「たたみの上にとどかざりけり」なんて歌は一向にだれもつくってないくせに、いつまでたっても、あれが作歌の基本であるようなことをしきりに言う。そして、正岡子規の中にあったいろんなほかの可能性を無視してしまう。子規という人は、ぼくが書きましたように、いろいろなジャンルに手をつけたんだし、それから、第一、非常に特殊な状況で寝てた人だと思うけど、そういったことをすべてネグってしまったような言い方をする。中学校の教科書ならばそれでいいんですけど、一かどの歌人がそういうことじゃダメじゃないかという、何と言うか、従来の正岡子規像を多少でも修正できたらという気持で書いたというほうが先です。

永田　子規論のモチーフというか、テーマが第一章に来てまして、そこで、「子規を等身大でみるための、困難だが至当な、方法づくり」ということが強調されていますね。まず最初にそこで、あ、これはひょっとしたら岡井隆が自分のことを語ろうとしているんではないか、という気がするわけです（笑）。岡井隆というとどうしようもなく、「前衛短歌の旗手」というレッテルがつきまとう。岡井さんはいつも、自分ではそんなこと言った覚えはないよ、と否定されるけれども、そういう否定が効力がないというのはご自分で一番よくご存じなわけで、これはもう死ぬまで離れない。そういうことに対する一種のいら立ちみたいなものが、まず冒頭出てくるところが面白い。

岡井　意地が悪いねえ、永田君は（笑）。つまり、子規という鏡に写して自分を見てるということですね。

永田　そうそう。考えてみると、岡井さんは自分のいままでやってきたことにとらわれてがんじがらめになることはわりと少ないんじゃないかと思うんですね。ただ、『鷲卵亭』以降、それまでの岡井さんとある一線を画されたというところが、過去の自分に縛りつけられたくないという意識がやっぱりあったんじゃないかという気がします。

岡井　でも、どうしても縛りつけられますね。縛りつけられたくないけど。人間というのはそんなに急に変わるものじゃないから、一九七〇年に向

岡井・永田

かって自分の体の中のある部分というのが変質していったわけですね。その変質に気がつかないでいた。それが一挙にあそこではっきりしたというようなことじゃないかと自分では思うけども、外から見ると、いやにそこのところの違いが際立って見えるものだから、ドラマティックに見えたりするんでしょうね。

"動く標的" 岡井隆

永田　ぼくがほんとに岡井さんに出会ったんじゃないかと思うのは、九州時代の、篠さんとの対談がありますね。いい、いい、とうしろうじゃないんだから、いままでやってきたことをもう一ぺんくり返すんだったらやめた方がいい。公表するには何か一つ新しいものがいるんじゃないか、と言われたことがある。あの言葉は、ほんとにちょっとショックだった。これはやはりプロだなあという気がしたわけです。それから、前にお話ししてたときに、自分の書いたものなんてすぐに忘れちゃうんだよといわれた。これはぼくなんかまったくそのとおりで、自分の書いたものにいつまでも責任持てるかという気がする。責任持てるなんて思ってるのは非常に倣慢なことじゃないかという気がするんですね。自分はどんどん変わっていくので、変わっていく現在でと言うか、先端でものを書くんだとまず自覚しなきゃ、結局自分の思考の遺体解剖をしているだけで、アクティヴなものは書けっこないですよね。

岡井　そういう考え方は、わりと自然科学系統で動いてると、特に生物を見てると、もうあたりまえの常識でしょう。環境に対する生体の反応というのは、変化しなきゃ適応できないわけだから、時々刻々それをやってるというに近いわけだ。そういうことは精神活動の上でもある程度あらわれるのは当然だとぼくなんか思う。にもかかわらず、自同律というんですか、変れば変わるほど、おんなじだという部分がやっぱりあるんだという確信はみんな持ってるんじゃないか。端から端まで飛んだようなつもりでいても、お釈迦さまの手の平の中という感じがある。人間とか生物というものの不可思議な、自己同一性だという感じがする。

永田　ただ、このところ、短歌界はどこへ行ってももう岡井隆の一点張りで、これは一体どうしたわけなんだって考える。十年くらい前、佐佐木幸綱、大島史洋、福島泰樹、村木道彦とか河野裕子とかが『短歌』で座談会をやった。あの当時、だれにもっとも惹かれるかというとき、大島史洋を除いてすべてが塚本邦雄を挙げた。ところが、いまああいう座談会をやると、これはもう一〇〇％岡井隆になっちゃうんじゃないかという気さえする（笑）。

一体それは何なのかと考えると、岡井さんには、やたらチャレンジャブルな発言が多くて、それによって御自分も変わっていこうとされている。こっちだって、あの発言はだまって見過ごすわけにはいかないぞ、なんて思うわけです。

岡井　自分のことだから何とも言えないけども、いまのような時代は、激しく動けば動くほど、時代そのものが安定平衡の中に沈んでるということがよくわかる時代だよね。チャレンジャブルであるとか、あるいはプロブレマティックであるというのはぼくの一つの理想なので、自分がそうだなんて思ってないけども、やっぱりそういう存在が、短歌界にもせめて三人ぐらいはいて動いてると、ある豊かさが出てくるという感じがするんだね。「動く標的」っていうのか、動きに動いてるっていう感じの人はわりと少なくて、完成した形で、はやばやとあがっちゃってる人が多い。あがって、そして神様というような感じになってておられる方が多いわけです。

永田　われわれの世代が、いま攻撃目標にするのに格好の対象なんです、岡井さんは。

岡井　撃て、撃て、と言ってるわりには、なかなかお撃ちにならない（笑）。

永田　実際見てると、ジャブの応酬というか、そこまでもなかなか行かないですね。いまの短歌界の状況を見てみると、論争というものがあんまり少な過ぎる。

岡井　論争は何も教えないという小林秀雄の名言があるけど、論争というのは生産的だと思いますか？

永田　ぼくは、ある固定化した状況というか、安定平衡の周りを微少な震動をしているというのがいまの短歌界の状況だと思うんです。一番低いポテンシャルのところを行ったり来たりしている。そこに活性化エネルギーを与えて、一つのバリアを飛び越させるためには、論争というのは最もいい特効薬ではないかという気はするわけです。

論争の限界

岡井　今度の『正岡子規』でも、書かなくてもいい、杉浦明平さんとか久保田正文さんとか蒲池さんとかという名前を多少挙げたのはね、ポレミックのきっかけにならないかと思ったの。久保田さんの場合だと、フモールを主張されるんだったら、現代短歌で、どういう方法をとればそういうフモールが出てくるかというような部分に関するある統一した主張があってもいいと思う。いままで、久保田さんあのことをおっしゃってるんだけども、歌壇じゃ、見て見ぬふりというところがありますね。だから、それを、てがみ歌というようなことでしきりに言っておられるのを、そんなのはもうすでに斎藤茂吉の「雑歌控」で済んでるじゃないかとか、あるいは、土星文明の歌の大半は、いわばお弟子さんに対する草花を介してのあいさつじゃないかとか、いろいろ言い出せばそりゃ、もうその問題は済んでるよとも言えるけど、だけどもう一度、まじめになってあの問題をとりあげてみたらどうかというようなそそのかしのつもりもあるんです。ポレミックたって、ぼくのは、若い人が野心にかられてするポレミックじゃなくって、もう少しじっくりした話し合いの場ができないかなあということ。それすら、いまないでしょ。

そういう意味では、多少、積極的に論点を提出してるつもりなんです。

永田　論争が生まれないということを考えてみますと、結局、自分はここの部分だけは譲れないということをみんなが持たずにものを書いているんだという気がすごくするわけです。

岡井　ぼくはべつに論争を回避するわけじゃないけど、論争によっては解決できないというような、人間対人間というか、人生対人生というものの存在ね。そういう認識が、結局、ある年齢を越えると出てくるんです。論理を超えてあらわれてくる。

永田　ある年齢を越えてと言われると、もう言葉がない（笑）。岡井さん、そう言われるけど、小林秀雄の裏っ側を行くのが、たとえば岡井・吉本論争であったんじゃないですか。最も生産的であったのは、あの論争を介して、その後お互いがどういうふうな原論の野っ原に降りていったかという、そこのところで。吉本さんが、岡井さんとの論争以降、いかにして定型というものを追いつめていったかという過程は、最近の初期歌謡論まで連綿として続いているわけで、それが一つの導火線になったという意味では非常に生産的な論争だったんじゃないですか。

岡井　論争そのものは不毛に見えても、その後の動きが違ってくるね。

永田　そうそう。そこだと思う。

岡井　むろん、表立った論争はやりませんが、いま本誌に連載しています「近代短歌の発見」という座談会がありますね。よく読んでいただくとわかるけど、微妙に食い違っている。あの食い違いは、ぼくなんかは非常にはっきり意識してますね。ははァ、篠さんというのは、ずいぶんぼくと同じような意見を持ってたと思ったけど、ここはまるっきり違うんだなあ、と思う。彼もそう思ってるでしょうけどね。

永田　その論争の場から何を自分のものとしてかっぱらって帰ってこられるかという、まったくそこにポレミックの価値はかかっていると思うんですね。

岡井　そうです。でも、ほんと言うと、まったく未知の、その人間はぜんぜんぼくにはわからないという人があらわれて、すごい論争をしかけられる、しかも、その論争そのものがシャープなもので、こちらの根幹を突いてこられるというような状況がもしあらわれるとすると、これはきわめてありがたい、歓迎すべきことでしょうね。だけど、これは神のみぞ知るであって、そう簡単にはいかない（笑）。

子規ハガキ歌の問題

永田　子規のことに返ると、葉書歌の問題がある。ぼくなんかは、非常におもしろいと思う。

岡井　おもしろい。

永田　有名な歌だけど、「風呂敷ノ包ミヲ解ケバ驚クマイカ土ノ鋳形ノ人ガ出タ〳〵」とか、「十四日、オ昼スギヨリ、歌ヲヨミニ、ワタクシ内へ、オイデクダサレ」とか、岡井さんは、その葉書歌の効用みたいなものを和歌の通念を破る試みであるという形で認めておられる。だけど、子規の葉書歌には発展性がないというふうに結論しておられる。それは、子規が発表を前提にしなかったからだとコメントがつくわけですけども。

岡井　そればっかり言ってるわけじゃないけどね。発展性がないというか、あれはいまも流れているし、これからも流れるであろう。だけど、それは一傍流にしか過ぎない。たとえば土屋文明さんの歌の中なんかに、非常にたくさん「はがき歌」的な要素がある。上村孫作さんへとか、樋口賢治さんへ、樋口作太郎さんへというような歌は、戦後の歌にはいっぱいある。思い入れがあってつくっておられるものがずいぶんあります。それはそれでぼく、認めてるんですよ。だけど、それを一エコールというか、一方法として際立たせて、そういう歌ばっかり必ずつくるようにするというようなことが、果たしてできるのか。ああいうものは、きわめて偶然性に作用された、あいさつ衝動に身を任せないとできない。それを、方法の域にまで高めちゃったら、またヘンなものになるんじゃないかなあ。

永田　だけど、それを逆手にとってやってるのが岡井さんのいまの歌じゃないですか……。

岡井　ええ。あ、そうですか……。

永田　いままでのあいさつ歌の概念を、ちょっと、半歩ずらしてという感じがある。こういうあいさつ歌だってあるんだよと言ってるのが、やっぱり岡井さんの歌にはある。たとえば、「批評しぐるれパトグラフィアの夜明けまで　永田和宏仁和寺の家」なんて歌をいただくと、もらった方は何日か頭をかかえ込んじゃう（笑）。

岡井　なるほどね。

永田　ぼくの主張したいのは、何でもやってみなきゃダメなんじゃないかということ。短歌で、いろいろ歌論があらわれるけれども、それはほとんどどの場合、こういう形しかないんですよというふうに提示されるわけでしょう。
岡井　多いなあ。あれが、わからない。
永田　そこが一番、歌論でいまダメなところで、可能性の多様さを認めようとしない。
岡井　そうです、そうです。
永田　もっともっと歌というものは、ただでさえ制約された形式なんですから、フレキシビリティーを保証してやってないと窒息しちゃう。葉書歌、大いに結構だと思う。岡井さんとまた違う形の葉書歌ができてもいいんじゃないか。子規なんかが思いも及ばなかったような葉書歌ができてもいい。それは決して、それを方法論の主流にしようというところからは出てこないわけです。あくまで、これは一つの試みなんで、一つのゆさぶりなんだというふうなところに徹することによってしか出てこない。
岡井　それは賛成ですね。あまりにもいま、佐藤佐太郎さんと塚本邦雄さんのお二人を仮に挙げたとして、そういう意味では、「はがき歌」的なものの完全排除の典型ですなあ。それでもう、きれいな一つの透明世界というのができ上がってるわけでしょ。これをぶち壊す爆弾は、やっぱりあなたの言うように、なまじのことじゃとてもできないから、あらゆる方法を使わなきゃだめなんです。それをやってるのかって言われれば、やってるわけだけれどもね。
永田　このあいだ山中智恵子さんの『短歌行』を見て驚くのは、あの山中さんが、「原田香菜子に」という祝婚歌をつくっている。最近の、名前入りの歌とか、贈答歌とかの流行は、やはりどうも岡井さんあたりに震源地があるような気がしますけれど（笑）。

歌を限定するもの

岡井　久保田正文さんが言っておられる、フモールというのがありますね。「はがきノ歌」あるいは「てがみうた」は、必ずしもフモールばっかりじゃありませんわね。もっとシリアスな感じのもあるし、それから〝俗〟というんですか、通俗の要素というようなものもある。つまり、まさにそれは手紙の歌であって、手紙の持ってる日常性すべてがあって、そこに親しさがある。

永田　岡井さんは、『正岡子規』の中で、子規の葉書歌は、方法論として主流になる余地はないという書き方をされるわけだけども、岡井さん自身はそういうところをどう考えておられるのですか。それは当然、「心の花」に書かれた〝限定〟という問題ともかかわってくるわけですね。われわれは、歌に盛り込めるものを、あらかじめ、非常にストリクトに限定をしているんだというふうにおっしゃってる。

岡井　それはちょっと問題がズレるのではないですか。「心の花」に書いたのは、あくまで社会的主題という問題でしょ。たとえば日本の国がどうなるかとか、日本民族がどういう方向へ動いていくとか、そういう、昔流に言うと大状況の問題。大状況的なものが小状況のところまで、もうどんどん潮がさすように浸透してきてるから、小状況を歌うことによって大状況を十分反映できるというところまで、われわれの生活そのものがもう政治化されちゃってるということを言いたかった。そういう意味から言うと、「国歩《こくほ》なほ艱難のとき家いでずきのふもけふも涙ぐましも」なんていって斎藤茂吉が戦後うたうけど、そういう「国歩なほ艱難のとき」なんていうことをあえて言う必要はないわけです（笑）。つまり、われわれが毎日苦しんでる問題をとりあげると、「国歩なほ艱難」なことが全部反映してくるという、そういうところまで政治の中に巻き込まれてしまった世の中じゃないかと、ぼくなんか思っている。

「はがきノ歌」は、いいんじゃないの、それは。ある限定つきで有効性はもちろん持ってるわけだから。われわれもそういう歌はつくるわけでしょ。ぼくも石田比呂志とか三枝昂之あてに歌をつくる。さっき出たように永田さんの名前まで入れた歌、ああいうのも一種のあいさつだ。だから、それは、社会的主題の問題とは少し違うんじゃないの?

永田　すべての制約からやっぱりどこか自由にさしておきたい。そこにしか、おどろきみたいなものは生まれてこないんじゃないかという気もするんですね。

岡井　志や壮というところだけれども。しかし、定型詩というのは、あなたがるるお説きになるごとく、不自由というのは一つの原理ですよ(笑)。

永田　その不自由さというのは要するに形式だけなんだって、岡井さん昔おっしゃった。そこに不自由さというものを係留して、あとは、すべてのものを自由に取り込む。

岡井　そうそう、そのメカニズム。だから、結果としてあらわれた不自由さなのであって、初めの志はまさに壮でなければいけない。

永田　この議論のスレチガイは、ぼくがとにかく岡井さんの昔の発言をひっぱってきて正論を吐いてて、岡井さんが実感からしゃべっておられるというところからくるんだけれども。やっぱり岡井さんが〝限定〟と言われたのは、ぼくはちょっとショックでしたね。

岡井　あれはしかし、〝王様は裸〟って言ったんだよ。みんなやってないじゃないですか、いま現に(笑)。大状況をだれもうたわない。一部の左翼の歌人たちが、昔の手つきでうたっておられるだけでしょ。あとは、もうまったく、結局、鳴りを静めている。なぜか。結局は、戦後三十七年の結論というのがそこへ来てるのをわかってるんだと思うんだなあ。

たとえば、近藤芳美さん。この人が、戦争反対をもう一貫して唱えておられて、そういう歌をつくっておられる。残念なことだけど、ぼくは自分の先生だから言いにくいけれども、感動しませんねえ、はっきり言って。ぼく自身の中にもそういった志がまったくないわけじゃない、非常に強くあるんだけど、感動しない。皆さんも、どうやらそういう方のほうが多いんじゃないかと思う。それは何であるかということは、やっぱり、王様は裸だということを一遍認めた上で、今後、王様に着物をいろいろ着せることは結構だと思うんです。まず、裸だということを一遍認めておかないと。それを認めるには、たぶん、ぼくのような人間が認めといたほうが話が早いだろうということですよ（笑）。それで、認めておいた（笑）。

永田　大状況をうたえないという問題を考えると、寺山修司さんが何度も言われるのだけれど、短歌という形式では、何を言っても結局、自己肯定しかできないというところと密接にかかわってるような気がします。

岡井　そういう感じだなあ。

永田　近藤さんの歌を見てても、決して、自分がそれを言うことによって完全に斬られるという場では言ってない。そこがやっぱり、いま、大状況をうたうということのむずかしいところだろうと思う。

岡井　つまり、大状況をうたったら、金大中さんみたいに即座に入獄させられるような形でうたわなければおかしい。それはぼくにはできないし、一般にできなくなってるでしょ、いま。にもかかわらず、やっぱりなんとなく、大状況をうたっているという自己満足でしかないとぼくらは感ずるんです。たとえば近藤さんの場合だったら、朝鮮にいたころのいろんな自分の体験がありますね。そういったことを回想形式でもいいから、濃厚な形で何首でもおうたいになることのほうが、むしろよほどぼくらに近藤さんの志を伝える方法ではないか、というようなことを感ずるわけです。

子規の読みかたなど

永田　近藤さんの最新歌集『樹々のしぐれ』で言うと、いまなお一貫して自分にはこれしかないんだという姿勢については、非常に感銘するんですけどね。

それと関連して言えば、道浦母都子さんの歌集なんか、当然問題になってくるだろうと思う。彼女の現在というのは、やっぱりどこか「戦後アラギ」の、たとえばフェニキスの人たちの「現在」と重なり合ってしまう部分があるようにぼくには思える。彼女はあの歌集の中で、肯定も否定も全てひっくるめて、寺山流に言うと強烈な自己肯定をしたんだろうと思うのです。そこのところにかなり自覚的にならないと、結局は「戦後アラギ」の青年たちが辿ったような道を行くしかないんじゃないかと思うんですね。

岡井　いまはしかし、道浦さん白身その点では悩んでおられるようだし、『無援の抒情』という本は、自分の過去に対する墓碑銘みたいなものであって、また別の形で自分を新生していくんだという、そういう気持が強いんじゃないですか、彼女は。それは当然といえは当然なのでね。

いまのような時代は、昔はやった言葉で言うとアナクロニズム、ちょっと油断するとあっという間に時代錯誤に陥ってしまう。自己検証を怠っていたら、あっという間にそういう感じに巻き込まれていく時代です。道浦さんはそういう意味では、とても鋭敏に自分自身を見つめようとしておられる。あの人の一番いいところは、そのいわゆるナイーブさだからね。それが失われない限りは、今までとぜんぜん違う道浦母都子の歌というのが出てくる可能性はあると思う。それに対して、なんだ、道浦さんは変節したじゃないかとか、なんだ挫折じゃないかというようなことを言わないことだと思います。

永田　そうですね。ぼくは、清原日出夫をダメにしたのは、やっぱり大方のそういう大衆だと思います。

岡井　そう。レッテルでしょ。

永田　まさに、そのレッテル張り。レッテルで理解するということは、理解する側としては、非常に安心なわけ。永田の書いたものというと、すぐ、合わせ鏡で、それで終わっちゃう（笑）。そう言っちゃうことの陰に、こちらの言いたいことはおおかたもれていっちゃう。岡井さんの今度の『正岡子規』も、そのレッテルをはがしたいという希願みたいなものがある。

岡井　『正岡子規』という本は、あなたはやんわり言ってるけど、読み方によっては、一大変節漢の変節告白というような面もあるわけで（笑）、なんだ、この人こそほんとに、革新、革新と言ってきた男じゃないか。革新というワクをはずして正岡子規を見ろなんて言ってるけど（笑）、冗談じゃない、自分自身はどうなんだ、なんていうことをだれかが言いそうだね。

永田　いやいや、こっちとしては、もっとキツイことを言いたいわけで、岡井さんが子規の膨大な駄句を強調し、しきりに軽みを強調しておられるのは、これはどうも、どっかで御自分の作品を語っておられるのではないか、なんて（笑）。でもね、これはまじめな話で……。現代の歌人というのは一首をいかに深められるかとか、一首の中にいかに深い、深刻な内容を盛り込めるか、とかの方向ばかりにむかうでしょう。一首に自分の全存在を賭ける、みたいな思考ね。それは結果としての作品が全て、ということですね。ところが岡井さんはちょっと違って、「人生の視える場所」なんかでもそうだと思うんだけれど、自分をトータルに出すにはどうすれば一番効果的かみたいなね、詞書きの問題も含めて、もう少し「作歌の現場」に重心があるんだろうと思う。駄句も秀句も構ってられるかという、おれの現在はそれらを全てひっくるめたとこにしかないんだ、みたいな居直り。それはかなり特異な、大へんな決心で（笑）、ひょっとしたらかなり新しい一ページになるのかもしれないなって気がするんですね。ただ岡井さんが何かやるとすぐ流行しちゃうから（笑）、その辺が不満で、警戒すべきところだろうとは思うんですが。

岡井　ぼくの言いたいのは、正岡子規という人は、実は、あの膨大な凡句、駄句に自分の命を託してたわけなんであって、とても彼はそれがたのしかった。そのたのしさを、やっぱり後世の人は見てあげなきゃ。あの中から、秀句がないか秀句がないかって、一所懸命、一年の作品の中から二、三句ずつ選んできて、これはいいんだけどもあとは全部ダメだって言うでしょ。それはないのであってね。「鶏頭の十四五本もありぬべし」を虚子が消したというのは、案外、虚子が正解なのかもしれない。あのものすごい数の、一年に四千とか五千とかっていう俳句をムキになって読んでごらんなさい。そういう気になってきますよ。気が狂ってくる、こちらだって。さっきの、王様は裸だ、ではないけど、自分が読んで感じた一番正直なところに立脚していくということが大事。

永田　岡井さんの書かれるものの一番の魅力というか、こわいところは、誰かの詩にあったけれど、「本当のことを言おうか」という開き直りなんです。

直喩をめぐって

永田　ぼくはしばらく喩にこだわってみたいと思ってるわけですけれど、まずは直喩からというふうに思っています。喩というものがいま一体なぜ必要なのかということをまず考えたい。「心の花」に書いた文章もそこなんです。

岡井　そうですね。

永田　喩というのは、あくまでも、世界を開いていくもので、いままで思いもしなかった世界のある見方を提供してくれるものだという。暗喩というのは、いままで非常に高級なものだと考えてこられたわけで、たとえば前衛短歌の問題を論じるときにしても、暗喩の導入ということが非常に大きな方法論として議論されたわけだけども、むしろ、暗喩は、あくまでも読者の側にそういう回路が用意されていなければ成立しないという意味では、あまり有効なものではないのかもしれないという気もぼくはしてるんですね。

岡井　むろん、そうじゃないですか。つまり、発生論的に言うと、暗喩はプリミティブなものでしょ。言語はすべて暗喩であるという、ああいう考え方が発生するというのは、そういう意味でしょ。直喩というのは文化的なものだからね。

永田　吉本隆明さんが初期歌謡論の中でもその点を強調されていて、初期歌謡では最初に〈虚喩〉が現れて、次に〈暗喩〉へ、それから〈序詞〉を経て〈直喩〉へ変ったんだと言っておられますね。

岡井　そうそう。ぼくは『現代短歌入門』の中でそのことは引用してるけど、北村太郎さんとか、あるいは、イギリスのC・D・ルイスの『現代詩入門』の中に、やっぱりそういう発言がある。西洋じゃ、それはもう常識ですね。

なぜ、アヴァンギャルドの下敷きの上に行った前衛短歌が暗喩を導入したかというと、あれはプリミティヴィズムなんです。つまり、「アララギ」が堅固に守ってきた直喩という線がある。暗喩をタブーとして、直喩まで許すという。あれは文化的な、ある意味から言うと開明的な処置ですね。それに対して、もっと荒々しい野性のもの、つまり、わけのわからないもの、ドロドロのものを突きつけてやろうという、そういうことなんですよ。

永田　ああ、なるほど。

岡井　だから、高級なものを導入しようとしてるんじゃなくて、もっと……。

永田　より原点に返れという。

岡井　そうそう。より言葉の原点に返る。

ミュージック・コンクレート、ミュージック・プリミティブというような考え方がある。ピカソがアフリカの仮面に魅入られるというような、ああいう感じ。そういう運動は、あのころ非常に強かった。

ただ、あなたが直喩からというのに、ぼくも滝沢亘さんのことを熊本で話したときに、直喩というのはばかにされてるようなところがあって、暗喩一辺倒というか、塚本邦雄さんの模倣というか、影響が非常に強いから、私たちは暗喩、暗喩としきりに言ってるけど、こういう時代こそむしろ直喩を研《と》ぐというか、直喩の牙を研ぎ澄ますというような訓練をすべきじゃないかと言った。

つまり、「オリーヴのあぶらの如き悲しみを彼《か》の使徒《しと》もつねに持ちてゐたりや」というふうに斎藤茂吉は言う。「オリーヴのあぶらの如き悲しみ」というような直喩はすごいんでしてね（笑）。

永田　これは要するに、引っくり返すわけですよ、あらゆる価値を。こういう直喩を一人でもいいから考えついたら、やっぱりその年の歌というのは少しある方向へ動きますよ。直喩一つを出すということは、そこに新しい発見というか認識の形態を持ち込むということでしょう。

岡井　そうですね。

永田　そういう意味では、かなりたいへんなことだと思う。

岡井　たいへんなことです。もっと大げさに言うと、新しい文化形態というか、何かを持ち込むということなんですよ。

永田　本誌の五月号に書いた「茂吉の直喩」では、あれだけ直喩を否定していた茂吉にしてあれだけの直喩があるんじゃないかというのを一つ言いたかったのです。

岡井　そうだと思う。

〝学〟と〝芸〟と

永田　ただ、評論家と研究者の関係はかなりむずかしい問題で、これは岡井さんの子規論についても聞こうと思ったんだけど、どこで離陸するかということは、たいへん大きな問題です。読み過ぎると書けなくなっちゃうしね（笑）。

岡井　そうそう。ぼくは、学者諸士は文学をやっておられる、われわれは文芸をやっている。つまり〝学〟と〝芸〟の差であるというふうに思うわけ。つまり、あの人たちは、〝芸〟という要素——〝芸〟という言葉はどっちかっていうと、日本語ではやや貶められてる面があるわけでしょ。だけど、ぼくはやっぽり〝芸〟という要素は大事と思うの。

〝芸〟というのは人の前で、自分のテクニークとか特技とかを見せるっていうかな。つまり、見せ物になるという要素を当然含むと思います。だけど、文学は、その〝芸〟というものを――もちろん文芸学というのもあるけれども、どっちかというと、ネグらないと成立しないところがある。そこのところがおもしろいんだな。

だから、あなたの話の続きで言うとね、他人の正岡子規論はもちろんぼくはそんなにたくさん読んだわけじゃないけれど、正岡子規が命をかけてたのしんでる部分とかおもしろがってる部分は学問の対象になりにくいんじゃないの？ だから、それを、やっぱりわれわれも同じように歌をたのしみ――苦しんでる部分もあるけど、やっぱりたのしんでる部分があるからこそ歌につながっているというところがあるでしょ。そういう、歌をたのしみ、詩をたのしんでいる同類として正岡子規を見てやろうじゃないのという、そういう観点に、ぼくらの書くものの特徴があるといえばあるわけでね。それは必ずしも、文学のほうを、学問を強調される人たちの言い分を否定することにはならないとは思う。

たとえば、斎藤茂吉の『つきかげ』の中に「紅《べに》療治《れうぢ》ありしところと思《おも》ひ出《づ》る道をくだりて東京裁判の門《もん》」がある。「紅療治」が何のことやらわからないんだけど、加藤淑子医博が『斎藤茂吉と医学』という本をお出しになる。あの中に「紅療治」について非常に詳しく説明がしてあり、初めてわかるわけね。

それじゃあ、それまでの茂吉学をやっておられる人たちは、あの「紅療治」どう解釈しておられたのかななんて思っちゃう。

それから、東京裁判と茂吉とどういう関係があったのかなと思って「アララギ」の「斎藤茂吉追悼号」等を読むと、斎藤茂吉が昭和二十三年に大石田から東京に帰ってきて、東京裁判を一遍傍聴したいということを言い出して、傍聴券を取ってもらって傍聴している。そのときに、二時間ですかね、南陸軍大将かなんかが裁かれるとき、斎藤茂吉がイヤホンを最後まで離さずに話を聞いたらしい。そのあと、先生、きょうの東京裁判のことをお歌になさいますかと言ったら、いや、ぼくはしないよ、と。こういう歌をつくると、きっとぼくを攻撃する連中が喜んで攻撃するだろうから、ぼくはこういう歌はつくらないんだと、はっきり言ってますね。そして彼は、今あげた「東京裁判の門」という一首だけをつくる。判決が下った日に、その悲痛な思いを一首にこめてつくりましたね。「沈鬱なる日本のくにの一時間のがるべからぬこの一時間」。

ああいうことでも、いままでの解説は、もう一つなんか抜けてる感じがするんだ。そんなのは、学者がちょっと強調してくれてもいいような感じするんですね。しかし、こう言うと、おれはあそこに書いたよということで叱られるかもしれないけど。

ロマネスクと私性と

永田　岡井さんに聞いておこうと思ったことがあと二つあるんです。一つは、子規の中で、岡井さんがコメントを避けられた問題で、子規がブッキッシュな歌から次第に、私性を強調するというか、私性が表にあらわれてくる方向へ変わっていったという、それについては岡井さんはどういうふうに思われておりますか。

岡井　それは子規が、短歌の本質というか、短歌の持ってるメリットを、あの辺で、うすうす気づきつつあったんじゃないかという感じがするね。

子規の体質は、ロマネスクなものに惹かれる体質です。つまり、近世的な要素を持った明治人。だから、彼のところじゃあそれはできなかった。そのエッセンスを、私性の濃いエッセンスをうまいぐあいに吸収したのが、子規の弟子たちの、左千夫、節、あるいはそれを飛び越えた赤彦たち一連の連中だったというふうに思うわけ。

永田　そのことのプラス・マイナスということで言うと、岡井さんはどうお思いになりますか。

岡井　やっぱり、マイナスであったと思う。

永田　ぼくもそう思います。それを現在の状況に当てはめると、いまや、たとえばブッキッシュな歌をあえてつくるとか、あるいは大見得を切って主題制作をやるということは頭からばかにされるような状況がある。やっぱり非常にネガティブな状況だと思うんですね。

岡井　あなたの歌集なんか拝見してると、それに抵抗していろいろやっておられる。あなただけじゃなくって、いろんな人がやっていると思う。たとえば小中英之君の『翼鏡』なんかだって、小中君の私生活は全部消しちゃってあって、精神面だけを浮かばせているという意味では、あれも一つの、非常に果敢なロマネスクの冒険かもしれないと思うんですね。ああいう歌は、否定しようと思うと実に簡単に否定できるわけであって「小中の生活は何もないじゃないか、なんかしらないけども、花が出てきて、川が出てきて、それでおしまいじゃないか」と。そう言っちまえば、ほんとにおしまいだけど、あなたの歌集にしても小中君の歌集にしても、現代の私性の濃い潮流に対する一つの反措定というような意味を持っている。その点ぼくなんかサポートしたいなあという気持を持ってるんです。

だから、正岡子規が持ってたものは、確かに、近世的な一種のロマネスクには違いないけれども、子規は必死になって明治の近代というものを引き受けてたわけでしょ。明治の近代を引き受けながら、これはちょっとヤバイよなんて思いながら、いろんなことをやったと思うんだよ。その部分をきれいに捨象しちゃって、それで私性だけを継ぐというのは、赤彦の実にみごとな戦術の勝利ではあるんだけどね。つまり、『赤光』なんかの場合は、子規の持ってたロマネスクをまだ濃厚に継いだでしょう。

永田　そうそう。ぼくらやっぱり、そこに惹かれるんですね。

歌のかな遣いについて

岡井　もう一つって、何？

永田　佐佐木幸綱さんの「旧かな派歌人岡井隆の理由」という文章がありますね。新仮名から旧仮名に変わったのはなんでや、というわけです（笑）。それを岡井隆自身が説明すべきだという。それは結局、読者のしぼり込みという問題と関係してるんじゃないかと。

ぼくも一時、旧仮名にしようと決心をして、それで発表したことがあるんです。結局、端的に言えば、体質に合わないというか、つくれなくなって新仮名に戻ったという、わりとみっともない経験があるんだけど、岡井さんの場合はどうなんですか。

岡井　あなたの仁和寺のそばの家で、あなたと三枝昻之君に攻められ、苦しまぎれに言ったわけだけど、ぼく自身にしてみると、転向をしたなんていう意識はない。遊び心というほうが強い。つまり、オルソグラフィーというのは、森鷗外とか木下杢太郎とか斎藤茂吉まで同じ考えできてるんだけど、各国どの国にもあるんだよ。斎藤茂吉的な論法を用いれば、ソビエトにしてもアメリカにしてもイギリスにしてもフランスにしても、みんなオルソグラフィーがあるじゃないか。「ソ」というのは「so」で書けばいいのに「tho」と書くじゃないか。「n」が二重になったりさ、そんなことはいっぱいあるじゃないか。各国が皆さん、オルソグラフィーを改革して全部、表音式になった暁に、日本国のオルソグラフィーも表音式にすればいいじゃないかと。なにも、占領軍が、自分たちの国ではちっともやってないのに、おまえんとこの国だけやれなんていうふうに言ったからといってそれに従う必要ないじゃないか、というふうに斎藤茂吉は言うわけですね。

つまり、そういった論理に対抗するだけの強烈な論理があるかどうかということになってくると、かなり疑問じゃないかということが一つある。ぼくのはしかし、それほど、国語学的な見地から来てるわけじゃなくて、昭和二十九年か三十年ごろからだと思いますけども、「未来」という雑誌であえて新仮名づかいに踏み切ったんです。それを、ぼく自身の私史から言うと昭和四十五年までですから約十五年くらいの時間ですかね、新仮名づかいでやってきた。

やってるうちにおかしいなという部分もあるわけですね。なぜかと言うと、擬古的な文体をつかってるわけですから。そうすると、ザラザラと抗うものがかなりある。それはしかし、おかしいなと思いながらやってきた。今度また思い切って、わたし自身は歴史仮名づかいに踏み切ってます。だけど、ぼくはあのときあなたの仁和寺の家で申し上げたのは、二者択一というのはおかしいよと。なぜ二者択一はおかしいかというと、二者択一の片方はつまり、定家が決めたとかいう歴史仮名づかいで、片っ方は国語審議会が決めた一つの方式でしょ。そうすると、藤原定家と国語審議会だね。つまり、藤原定家と土岐善麿だ。その二つのうちのどっちかを選べというのは、それはむちゃくちゃな、制度的な発言です。国語を乱すものと叱られるかもしれないけど、一部、つまり藤原定家的であって、一部、土岐善麿的であるというような、そういう新仮名づかいっていうのがあってもいい。

永田 実感としては、まったくそうです。

岡井 ところが、国語というのはあくまで一つの制度です。それで、ぼくらがいくら主張したって、新聞社が採用し雑誌社が採用し、国語教科書が採用しちゃってるから、制度だから崩せない。だけど、ぼくのような、文芸という〝芸〟の意識を持った人間から言うと、ある面では、歴史仮名づかいが正しく、ほかの面では土岐さんが正しいという場合が出てくる。

ぼくは、二者択一はおかしいというんだ。だけど、残念ながら制度としては二者択一を迫られています。だから、仮に一つの結論として、私の歌の向きはいまは歴史仮名づかいのほうがやや濃厚だからこちらをとってやっております。これはしかし、あと十五年やって、またどっちに変わるかもわからない。岡井式仮名づかいというのもあるかも知れない。

永田　昔、岡井さんの『鵞卵亭』の書評で、意識的に仮名づかいの間違いの歌を挙げてたのがあった。ぼくは、あれはあれでいいなあと思って見てたんです。間違いには違いないんだけども、実感としてその言葉を選ばしたのなら、それでいいんじゃないかなあという気がしました。

『人生の視える場所』自註のこと

永田　最後に近く出版される筈の歌集『人生の視える場所』についてお聞きしようかと思ったのですが、『人生の視える場所』については、それだけをテキストにして、何人かの友人たちと、とことん論じあってみたいと思っています。岡井さんの長い長い自註も歌集には付載されるそうだから（笑）、ここではもうしばらく遠慮しておきましょう。

岡井　自註を八十枚近く書きましたのでね。それは、永田君のような高級読者のために書いた自註じゃなく、初歩的な、短歌の読み方にまだ熟しておられない方のために、ぼくの歌はこういうものなんだよということを含めて書いた自註なのです。だから、永田君なんかは、読み飛ばしていただいたほうがありがたい（笑）。かなり正直な話もいっぱい出てるんです。それを読んだ編集者が笑い出しちゃって、岡井さんは正直だね、こういう正直な人が詩人にもいると面白いんだけどね、なんて言ってた。この歌はとてもまずいから、こういうふうに直したほうがよかった、なんてことがいっぱい書いてある（笑）。

永田　『人生の視える場所』で言うと、必ずしも

永田　歌を詠むスリルというのは、最終的に言えば、そういう不即不離の崖っぷちに立たされるということだと思います。どうもありがとうございました。（昭和五十七年五月八日　豊橋）

「短歌」一九八二年（昭五七）七月

岡井さんの解説がそのまま当たってるかどうかというのは疑問でね（笑）。たとえば、詞書が必ず問題になるけれども、岡井さんは「歌と私生活」の中で詞書の効用を言われて、歌から余分なものは全部はずしていくんだと言われた。みんなはその気になって読んでたら、大間違い。それどころか、歌にはない、いろんなものが歌の中にどんどん浸入してきてるわけです。われわれとしては二重の苦悩を強いられる（笑）。ひょっとしたら、今度の『人生の視える場所』の自註も、そういうしかけがかなりあるんじゃないかな。

岡井　人間、やっぱり、七番目の扉というのは開けない。かなり嘘ついてるわけですよ。

でも、〝因幡の白兎〟じゃないけど、やっぱり赤裸になるわけでしょう。つらいわけですよ（笑）。だから、ちょっとは蒲の穂綿にくるまりたいという感じがある（笑）。まあ、不即不離というのがぼくの理想です。ややつき過ぎてるのもかなりありますからね。

ブラッドベリ的な不安……

道化師と道化師の妻　鐵漿色《かねいろ》の向日葵の果《み》をへだてて眠る

第二歌集『裝飾樂句』中の「裝飾樂句」三十首の冒頭に置かれた歌である。塚本邦雄の初期作品の中でも殊に有名な一首である。ところがその割には論じられることの少ない歌だ。今回調べ直してみて改めて驚いたのであるが、塚本について論じている二十冊近い手持ちの本を全部ひっくり返してみても、正面からこの一首の魅力について、分析しているものにはついにお目にかからなかった。なぜか。

要するにむずかしい歌なのである。論じようのない歌なのだ、きっと。初めて読んだときの衝撃、そして今なお感じている魅力は、分析しようと力めば力むほど遠ざかるようだ。補助線一本で見事に解けてしまう幾何のようには、いきそうにもない。本当は、鑑賞なんてものはこの際願いさげにして、やっぱりいいな、これは、とでも呟いていたいのだが、そうもいくまい。

まず色彩の問題に注意をはらうべきだろう。向日葵と言えばすぐさまゴッホに連想がいくように、油絵的な華やかさと濃厚さに満ちた素材であるが、作者の視線は、それとはちょうど逆の位相にそそがれている。「鐵漿色《かねいろ》」とは言うまでもなく〈お歯黒〉におけるタンニン酸第二鉄の黒色である。バタ臭い向日葵の色を表現するのに、きわめて日本的な「鐵漿色」という色彩の選択をしたところにまず驚かされる。塚本には向日葵を素材とした印象深い歌が多いが、「おとうとよ　ここに脱水症状の向日葵のさみどりの體毛」「暴動のモティーフとして風中の向日葵　脚あらば奔りださむ」の二首、およびこの一首を加えた三つの向日葵は、その把握の新鮮さによって私を驚かせたベスト・スリーである。

色彩面ではいま一つ、直接表面には出てこないが、道化師と言った場合の、その顔に塗られた白のイメージと、鉄漿色との対照も、隠し味として十分効果的であろう。

さて、上句「道化師と道化師の妻」は、後年の「皇帝ペンギンも皇帝ペンギン飼育係りも」をはじめとする、塚本好みの二項対立の基本的な構図である。イメージはかっきりとして単純である。道化師とその妻が、眠っているその真中に、一個の鐵漿色の向日葵の果がある。歌はそれだけしか語ってはいないし、私たちもまた一枚のタブローのごとくその情景を思い浮かべられればそれでいいのだ。それだけでもこの一首は十分に魅力的だ。

しかしもし、私たちがこの一首に、ある不安の影が射すのを感じることがあるとしたら……。私の場合は、その原因は「向日葵の果」に、両親にはさまれて眠る子供の顔が重なってくることによるように思われる。眠りこけた親たちの知らないところで、いや、知らない間だけ、子供は「鐵漿色」の表情を際立たせてめざめているのかもしれない。もちろん向日葵イコール子供ではないということを前提とした上で、この一首に、一種ブラッドベリ的な不安と、しんとしたかなしさを感じるのは私だけだろうか。

「短歌」一九八三年（昭五八）三月

太陽が欲しかった頃

春日井建さんのことを少し書く。別に記念号のための挨拶というつもりはない。苦しいほどのめり込んだ一時期があり、ようやくその事実を眺める余裕ができたということか。患者退院後にまわってきた病症録《カルテ》、遅すぎる信仰告白《クレド》とでもいったところ。

大学二年の時、学生短歌会に入って歌を作り始めた。それとほとんど同じ頃に「塔」という結社と、「幻想派」なる同人誌に加わった。作歌のそもそもの始めから、互いに性格を異にする三つの集団に属したことになる。もっとも強い影響を受けたのはもちろん同人誌からであったが、そこに北尾勲という大変気前のいい先輩がいた。ある時彼が蔵書整理と称してドサッと呉れた雑誌のバックナンバーの中に、『短歌』の「黄金の六十人」特集があった。昭和三十六年十二月号。いまはもうボロボロになってしまって、なんとか本の形を保っているその号に、春日井建の「オルフェの罪」六十首があった。

その時のショックについて語り出すと、どうしても最上級の連発にならざるを得ないのでここはグッとおさえて。とにかく当時の私は歌の話になると春日井建をもち出して、仲間たちの顰蹙を買っていたものだった。ついでながらいまの若い人たちは（などと言い出すと、私もそろそろ中年なのだろうが）、多くの歌人を満遍なく知っておられて、その代わりに、コレゾという思い込みが稀薄なように思われるのだが、どうだろうか。

彼の作品世界が否応なく私につきつけた問題は、一言で言ってしまえば時間をくり返すことの不可能性ということであった。何もむずかしく言う必要はない。要は、こんなにも豊かな〈未〉青年期だって、得ようと思えば得られた筈なのだ。なのに、その存在を知ったいまとなっては、もはやそのような時間を決して手にすることができない、という言ってみれば月並みな悲しみであった。まことにオルフェにとって、ユーリディスは不可能性の霧の中にしか、その姿を現わしてはくれない。因みに、私の第一歌集『メビウスの地平』の扉に、"fugit irreparabile tempus"（取り戻しようのない時間が飛び去ってしまう）などというラテン語を、（本当はようやくのことで辞書の中から見つけ出して）刷り込んだのも、幾分かはこのような経験に根差していたのだろう。

春日井建

髪きつく捲るばかりにさみしくてわれの青銅時代はながし
われよりも熱き血の子は許しがたく少年院を妬みて見をり
刺すことばばかり選べり指熱くわれはメロンの縞目をたどり
蒸しタオルにベッドの裸身ふきゆけばわれへの愛の棲む胸かたし
太陽が欲しくて父を怒らせし日よりむなしきものばかり恋ふ

六十首のほとんどを当時覚えてしまった。どの歌も眩しく、そして悲しかった。甘く暗い罪の世界、と人は言う。だがそれは、まだ罪の意識さえ介入することのない無辜ゆえの悲しみであるとも言える。わが身の無垢が何より疎ましく、已れの身体を傷つけ、汚してしまいたいという欲望を抑えがたくいる、そのような誰もが一度は通過する時期に、私もまた当時いたのだった
『未青年』一巻を、一晩で書き写してしまったのも、丁度その頃のことだっただろう。模倣はもちろん盛んにやった。模倣のためには、ある相対化が必要だが、模倣という意識さえなかったと言った方が正確だろう。たとえばこんなふうに。

蔓巻きし痕なまなまと幹を彫り　彫りて欲るべき愛の形象《かたち》よ
樹幹筋肉のごと盛り上がりかつて鞭うたれし青年の裸身
「幻想派2号」

模倣なんて言いながら、これではまだカッコいいのを選び過ぎたのであって、大部分はもっと影響が露わであった。思いきって書いてみようか。「無頼の血忘れて鹹き生きざまと瞋れば広場に花刑は絶えず」「鉄条網握りしめたるてのひらの薔薇疹もてわが青春となさん」などなど。因みに〈薔薇疹〉なる語が、実際には梅毒由来であることを知ったのはかなり後になってからであった。別にカマトトぶるわけじゃあないけれど。

現在の私は、著しく岡井隆の影響を受けているだろう。だがそれは自分では十分意識的なものなのであって、人にそれを指摘されても別に痛くも痒くもない。言わせてもらえば、岡井隆をどのように相対化してしまうかというそれは挑戦なのであり、岡井さん少しは青ざめてくれたかしらん、などとほくそ笑んだりするひそかな楽しみでもあるのだ。「形態が機能を統べると君は思うかたとえば風に転がるパラソルのような」などという歌を、そのように捉えてくれる人はなかなか少ないのであるが。

だが春日井建の場合は、もっと重症であった。あれだけ彼のことを皆に言いながら、自分がその模倣をしているとは露ほども思い及ばなかった。不思議と言えばもちろん不思議。それ故に、前出の作品を発表した「幻想派2号」を見て塚本邦雄さんが、まっ先に春日井建の影響を言われたとき、誰が見ても当然の、そのくせ私には思いがけないその指摘は、私には大変なショックであった。

いつのまにか私もまた、春日井建の作品を、あの当時の灼かれるような痛みをもって読むことができなくなってしまった。いまは、痛みや切なさよりは、懐しさの感情に近いと言えるだろう。私はそれを決して、成長なのだとは思わない。少年時に持っていた豊かな空想の世界が、一つ一つ剝落して現実の中に溶解してゆく過程と、それは恐らく正確に共軛しているだろう。寂しいことだ。
だから、と言っても、うまく締めくくれないが、このあたりで、春日井建を一気に青褪めさせるような強烈な毒を持った青年歌人が、もう一度現われては来ないだろうか、と思っているのは私だけだろうか。

「中部短歌」一九八二年(昭五七)十一月

〈夢の方法〉——歌集『禁忌と好色』

このところいささか興奮気味に井筒俊彦氏の『意識と本質』を読んでいる。むずかしくて遅々としか進まないが、原書を読むつもりでじっくり読んでいると、面白くてとにかく時間を忘れるという感じなのだ。なにが面白いのかと問われても、とてもひとくちでは答えられないが、たとえば世界がこんなにも秩序だって、すっきりと見透せるという、射程距離の大きさにその一端があることは、他の多くの感銘深い書の場合と同じだろう。

こんなもの言いを『人生の視える場所』などという歌集名にこじつけて論じようという気はもとよりないが、たとえば井筒氏がほんのちょっと寄り道をしたという態の次のような一節にも、私などには全く目を開かれる思いがするのである。「ながむれば我が心さへはてもなく行へも知らぬ月の影かな」などの新古今的「ながめ暮す心」について、氏は「『眺め』の意識とは、むしろ事物の『本質』的規定性を朦朧化して、そこに現成する茫漠たる情趣空間のなかに存在の深みを感得しようとする意識主体的態度ではなかったろうか。（中略）このような『本質』を対象とする『……の意識』の対象志向性の尖端をできるだけぼかし、そうすることによって『本質』の本来的機能である存在規定性を極度に弱めようとするのだ。」と言う。

紙幅がないので、思いきって恣意的簡略化を試みれば、あらゆる事物がことばによってくまなくその「本質」を規定されている世界にあって、ことばの意味作用による分節化を受ける以前の「存在」そのものをとらえたいと願った王朝詩人たちのとった一つの方法が眼前の事物に鋭く焦点を当てることをせず、それらを限りなく遠くに「眺め」るという方法であったというのである。「この『眺め』の焦点をぼかした視線の先で、事物はその『本質』的限定を越える。そこに詩的情緒の纒綿があり、存在深層の開顕がある。『眺め』は一種独得な存在体験、世界にたいする意識の一種独得な関わりである。」とする井筒氏の見解は、私自身にひきつけてみれば、一方で、最近の岡井隆氏の作品の論じにくさの一面を、見事に語っているようにも思われるのである。

雨傘をはらりひろげて逢はむとす天はほのかに杉にほひたる

実に印象深く、忘れられない歌だ。だがこの歌がなぜいいのかは、いまもって十分に説明しきれない。たとえば次のような歌をいいと思う、その思い方とはだいぶ様子がちがうようなのだ。

熊蟬は鳴き初めにけり此の夏の新膚《にひはだ》としも思ふかなしさ

しづかなる旋回ののち倒れたる大つごもりの独楽《こま》を見て立つ
夕ぐれの大地に独楽を打ち遊ぶくれなゐのひも湿り帯びたり

熊蟬は岡井好みの昆虫であるが、一首目の下句にかすか漂よう性の匂い、二首目の独楽に籠められた暗喩的意味合いなどは、それぞれの読者における受容の程度に差があるにしても、これらはいずれもツボを心得た、いわゆるキマッタ歌だと言えるだろう。しかし歌集『禁忌と好色』は、もっと広くとって岡井氏の最近の作品の特徴は、これらのいわゆる名歌的な歌にあるのではない。
最近の岡井氏の作品の魅力は、何を歌いたいのかもう一つよくわからないけれど、妙に気になるというそんな歌にあるように私には思われる。先ほどの雨傘の歌、傘をひろげて逢おうとするそのときに、ほのかに杉の香が漂よってきたという、そのイメージはいたって単純で鮮明である。しかし「はらり」という（道行き）めいた仕種、「天は」という茫漠とした把握、それらに籠められた作者の〝思惑〟は、かならずしも読者の納得を期待してはいないようなのだ。

ひらひらと林檎の皮を剝きたらす実《じつ》にこのやうに筑紫のをみな
髪の根をわけゆくあせのひかりつつみえたるところのあはれなる愛

一首目のあんまり人を食ったような下句、また二首目のやや即きすぎとも言える結句、ともに印象深い。けれどもそれらの内容をおそらく誰も説明できないだろう。つまり、ある一つの表現に賭けた作者の内的必然、などという大上段からの斧は、ここではほとんど通用しないようなのだ。

手をだせばとりこになるぞさらば手を、近江大津のはるのあはゆき
手をお出しわれも両手をさし出さむ水いろの如月《きさらぎ》の花の上《へ》

二首とも表現の軽さのわりに、意外に深刻・真剣な内容を伝える歌だと私は思っているが、しかしこれらから作者の素顔を摑みとることは難しい。かつての岡井氏のことばになる〈作品の背後の一つの顔〉が摑みとりにくいのだ。それは、なぜか。

岡井氏の（殊にも最近の）文章や作品に〈夢〉の占める比重が大きいと思っているのは私だけだろうか。たとえば「仮面と様式」一連の詞書には、夢に関する記述が四つもあり、そのいずれも妙にかなしく印象深い。

別に夢で見たシーンにのみ限るわけではもちろんないのだが、私は岡井氏の最近の作品を、たとえば〈夢の方法〉とでも考えてみれば納得がいくのではないかと漠然と考えている。「悪い夢を見て泣くなんて／いい年をしてすることじゃない」と中島みゆきは歌うけれど、あえて夢に見たごとくに現実を記述すること、事実を、整理、削除し、エッセンスだけをあらかじめ秩序立てて並べ変えるのではなく、できるだけ生まなままで、それらのもつ意味性や象徴性をまだ見定めない状態で

呈示しようと、岡井氏はしているように私には思われる。井筒俊彦氏の指摘を岡井氏に結びつけたいとする所以である。一種の夢分析、夢占いによって、自身でも気づくことのない自らのデーモンに向きあおうとしているのかもしれない。

そんな方法のはらむ問題点は大きく言って二つある。一つはその必然的な饒舌性がもたらす駄作の多さ。駄作なにするものぞという精神力の強靭さが要求されるだろう。いま一つはその独断性による読者疎外である。「小切手は腹巻きに入れて行った。（この一行は、わたしにだけ意味がある。）」と註するように岡井氏は徐々に読者を疎外し、しかも限定しつつあるように思われる。現在の岡井ブームにもかかわらず、である。

「短歌」一九八三年（昭五八）四月

月夜の星――『五重奏のヴィオラ』

岡井隆が変わりつつあるな、と思う。

〈現代短歌の旗手〉ということばは、もう久しい間、指定席のように塚本邦雄と岡井隆の上にかぶせられてきた。「中の会」や「ゆにぞん」などを中心とする、フィクサーとしての岡井の活動を見ていると、今なお威風堂々の旗手であることは誰が見ても明らかだ。現代短歌を牽引するのは自分を措いてないという自負と使命感は確かに彼にあろうし、それはまた誰もが今なお（と悔しみを籠めてもう一度言っておくが）彼に期待するところでもある。

「もはや青年の心をうごかす文学は成就しがたく、ありていに言って数人の友人知己に見せるだけの私歌集なのだ。」と言い切った『鵞卵亭』以来、しかし、彼が見ていたものは、一貫して現代短歌における自己の作品のもつ位置と角度であったと私は思う。言葉を継げば、どのように自分の作品が起爆力を獲得し、ひいては、現代短歌そのものが新しい地平を獲得し得るかということが、その意識に強くあっただろう。

雨脚《あめあし》のしろき炎に包まれて暁《あけ》のバス発《た》てり　勝ちて還れ
『土地よ、痛みを負え』

右翼の木そそり立つ見ゆたまきわるわがうちにこそ茂りたつみゆ
『朝狩』

さんごじゆの実のなる垣にかこまれてあはれわたくし専《もは》ら私《わたくし》
『歳月の贈物』

これらは、その時々に人々の強い関心をひき、多くの話題を提供してきた。それだけくっきりとした印象を残す作品であり、ここには〈発言〉するという姿勢があきらかである。ある意味でそれは岡井のサービス精神といってもいいのかもしれないが、最近の岡井作品に私がひかれるのは、もう少し別の傾向であるようだ。

おもふよりいくらかわるく言ひながら身につきて行く保守派びいきの

抑圧のかなたにまろき丘立ちてダダダダダダダダダと一日《いちにち》

陰茎をむき出しにして眠るのを笑ふ男の京なまりかな

バスタオル風に乳房を巻いてゐる言葉にはすこしさからつてやれ

これらはまぎれもなく岡井調の作品と言えよう。一首目結句の不安定感、二首目のオノマトペ、三首目上句の大胆なことばえらびや四首目上句のわざとはずした比喩と下句の俗語をまじえた現代語脈の導入など、どの一首をとってみても、一目瞭然〈岡井の歌〉である。岡井のおもしろさであり、これまでの岡井論の視点が集中してきたところである。

暴《あ》れ梅雨《つゆ》のするどききしりのこりたるにはたづみにて猫が水を飲む
象といふ反時代的実在にかくも惹かれて女童《めわらは》と居り
解剖学図譜を買ひきてひらき読む青年のごときかなしみわきて
なつかぜのなほり切らぬを石に来て虻のつがひの翅《はね》ひびくかな
熱たかき妻のひたひはしばしだにありのままなる眉きはだちぬ
部屋ごしに塩のありどをききしかどするどき咳のかへり来しのみ
明か明かと温水プール少年は迎へに来たるわれにうなづく
ちかぢかと吾妻《あづま》を仰ぐことありて寂しき美女と思はざらめや

さきの歌に較べて、すいぶんおとなしい歌だ。どの歌にも、いわゆる岡井らしさの刻印ははっきりしている。しかしこれらの作品に私がひかれるのは、そのいわゆる（らしさ）の故ではない。表現をぎりぎりまで研ぎすます、その一歩手前で思いとどまった、ある種の余裕のようなものにひかれる。

たとえば三首目下句の「青年のごときかなしみわきて」、最後の歌の「寂しき美女と思はざらめや」などの表現は、確かに甘い。歌会などで提出されれば、当然批難が出るだろう。しかし、部分的な甘さを含みながら、これらの作品がもつ余裕と豊かさは、とことん尖りきる（一歩手前）での思いとどまりにあることを大切に考えたい。

うまい歌は多い。むしろ、いまはうまい歌が多すぎる。それに較べて、ことばの豊かさ、リズムの豊かさを感じさせてくれる歌は少ない。歌柄の大きさ、などと口走ると、もう収拾がつかなくなってしまうが、豊かさや余裕が、何も甘さのみに原因するのでないことはいうまでもない。いずれ韻律論の問題として考えられなければならない点であろう。そして、韻律はまた、〈辞の韻律〉として考える以外ないのではないかと、私はいま漠然と思っている。

辞のねばりという点において、現代の歌人の中で、岡井は一つの典型をなすだろうと思う。岡井の歌を読みつつしきりに茂吉を思うのは、その多作ぶりもさることながら、多く〈辞のねばり〉に関わってのことなのに違いない。

今回私がひかれたとしてあげた八首の歌を指して、人は、それを岡井の退歩だというであろうか。私にはそうは思われない。

先にあげた歌の他に、

割りばしの巻きあげていく水あめにわりばしきしみ夏はふかけれ
よろづもめ事ひきうけますといふごときあたたかき月燈《とも》りてゐたり

室内にトイレを置きぬ麦畑なきあめつちの麦秋のころ

これらの歌が変わってみえ、論じにくいのは、ここに、私たちが何らの意味をも付与し得ないことにかかっている。これまでの岡井隆の歌において多く語られてきたのは、歌の意味内容、象徴であった。これらの歌が拒否しているのは、そのような意味そのものである。

最近の岡井作品を読みつつ私は、何ら象徴的な意味性を感じさせないものばかりを好んで選んでいるような気がする。比喩的にいえば、歌が背伸びをしていないものを、ということだ。

そしてふりかえってみれば、これまでの岡井も、やはりそのような歌を数多く作ってきていたのだった。際立ってアピール力の強い岡井らしい作品の光の強さの故に、それら地味な歌が目立たなかっただけのことなのかもしれない。してみれば、実は、変わったのは岡井ではなく私自身、さらにいえば、そのような読みへと私を引きずっていく時代自身なのかもしれない。

「短歌」一九八七年（昭六二）三月

岡井 隆

岡井隆歌集『αの星』

歌会用語に〈説明的〉というのがある。これが初心者にはなかなかわかりにくい。私も歌を作り始めた頃、自分の歌を説明的だと評されて、一体何が説明なのかわからなくて困ったことがあった。

一首の中に飛躍がないと（もっと厳密に言えば、一首が終ったあとにくる飛躍も含めてだが）、歌はつまらない。その飛躍が、跳びすぎていると読者の理解が及ばず、即きすぎていると面白くない。その跳び方のいわば匙加減が、歌のむずかしさであり、また面白さでもある。

失敗作を見ていると、跳びすぎて読者の共感が得られないというものよりは（前衛の亜流たちにはこれが多かった！）、わかりすぎてつまらないという作品の方が圧倒的に多いという気がする。説明的語句の挿入が跳躍の溝を埋めて落差を小さくしているのである。説明しないと、自分のこの心の動きは読者にわかってもらえないのではないかという危惧が、その大きな要因であることはいうまでもないだろう。

歌は盛り込む形式である以上に、削り取る形式であるといったのは佐佐木幸綱であったが、削り取ることは言うほどに簡単なことではない。〈省略の大胆さ〉という点において、岡井隆は現代の歌人にあって際立った存在であろうと思う。それは、わかる者だけわかってくれればいいという居直り、読者の限定という文脈で読んでもいいわけであるが、一方で、読み方の固定、解読の一意性から遠ざかっていたいとする意志とも読めよう。

ふるさとの勾配ふかき坂が見ゆ誤解されつつふぶくか坂は
金銭のさびしき明《あ》かりひとときはつまのこころを照らして消えつ

どちらも私の好きな作品である。だが、それではこれらが何を歌っているのか正確に理解しているかと問いつめられると、あまり自信はない。一首目の誤解、二首目の金銭が、具体的に何を指しているのか、作品は何も手がかりを与えてくれないからである。

一首目は、作者がふるさと＝名古屋に来て講演をしている事実を背景としている。「友人多数聴講にこられ、閉口す」と詞書きにある。「ふるさとの勾配ふかき坂が見ゆ」は、「ふるさとの無数の坂の勾配を冬雲のへに置きて思ひつ」などと同様、坂の多い町名古屋の、その一つの坂を現実に見ながら講演をしていると一応とっておく。結句「ふぶくか坂は」は、現実に吹雪《ふぶ》いていたと考えることもできる。それだけなら素直な嘱目であろうが、四句の「誤解されつつ」が思わせぶりで読者を悩ませる。単に講演内容を誤解ということではなかろう。ふるさとに作者は誤解されて、ということか。結句「ふぶくか坂は」に、どうしても作者自身が二重写しに重なってくる面白さは、第四句のあいまいさにあるようである。

誤解の内容がはっきり示されてしまえば、このような読みの多重性は出てこないだろう。作歌時の欲求としては、それを読者にわからせたいと思うのは当然のことだが、それを断念することによって、歌のふくらみと多層性がでてきたと考えたい。二首目の「金銭のさびしき明《あ》かり」も、内実は日常会話の何でもないひとこま、「どうして家《ウチ》には金が貯まらないんだろう」（これはわが家の会話）とか「あの金がいまもあったらね」とかに類するものであったのかもしれないが、それを〈さびしき明《あ》かり〉と表現することによって、その明かりが結句に照応しつつ、ひとときはなやいだ妻のこころへの思いを深くしているようだ。ひるがえって、妻にそのようなさびしさをしか与えられない自己への思い、とまで言えば、深読みに過ぎようか。

　　のぼりつつ回る遊具に子を抱きて人生晩年すくむ思ひあり

観覧車であろう。第三句「子を抱きて」がなんでもなさそうに見えて重い。岡井個人に即きすぎを承知でいえば、抱いて遊具に乗らねばならぬほどの子や家族をかかえつつ、老年へすべり込んでいくことに対する「すくむ思ひ」であろう。ゆっくりと高きへ運ばれてゆく。高さに対してすくむ思いであるとともに、一方で、安穏ならざる人生晩年にすくむ思いがするという。率直な感懐を述べた歌であるが、率直は素朴とは異なる。観覧車を「のぼりつつ回る遊具」と敢えてまわりくどい表現をしたところは、ゆったりしたリズム的効果のほかに、時間をかけて引き上げられていく不安感、さらに、それが単なる〈遊具〉によってもたらされる〈すくむ思ひ〉であるというはかなさをも、十分考慮に入れたものと見なければならない。

波はうしろに泡を率ゐて寄るものを当歳の女児だきて見てゐる
たたかひをしてこしわれをしづかなるうからのかほがかこみて動く
しかもなほ林檎をはめり叱られてゐる少年の父親ゆづり
はるかなる年少妻と思《も》ひ居たれ三十なかばすぎて庭にあり

最近の岡井のテーマの一つに家族があることは、『αの星』『五重奏のヴィオラ』という二歌集のタイトルからも明らかである。〈αの星〉とは、〈大いなる星座のごとき家族〉の中のアルファであり、〈五重奏〉は、五人の家族がそれぞれに奏でる五重奏であろう。これらの家族を歌った作品は、「未来」に毎月発表された作品という性格故か、率直で、平明になったという印象が強い。私は草野比佐男のように、岡井に兇暴性のみを見たいと思わないので、岡井の家族詠をもっと読みたいと思う。評価に耐える家族詠は、言うほどに容易くはない。

サガレンをみなみ東へ流れたるくらきうしほに在りと思はむ

冬帽のひさしをふかくかたぶけてうつつを見たりかなしうつつは

私事になるが、私がアメリカに居た頃、ワシントン・ポスト紙上で、大韓航空事件の（一周忌だったと思うが）遺族らが墓参している写真を大きく掲げているのを見た。あれはどこの墓地だったのだろう。洋風の墓標の立ち並ぶ、一番手前に、はっきりとOKAIと読み取ることのできる一基があった。ここで歌われている岡井隆の甥、真《まこと》だったのだろうか。

サガレンの歌、解説の三枝浩樹が「うつくしい、慰めに充ちたレクイエムである。」「内容はともかく一首、リズムはあくまでも明るい。」「かなしい潮のながれのなかを漂う若き死者の姿を連想させる」と述べているところに同感である。オクターブの高い悲しみの表出は、かえって人の心を打つことが少ない。のびやかな明るさ、美しさにも通じる軽やかさの中にこそ、深い悲しみが浮かび上がることがある。作者はそのことをよく知っている。

樺太と言わず、敢えてサガレンと呼んだところに、この事件の政治性を強調する必要はないだろう。サガレンという韻きの短調の効果と考えたい。「みなみ東へ流れたるくらきうしほに」の、一語一語がゆったり流れていくリズムが、よるべのないかなしさを呼び寄せるようである。

「短歌現代」一九八七年（昭六二）五月

辞の復権をめぐって——岡井隆論

一

五重奏なかんづくそのヴィオラかな花の向うの空すさむまで
わが前にうるはしく灼《や》けて鼻がある奈落もあはれ家族もろとも

『五重奏のヴィオラ』

最新歌集『五重奏のヴィオラ』は、一首目の作品からタイトルがとられている。五重奏とは、父母と三人の子供たちから成る五人の家族が、それぞれに奏でる五重奏であろう。前歌集『αの星』のタイトルも、〈大いなる星座のごとき家族あれα《アルファ》の星はまたたき初《そ》めつ〉という『五重奏のヴィオラ』中の一首からとられている。二歌集のタイトルは、おのずから最近の岡井のテーマとして〈家族〉の問題があることを物語っているが、それはもう少し後に触れることにして、先を急ぐ。

一首目の「五重奏なかんづくそのヴィオラかな」、二首目の「奈落もあはれ家族もろとも」、この〈かな〉〈あはれ〉に注目してみたい。岡井隆の作品には、もともと感動詞もしくは感嘆を表わす助詞の使用頻度が高かったが、『鵞卵亭』以降、最近になるに従って、ますます頻繁に現われるようになった。

そのような現象の意味については、さまざまの角度からの切り取り方が可能なのであろうが、さしあたりここでは、もっとも単純に叙述から詠嘆へ、という志向の変化としておさえておきたい。このような言い方は、とめどもなく古めかしい議論、たとえば近代短歌における詠嘆と共鳴とが同一平面上でめでたく出会うという風な議論へ傾いてしまいそうであるが、それを、意味伝達を放棄することによって、感情の生起するそのもっとも原初的な場を再現したいとする志向といいかえて、とりあえず先に進むことにしたい。

槇植えて墓標の肩に触れんとすああその枝の重くはないか　『斉唱』
のぼりつめて宙に肢《あし》ふる飛蟻あり唐突にああ挫折の予感　『土地よ、痛みを負え』
くらがりに居て診断をきめむとする心のうごきあわれ綾なす　『朝狩』

初期の歌集から、たとえばこのような作品を引いてみるとする。どの作品も〈ああ〉ないしは

〈あわれ〉などの挿入によって、一種トーンの高い歌い口をもっている。笠原伸夫風に言えば〈高音域から発せられた〉歌であろう。

トーンは高いが、これらの作品における詠嘆は、しごくわかりやすいものだということができる。感動詞は、作者の伝えたいとする意味や感動を強調する役割をもっぱら果しているといっていいだろう。〈叙述から詠嘆へ〉といった場合の詠嘆が、このような形のものであれば、それは単なる近代短歌への逆もどりということにしかならないかもしれない。

近代短歌における詠嘆には、一つの前提があったと考える。それは、作者が、自らの感動を〈一意的〉に読者に提示していただろうという点である。作者はもちろん自らの感動の内容を見極めていたし、それは、適切な表現さえ得られれば、必ず同じだけの質量をもって読者に伝わる筈だという信念ないしは信仰であったともいえる。「鍛錬道」というような概念が胚胎する素地は、まぎれもなくそのような信念にあったといえよう。

作者が発するメッセージは、途中でどのような変換のプロセスを経ようとも、正しく変換されていさえすれば、かならず読者に〈正しく〉受信される筈だという一対一対応に作歌の基盤を置いていたのが近代短歌であったと私は考える。

さて、冒頭にあげた作品はどうだろう。「五重奏なかんづくそのヴィオラかな」、「ヴィオラかな」という詠嘆には、おそらくそのヴィオラが自分だということであろう。しかしなぜ作者が（たとえばコントラバスでなく）ヴィオラなのか、またなぜヴィオラであることが、〈かな〉によって強調されなければならないのか、その解答の手がかりは、下句を読み終っても何ら与えられることはない。そもそも下句、「花の向うの空すさむまで」の〈まで〉という納め方は、初めから上句を何らかの形で補綴しようという意図のもとに置かれたものではないことを示唆していよう。

　　さんごじゆの実のなる垣にかこまれてあはれわたくし専《もは》ら私《わたくし》　　『歳月の贈物』

　多くの人々によって何度もとり上げられた歌である。どの論者によってとり上げられる場合も〈私〉をめぐる問題として論じられていたと記憶する。家族という場における〈私〉の屹立、たとえばそのような文脈で論じられることが多かっただろう。それはそれでいいのであるが、この作品は、二重の疎外を表現しようとしているように私には思われる。

「さんごじゆの実のなる垣にかこまれて」いるのは、外界から疎外された存在としての家族であろう。しかもその家族の中における「専《もは》ら私《わたくし》」としての〈私〉の疎外、孤立、これが第二の疎外である。一応そのようにとった上で、「あはれわたくし」と「専《もは》ら私《わたくし》」とは、同じ水準にある詠嘆であろうか。「専ら私」の方に、家族からの疎外感と、逆に孤立することによってかろうじて己を見失わないでいられるという、ある種の自己規定を読みとることはできる。しかし、「あはれわたくし」の方は、私にはいま一つ不透明である。結句と同格、同水準の表出、つまり「あはれ」が「専《もは》ら」と同じ構造をもった表出であるようには思われない。それが何であるのかいますぐ明らかにすることはできないけれど、そのあいまいさ、不透明感が長く私をとらえている。

二

最近の岡井隆の作品を読んでいると、彼がいよいよ〈意味〉の呪縛から自由になりつつあると実感できる。もっと正確にいうならば、意味を伝達しなければならないという規制からというべきであろう。意味伝達の絶対性から自由になって、それでは岡井は、どこへ行こうとしているのか。岡井自身のかつてのことばを借りて、それを〈韻律のリアリズム〉といってしまったのでは、その内容があまりに無限定で茫漠としすぎる。

しばらく〈辞〉の問題を考えるところから、岡井作品のもつやわらかさと豊かさについて考えてみたい。

とっかかりとして、少し古くなるが笠原伸夫と菱川善夫の論争を簡単にふり返ってみよう。笠原伸夫は「勦滅的前衛短歌論」(「短歌」、昭41・2)の中で、塚本邦雄の〈乳房ありてこの空間のみだるるにかへらなむいざ楕円積分〉などの作品をあげて、「みだるるに」の〈に〉に見られる辞のあいまいさを突いた。そして、〈辞〉の質的な転換がなしえぬかぎり、真の前衛とは言えないのではないかという問題を提起したのだった。

菱川善夫が〈辞の断絶〉という用語を用い、「その断絶の空隙は、異質な二つの詩句がその中に出あい、火のような燃える時間を現出することによって、詩的主題そのもの刺戟することを目的と

菱川善夫

する」のが塚本の方法だと、それに反論した（「短歌」、昭41・7）ことはよく知られている。実質的な〈辞の断絶〉という塚本の方法については、既に笠原の文中にも言及があり、いま読み返してみても、この論争はすぐれたものであったと実感させるものをもっている。

だが私たちはこれまで、〈辞の断絶〉の方に気をとられすぎており、菱川が提起していた〈短歌的辞〉についての問題の重要性を、置き忘れてしまっていたのではないかという点に、二人の論争を再読しつつ改めて気づく。

は、笠原の指摘した辞のあいまいさを認めつつ、しかし、そのあいまいさが逆に「現代の抽象的な抒情の流出に耐え」得る辞の勁さをもたらす可能性について述べ、「最も古風な、最もトリヴィアルな」辞というものへのこだわりこそ、「伝統を異にする現代詩から、現代短歌をわかつ最後の理由」があると説く。

簡潔に要約しきれないのが我ながらもどかしいが、近代短歌における辞が、その規定力の強さゆえに、「平面的な詩的構成と、抒情と人間の一元化の限界を超え」られなかったのに対し、逆に、規定力の弱さをばねにして、単なる意味内容ではない感動を与え得ることもあるという説は卓見であると私は思う。そのためには、言葉を支える詩の思想そのものの変革がまずなされなければならないというところがいかにも菱川善夫的である。すぐに思想（もちろん詩の思想だが）の問題へと論点を滑り込ませてしまう菱川の文脈には、しかし、私はにわかには賛成しかねる。

三

雨傘をはらりひろげて逢はむとす天はほのかに杉にほひたる　『禁忌と好色』

われを過ぎわが半生を統べたるはかたむけて行く青きあまがさ　『αの星』

一首目、あいまいさを排するとすれば「天は」ではなく「天に」であろう。その場合、「天にほのかに」と重複をきたすことにたとえ目をつぶっても、一意的な意味の規定性の故に、歌が窮屈で、広がりをもたないものになってしまうことは改めていうまでもあるまい。この一首自体が、あるムードがあり、イメージははっきりしているにもかかわらず、具体的にどういう情況なのかは読者に知らされていない。〈逢はむとす〉が鍵であろうが、どういう逢いか、それには頓着せず読めと作者はいうのである。その内容がわからなくとも味わえる筈だと差出すのであり、事実私たちは、いっさいの意味的詮索をしようという気にすらならずに、このリズムの緩やかな豊かさを楽しんでいる。

二首目はさらに強引である。本来「は」は、選択性をもった助詞であり、次に来るものへの期待感をつなぎとめる。上句を読んだ読者は当然その「統べたる」ものの開陳を期待する。しかしその期待は、見事にはぐらかされる。だがそれは、はぐらかしではなく、作者自身にもなお解答の出ない問そのものと考えておいた方がいいのかもしれない。下句「かたむけて行く青きあまがさ」に何らかの比喩的意味合いを読みとろうとしても無駄だろう。私は、岡井の（特に最近の）歌に深読みは禁物だと思っている。「われを過ぎわが半生を統べたる」ものに解答を出してしまった作者ではなく、問そのものを抱え込んだまま「青きあまがさ」を傾けて歩いている作者像の提示、それだけがこの作品の全てなのだと言ってもよい。

波はうしろに泡を率ゐて寄るものを当歳の女児だきて見てゐる
口ひげの白かりければ祖父として見られむことも朝もやのなか
『αの星』

これまで岡井は、妻以外の家族を歌うことがほとんどなかった。妻に対しても、夫と妻という以上に、男と女という視点から、性をモチーフとして歌われることが多かった。子供をも含めた家族は、『禁忌と好色』あたりからおずおずと顔を見せはじめ、初めにも述べたように『五重奏のヴィオラ』『αの星』では、家族が一つのテーマになっていると思われる。ストレートに己れの感情を表出して、共感できるものが多い。

引用の二首、どちらも一見素直な、よくわかる歌だ。だがこの場合も、「寄るものを」「見られむことも」の二つの助詞は単純ではない。「当歳の女児だきて見てゐる」作者に、「波はうしろに泡を率ゐて寄る」情景がどのように見え、感じられたのか。口ひげが白い故に「祖父として見られむことも」あるだろうかというだけなのか、そう見られるのもまた良しとする余裕なのか。辞の規定力の弱さ、あいまいさは、それらについて何ら情報を与えてはくれない。規定する機能を一たん宙吊りにしたまま、辞は読者によって方向性を与えられるのを待っているようにも見える。

歳月はさぶしき乳《ちち》を頒《わか》てども復《ま》た春は来ぬ花をかかげて

ちかぢかと吾妻《あづま》を仰ぐことありて寂しき美女と思はざらめや

どのようにあげてもいいのであるが、これら岡井における辞の勁さ、辞のねばりあるいは弾力は歴然としている。このような辞の弾性によって、岡井の歌のゆったりと大きなリズムがもたらされていることはいうまでもない。いまはまだそれを韻律論として組み立てることはできないが、残りのスペースで急いで次の点だけを言っておきたい。

感動詞の多用といい、辞の規定力のあいまいさの逆用といい、そこには、一意的な意味の伝達をむしろ積極的に放棄することにより、読者をも自分をも、意味の窮屈さから解き放とうとする岡井の意図が感じられる。そして辞の弾性を最大限利用することによって、読者を、自分の感情のうねりの中に吸収しようとしているかのようでもある。

〈辞の断絶〉という切り取り方は、塚本邦雄の方法を見事に言い当てているというべきだろう。鋭利に切り取られた鋭いイメージを読者に突きつける点において、塚本邦雄は挑戦的であるといえる。岡井隆は、辞を効果的に利用することによって、読者の感情の波長を自分のそれへと同調、吸収しようとする。してみれば、岡井作品に対しては、読者の側が挑戦的にならざるをえないのかもしれない。

「歌壇」一九八七年（昭六二）六月

年譜と読み

岡井隆全歌集のⅠ、Ⅱが出た。Ⅰには彼の九州までの七歌集が、Ⅱにはそれ以降の六歌集が納められている。Ⅰ、Ⅱの境界にあたる歌集に『天河庭園集』があり、この歌集には、岡井自身の編集した、いわば岡井版と、後に福島泰樹が編集しなおした新版が存在することは改めて書くまでもないが、岡井版がⅠの最後に、新版がⅡの冒頭に置かれていることなども、いかにも岡井らしい編集のセンスだと面白く思った。

12月号の「短歌研究」は、恒例の年間回顧座談会を掲載している。塚本邦雄、岡井隆、馬場あき子と佐佐木幸綱が出席して、この一年の動きをふり返っているのだが、そこでも全歌集が話題になっていた。

馬場　そういう意味で今年のやっぱり大きな出来事っていうのは、塚本さんの『茂吉秀歌』の完成です。それから岡井さんも全歌集をまた出されたけれども、それにつけ一つ面白いと思ったのは、綿々たる自分の履歴書を書いていらっしゃるでしょう。あっちの方が、問題が大きいなあ……（笑）。

岡井　どういう風に？

馬場　それは塚本さんも『茂吉秀歌』の鑑賞の中で述べていらっしゃるけれど、『白き山』なんかは茂吉の背後の時代や生活の資料を使わなければ面白く書けない所があるっていうことです。つまり、岡井さんは、そうした面白さの資料を提供なさったっていうことでしょ。塚本さんの湊合歌集の年譜も面白かったし、私もだいぶ長い履歴書を歌集に附して出しましたけれども、そういう履歴書ごと鑑賞する場面っていうのを解禁したっていうことになるでしょ。その美意識とか哲学とかそういったようなものだけでない、もう一つ違った鑑賞分野を提示したことになると思うのね。

私は最近の、殊に座談会などにおける馬場あき子の率直なもの言いに共感を覚えている。それは、単なる率直さというのともやや違って、明らかに意識された率直さであろう。「こういう時代なのだから……」と、誰もが言わないであいまいなままにすませている問題に対して、あるいは、時代への軽いノリで対処している状況に対して、「本当にそれだけでいいのですか」と念を押しているのである。「近ごろ、女歌」と題された『短歌』（昭和六十二年十月）の座談会における俵万智への註文なども、全く正論ながら、それが公式論にはならずに迫力をもっていたのは、馬場のそのような姿勢によるものだと私は思っている。

誰もが右を向いていたら、たとえ右が正しくても、あえて一度は左を向いてみるだけの覚悟というようなことを私はどこかで書いたことがあるが、馬場の率直さは、そのような意味で意識された率直さであろう。

さて、先の発言の中で、「履歴書ごと鑑賞する場面っていうのを解禁した」という発言は、重要な指摘だと思われる。「解禁」というからには、その「禁制」の時代があったということを前提にしており、この座談会では出席者全員に自明のこととしてそれ以上の説明はなされていないが、その禁制から解禁へというプロセスは、戦後短歌史のまぎれもない一つの流れであり、また当然のことながら現在という断面を鋭く反映してもいるだろう。

禁制とは何か。それはこの場合、前衛短歌運動が近代短歌へのアンチテーゼとして提出した読みの問題であろう。これは当然、これまでにくり返し議論されてきた〈私性〉の問題を抜きにしては語れないものであるが（そして最近、たとえば小澤正邦の「現代短歌雁」四号における論考のように、〈私〉の新しい把え方の萌芽が見られるようになってきたが）、今回はそれについては述べない。

単純に読む側の問題として、三十年代に提起されたものの一つは、作者に対する情報量を零にして読むという読み方であった。私が歌を始めた頃、学生短歌会や同人誌などの歌会においては、それは常識以前の問題であるかのように扱われていたし、その源が、塚本邦雄のきっぱりした断言調にあることは明らかであった。

なにを引いてみてもいいが、ちょうど私の作歌の揺籃期ということであれば、「短歌」昭和四十四年十月号に載った「ぴっぱ・ぱっせす――または詩歌における青春」という文章も忘れられないものだ。冒頭に近く、

「さらに言へば、私にとつて、金槐集には

萩の花くれぐれまでも有りつるが月いでて見るになきがはかなき

以外一首の秀歌もない。万葉ぶり、ますらをぶり云云の、夥しい頌を私は一度も信じたことはなく、彼の希臘の不条理悲劇一幕を髣髴させる生涯を二重写しにしなければ、到底感動不可能な新古今本歌取りの数数にも、はなはだしく慊焉たるものがある。」

というような個所があって、塚本一流の文体の華麗さに確かにどこか酔いつつ、作品は作者の履歴からきっぱり切り離すべきだという断定を、私たちはさしたる疑問ももたず受けいれていたのであったと思う。

これはもとより一つの極論なのであって、今日、作者に関する情報量を零にして作品だけから入るという事態は、そう多くあるものではない。にもかかわらず、塚本のこれらのマニフェストが力をもっていたのは、それが態度の問題として突出力をもっていたからにほかならない。従来の（そ

して現在でもその情況はさして変らないともいえるが）、作者べったりの解釈・鑑賞法から、いかにして作品を解放するか。その一致した目標に向かって、各人がそれぞれの戦略《ストラテジイ》を模索しているという背景を前提にした極論なのであった。そこに例外の入ってくる場合もあることは、なにより塚本邦雄自身のよく知っているところであっただろう。それらの例外に、敢えて目をつぶって一つの読みの典型を提示する、今かえり見れば、そこには、時代の若さが息づいていたと、言うこともできよう。

昭和五十一年一月の「国文学」が「美の狩人、塚本邦雄と寺山修司」という特集を組んだとき、私はちょっとしたショックを受けた。私の知っているかぎり、そこで始めて塚本邦雄の年譜が発表されたからだ。政田岑生編であり、自筆ではないが、それまで自らの出生や経歴については一切口を閉ざしていた塚本が、その年譜作成を許したのである。

もちろん塚本の年譜は、それによって作品に奉仕せしめようという意図のものではなく、彼の作品自体がそのような年譜を拒んでいるともいえるが、それでも「ブルータスおまえもか」という思いを、一方的なひいき筋としては禁じ得なかったのである。しかし、その一方で、自分でも不思議なことながら、ホッとしたという思いがかすかにではあるが、確かにあったことも事実なのである。大儀のために肩を張っていたものが、やっと裸足で地面に降りられるという、それをようやく公認されたという、それは安堵感に少しは似ていただろうか。

『塚本邦雄湊合歌集』では、同じ政田岑生編纂によって〈年誌〉はさらに詳しいものになった。

その後に出された全歌集、それも生前の全歌集に続々と年譜がつけられるようになった。真鍋美恵子、河野愛子、安永蕗子、馬場あき子、そしてもっとも新しい岡井隆。

　読んでいると、それぞれに面白い。「わが言葉にはあらはし難く動く世になほしたづさはる此の小詩型」（土屋文明）という、その〈小詩型〉に、それぞれの歌人がいかに深く関わってきたのか、そんなあたりまえのことさえ、妙に感動的なのである。馬場あき子歌集の長い年譜には、（あえて不覚にもとつけ加えておきたいが）しばし感動し、考え込んでしまった。この〈小詩型〉が、いかに一人の人間の人生を規定してしまうかという点についてである。

　今考えてみると、馬場の年譜に力があるのは、彼女が、年譜を単につけ足しではなく、より積極的な表現手段の一方法と意識していることにあるように思われる。「私はやっぱり時代と作品と作者っていうのは、三位一体で鑑賞したい立場の者なので」という馬場の発言にもそれはうかがえる。勇み足を覚悟でさらにいえば、それは、年譜をも〈作品〉の一部としてみようという意志、とうけとることはできないだろうか。

　さて、こうしてみてくると、かつての塚本邦雄のストイシズムから、現在の馬場あき子の積極性まで、立場は正反対のようにも見えてくる。にもかかわらず、その二つの立場は現在のところ、いかなる対立の契機をもつかみ得ないまま、なしくずし的にお互いを容認し合っているのである。それはもちろん塚本と馬場との対立ではなく、二つの立場の対立ととらえる以外ないが、対立である以上に、どちらの立場も、自分で実際にもう一つの立場を経験してきていることによる了解性というのが正解であろう。
たとえば、岡井隆はまさに、その両者を現在的に実現している一人なのであって、「いろいろパフォーマンスで書いている（笑）。」というように、楽しみながら書いているという風情である。岡井ならきっと、「永田君、そんな二元論的対立の図式はもう古いよ」というのだろうが、私の思考は、どうも二元論を抜けられないらしい。すべてが〈即自《アン・ジッヒ》〉へなしくずし的に溶解されてしまうような現在にあって、止揚への契機をつかみかねているというのが実感である。無理をしてでも〈対自《フュール・ジッヒ》〉を想定したがっているだけなのかもしれない。

しかし、一つ確かなことは、我々が三十年代という確かな成果をいま踏まえた上で、ものを考えられるということであろう。同じ座談会で、佐佐木幸綱が正確に分析しているように、前衛短歌運動の揺りもどしが、その当事者の内部にもあって、「歌壇全体にも、動と反動がある」のだといえる。その時、その動と反動、あるいは即自と対自をどこまで意識化できるかという点は、もう一度強調されていいように思われる。つまり、その揺りもどしが、三十年代をとび越えてそれ以前になしくずし的に再吸収されるのではなく、二つの対極を二つながらに体験したあとに、ようやく得た自由度の中を、いまゆるやかに自分の降り立つべき場所を求めて旋回しているのだと考えておきたい。

馬場あき子の発言は、ここに年譜をほんの一例としてみたような、一種の揺りもどし現象が、回帰の甘美さの中に足をすくわれてしまうことに対する危惧として受けとめておくべきだろう。それを押さえた上で佐佐木幸綱風にいえば、動と反動がワンサイクルまわったところで、今年私たちは、どんな新たな動を経験することになるのだろうか。

「短歌」一九八八年（昭六三）一月

問われている〈読み〉

岡井隆の作歌上の転機が、一九七〇年の九州行、もっと正確にいえば、九州からの復帰第一作である『鵞卵亭』にあることは、すでに定説となっている。それは単に政治的な主題が影をひそめ、その歌われる世界がもっぱら個人の内部に集中したものになっているというような、素材レベルの変化ではなく、また単に新かなから旧かなへの表記の変更というレベルのものでももちろんなく、より本質的な方法論の問題、さらにいえば歌そのものに対する態度の問題としてとらえられるべきものである。

つややかに思想に向きて開ききるまだおさなくて燃え易き耳　『土地よ、痛みを負え』

私《わたくし》のめぐりの葉のみくきやかに世界昏々と見えなくなりつ　『朝狩』

右翼の木そそり立つ見ゆたまきわるわがうちにこそ茂りたつみゆ

よく知られた作品である。多くの人々によって解説されてきたし、それらはおおよそのところ共通の理解を示しているといえよう。「共通」のという部分には当然のことながら〈作者〉自身も含まれているのであり、言い換えれば作者の言いたいことは、読者に十二分に伝達可能であったということである。

たとえば三首目について見るならば、「右翼の木」が、ほかならぬ自らの内部にそそり立つまでに育まれてきたことに対する驚き、その作者自身を襲った驚きを誤またずキャッチすることによって、読者はまた、その「右翼の木」が自分の内部にだって間違いなく存在しているではないかという事実に気づき、愕然とするのだ。ここでは主題や意味の伝達における一意性を作者は主張し、読者はその信頼の上に立って岡井隆との回路を開いていたといえる。六〇年から七〇年にかけての政治の季節、前衛短歌を牽引してきた岡井隆の影響力の大きさは、そこをはずしてはあり得なかったであろうと、私は思う。岡井隆の認識の射程に目をみはり、その伝達を可能にする韻律の強さに魅了されたのである。

岡井隆において人体各部の果たす喩的機能については、すでに多くの人々の指摘しているところである。前掲一首目についてみるならば、耳は単なる聴覚器官であるよりは、〈思想〉という生硬なものに向かって開かれた初々しい感受性そのもの、さらにその主体たる少年そのものとして、喩的に機能しているだろう。そして、比喩論でいうところの本義と転義とが相互に弁別性を保ちつつ、作者の主題や意味や認識といった作歌の契機へと、一方的に奉仕している点が重要である。

生きがたき此の生《よ》のはてに桃植《う》ゑて死も明《あ》からうせむそのはなざかり　『鵞卵亭』
歳月はさぶしき乳《ちち》を頒《わか》てども復《ま》た春は来ぬ花をかかげて　『歳月の贈物』
春あさき日の斑《ふ》のみだれわが佇《た》つはユーラシアまで昔《むかし》海庭　『マニエリスムの旅』
雨傘をはらりひろげて逢はむとす天はほのかに杉にほひたる　『禁忌と好色』

まだまだあげることができるが、『鵞卵亭』以降の岡井作品の中で、たとえばこんな歌が私は好きだ。ゆったりとしてコセつかず、解釈の一意性が読者を縛ったり、意味の過剰が読者を追い立てることもない。二首目の作品について高野公彦は「どう読まれてもかまはないよといふ、この歌のふところの深さ、容《かたち》の大きさ、どつしりと腰のすわつた感じが、私の心を自由にしてくれる」（「短歌」昭和57年7月）と書いている。「私（読者）の心を自由にしてくれる」という作品のあり方、これはかつての岡井作品とは著しく異なった特質だといわねばならないだろう。

歴史というにはまだ早いが、かつて『鵞卵亭』が出版されたときの多くの批評者たちの困惑に満ちた表情を私はよく覚えている。私自身もその一人だっただろう。その困惑は、〈～を歌う〉という点において極めて鮮明であった岡井の、その認識なり視線なりの向かうところに自分も視線を合わせるという、従来の批評の方法論が全く無効になってしまったという点に起因していたのだろうと思う。繰り返して言えば、『鵞卵亭』以降の岡井隆の作品は、作者はしかじかのことが言いたいに違いないという、一意性の斧で截断しようとする方法では全く歯の立たない位相にあるのだということである。一意的な意味伝達を探ろうとすれば、意味は雲母《うんも》のようにどこまでも薄く剝がれていってしまう。

恐らく先にあげた四首に典型的な後期岡井作品は、一首の意味、個々のフレーズの意味を特定しようとする作業からは実りのある鑑賞が期待できない作品なのであろうと思う。一枚一枚の透明な雲母片が重なりあって不透明になるように、全体としての曖昧さをそのまま受け容れて楽しむという形での対応が先の四首にはふさわしいのではないだろうか。

岡井隆の最近作について、殊にその韻律の魅力を説く評者は多い。事実私自身もそのようなことを書いたことがある。しかし、韻律の魅力という評言は、現在の時点では実は何も言っていないことに等しいのだ。先の四首の魅力を十分に説きおおせている批評には、私は残念ながらまだお目にかかったことがない。ひょっとして私たちは、まだそのような鑑賞を可能にする方法論を、読者として確立し得ていないのではないかというようなことを今回考えさせられたのだった。

『岡井隆全歌集』は、ひとり岡井隆なる一歌人の軌跡を記しとどめたものではないだろう。それはまた、岡井という卓越した個人によってリードされてきた現代短歌の軌跡でもあるのだろう。そしてその全歌集が今私たちに問いかけているものは、従来とは全く異なった、一首への読者側の対応方法なのかもしれないと思ったりもするのだ。

「短歌」一九八八年（昭六三）四月

遍在する〈私〉

ある一時期だけ、その作家の上をよぎっていって、再びは帰ってこなかった特質というものがある。ほんの一時期だけのあだ花といわれるような特徴であることもあれば、あらわれていた期間は短かったものの、それが、一人の作家を語る上に見逃すことのできない大きな意味をもっているものの場合もある。

山中智恵子の比較的初期、第二歌集『紡錘』から、第三歌集『みずかありなむ』の時期にきわめて色濃くあらわれて、その後あまり顕著に指摘することのできなくなった一つの傾向ないしは特質について考えてみたい。

みなかみの石に出で入《い》るわが影の胴のかたちか　思い熄《や》みなむ　『紡錘』
絣とんぼわが骨くぐりひとときのいのちかげりぬ夏の心に
心のみあふれゆき街に扇選ぶ　光る彗星のやうに少年らすぎ

きみに向ふまなこを流すねむりながす　麦の丘高く馬頭かがやき
怒りあれ野末に明《あか》き雪積むとわが眼支へて塔は帆柱
かがよひに合歓こそよけれ薄明の心のほとりゆらぐ夕花

『みずかありなむ』

これらの作品に共通しているものを、たとえば肉体の無限定感などということばで仮りに呼んでおく。山中智恵子にとって、肉体は、はっきりした輪郭をもって自己に所属し、自己を他から区別するためのものとは、意識されてはいないのではないかと、思うのである。

一首目、おそらく詠まれているのは、単純な影の動きとまず思ってみる。しかしそれだけでは済まさないと、作品の方からせまる何かがある。それは「みなかみの石に出で入る」という措辞からきているだろう。影が石の上を滑るのではなく、「出で入る」というところに、作者自身が石の中を自由にくぐり抜けているような感じをいだかせるのである。

石に自由に出入りしているのが一首目とすれば、外界の事物の方が作者の内部を自由に出入りしているのが、二首目であろう。いかに糸トンボといえども、骨の中をくぐることなどできるわけもないが、このとき作者は、自らの「いのちかげりぬ」という表現に見合うものとして、糸トンボに骨をくぐらせたのだといえる。肉体や骨が、確固とした形と輪郭をもって外界を区別しているのではなく、むしろ外界にあふれ出しているかのようである。三首目の「心のみあふれゆき」は、やや位相を異にしながらも、やはり自己というものと外界との境界の曖昧さに発想の基盤をおいた表現といえるであろう。

このような肉体の、あるいは自己という存在の無限定感の鮮明な作品は、予想されるように次の歌集『みずかありなむ』にも、多く指摘することができる。一首目の「まなこをながす」、三首目の「薄明の心のほとりゆらぐ夕花」などにそれは顕著だろう。

これらの作品にあらわれる私は、身長と体重の限る、明確だが狭い領域に閉ざされているのではなく、作者自身にさえしかとは特定できないような茫漠とした広がりをもち、むしろ外界にエーテルのように遍在するある種の存在とでも呼べそうなものである。

山中智恵子　1973年7月　書斎にて

樹を脱けて杳たる水のゆく秋の鉤《かぎ》なす月はみずからを斸く　『紡錘』

柿の葉のみがける空に傷つける鳥たちの嘴《はし》遍在す　『空間格子』

山中の見つめるものたちは、それ自身時として、自らの形態を曖昧にして、ものとしての存在感を著しく希薄にすることがある。「樹を脱けて」いく水や、「傷つける鳥たちの嘴」は、それ本来の固有の場所とあり様をはなれて、自在に抜け出したり、また遍在したりする。自己主張の強い存在として、作者に、またそれゆえ読者に対峙するということがないのである。

学生時代、毎朝惜しむようにして『みずかありなむ』を筆写していたときのことを思い出す。当時私たちは、夕方学校へ出かけていき、夜通し学内に詰めたあと、始発電車で帰宅するという生活を続けていた。いわゆる学園紛争と呼ばれる時代である。文字通り身も心もかさかさに乾いて家にたどり着き、それから眠りにつくしばらくの間、『みずかありなむ』を、一首づつノートに写していった。写しているうちに、精神の芯の方からある種の静かな波ともいうべきものがひたひた寄せてきて、感性が澄み透っていくような気分になれるのが我ながら不思議であった。今こうして書いていても、あのときの不思議な感じだけはありありと感じ直すことができる。大げさではなく、あのような、写すことによって浄化というに近い清澄な精神に到達したという経験は、それ以前にも以後にもないことであった。

あのときのなんとも安らかな気分、それは山中智恵子の歌が、性急な自己主張からははるかに遠く、ただ自然の中に自己を溶解させようとしているかのように感じられるところに、その原因があったのではないかと今なら分析することができる。自己主張というより、作品以前の自己というものをほとんど零状態に保ち、ひたすら自然の中に自己の感性を溶解させようとしている、あるいは自己そのものを自然の一部として受け入れようとしているかのような作品に、限りない慰めと安らぎを感じていたのだろう。

山中の初期の評論に、「私性をめぐって」とサブタイトルのついた「内臓とインク壷」（「短歌」、一九六二年六月）という評論がある。冒頭、寺山修司について論じているが、そこで山中は「歌は他人について歌うものではない。寺山も他人について書いたのではない。他人のなかに、私の内臓をひそませて、その声を借りながら、私の歌を歌ったのだ」と書いている。この詩的なあるいはアフォリズム風の評論の論旨を紹介するつもりはないが、「他人のなかに、私の内臓をひそませて」という部分は重要であろう。

山中のことばをそのまま援用すれば、山中は、自然を歌うのに、自分の内臓をそのなかに〈ひそませて〉歌ったのだ。そこにはさらに「歌は自然について歌うものではない」「自然の声を借りながら、私の歌を歌うのだ」という山中の声も聞こえてくる。

前衛短歌の提起した問題の中で、最大のと言うべきものは、近代短歌以来の歌に密着した私性の問題であったことは、すでに確立した了解となっている。〈私〉という概念そのものにおける、いわゆるパラダイムの変換である。「日本歌人」という集団の中にあって、山中智恵子は塚本邦雄や前登志夫らの作品を早くから知り、上の評論にもあらわれているように〈私〉性については、大きな関心を持っていたはずである。そのような大きなうねりの渦中にあって、山中的解答のひとつとして先に指摘したような、〈遍在する私〉というような地点への感性の澄ませ方があったのではないかと、私は考える。
「私たちが〈表現する人〉として置かれている苦しみは、この世の単なる日常的生と、その限界などの苦悩ではない筈である。私自身に由来する暗黒、そして私を越える暗黒を通じて、言葉の光にかなしびという自己の存在を、いかに照らし出そうとするかにあるに相違ない」と、山中は先の評論で書いている。「私自身に由来する暗黒、そして私を越える暗黒」という山中の言葉は、〈遍在する私〉への感性の回路をもってはじめて可能になる筈の認識である。前衛短歌時代に繰り返しなされた、私の拡散や回収といった声高な議論の中にあって、山中は静かだが、彼女だけにしかできないような方法で、自分なりの解答を示そうとしていたのかも知れない。

夕こだま　明日のこだまの陽のこだま耳しひてわれはみるばかりなる
ことばゆきゆくへもしらず病む空に未明の蝉は湧きいづるなれ
『みずかありなむ』

一首目の「われはみるばかりなる」は、だがいったい何を見ているのだろうか。〈われは〉という強い限定さえ、ここではほとんど作者の明確な像を結ぶことはない。「耳しひ」た作者をこだまがひたひたと充たしているだけである。二首目において、ことばが私から遊離したあと、蝉声に充たされることによって〈私〉は自然のなかに融解し、もはや自然そのものとのなんらの弁別性をもたないかのように存在している。ここにも山中の言う「私に由来し、私を越える暗黒」の実現の一例がある。

さくらばな陽に泡立つを目守《まも》りゐるこの冥き遊星に人と生まれて
『みずかありなむ』

山中智恵子の一首をと問われてこの作品をあげる人も多いだろう。桜の歌十首をといわれれば、その中にはいる作品でもあるだろうと私も思う。この歌の魅力をと改めて考えてみれば、それを解くことはやはりむずかしいといわざるをえないが、結句「人と生まれて」に大きな比重があることは確かである。

この世に生を受けるにあたって、ほかならぬ人間として生まれてきたこと、その、もの思う存在、〈かなしみ〉を〈かなしみ〉として認識できる存在であることに対する虞れとかなしみが、この歌の基底にあることは明かである。それを前提とした上で、上に述べてきたような山中智恵子の磁場のなかにこの歌を置いてみれば、それは、〈しかもなお〉、人としてはっきりと弁別される存在である以外ない哀しみをも歌っているだろう。自然に遍在することによって、私を探り表現ようとしてきた作者を、なお自然は無条件に受け入れようとしない。そのような疎外されざるをえないものとしての自己の存在に、作者はもっとも鋭く目覚めている。

「短歌」一九九一年（平三）十月

岡井隆の読み方——『宮殿』

たとえば「花」を表現する表現のしかたにおいて、歌人は二種類のタイプに分類できるように思われる。花の種類をはっきり限定して使わないと気のすまない（あるいは花の種類により多く興味がある）タイプと、何の花であってもただ「花」といって一向気にしない（あるいははっきり言ってしまわないことから生まれる効果に期待する）タイプである。「歳月はさぶしき乳《ちち》を頒《わか》てども復《ま》た春は来ぬ花をかかげて」など数えあげればきりがないが、岡井隆は後者の代表である。

曲率の桃を抱きていましばしエクスタシスを演じつくさむ

人の生《よ》に降る雨粒のかくまでに閑《しづ》けく人の頬に走れる

「曲率の桃」「人の頬」など、どれも具体的な像を結ぶことなく、しかも実在感のある言葉である。言葉は、暗示的にも比喩的にも使われているのではない。ふつうの何でもない言葉が、しかし、一首の暗示的な空間に置かれたとき、どこかおもわせぶりで、気になる言葉として、すぐには飲み込むことを許さない。岡井作品の一種の色気はそこに生まれる。「あけぼのは職を逐はるる夢の中朱き私鉄にのりてゐたりき」の一首をとれば、「朱き私鉄」の「朱き」はなまなましくも印象的だが、さてこれはどの私鉄だろうなどと考えてしまう。そんなことはどうでもいいからこそ、作者はその名前を伏せているのだが、具体的な状況が殊さらに示されない岡井作品にあっては、いつも何らかのキーを求めながら、作品を読んでいることに気づくのである。

来《こ》し人は去りぎはまでのみじかくも切なる時を予《あらかじ》め告ぐ
恩寵のごとひつそりと陽が差して愛してはならないと言ひたり
さん付けで、またよび捨てである夜《よひ》は夢《いめ》ともよびぬ愛のふかさに

作者は、ドラマの背景をいっさい無視する。対象なり、経験なり、また状況なりを〈伝える〉ことには、いっこうに興味を示さない。ある経験の局面において、作者を撃った一点のインパクトだけをできるだけナマに出そうとしているのである。状況や、背後に隠されたドラマは、読者が想像力を逞しくして、補綴しながら読むことを強いられる。読者の側で、むしろ状況を再構成し、膨らませることを作者は期待しているのかのようである。私はそのような読み方が、岡井隆の〈正しい〉読み方であると思っている。

このような状況のはっきり示されない作品の中で、言葉が具体に即いているもの、細部まで丁寧に歌ったものなどが、かえって強い印象を残すのも、今回の歌集で感じられた点だった。

聴衆にいびきかく人ひとり居て上田三四二論ずつたずた
大かたは掲げられて照る船腹のふかき彎曲に手をふれて過ぐ
この街を歩みゐたりし壮年の茂吉小さく思《も》へて街ゆく
ザルツァッハ川を朝発つ白鳥のこの世の水を叩きて発つも

「歌壇」一九九二年（平四）三月

〝平和な〟日々に改めて戦争を歌いだした塚本邦雄──歌集『献身』

「塚本邦雄の最新歌集『献身』が出た。二十番目の歌集にあたる。前歌集『魔王』もそうだが、ここ数年、塚本の作品には、戦争の影が強い。特に『献身』は一巻がこれ戦争歌集とさえ、言ってみたい誘惑にかられるほどである。

あかがねいろの油蟬わが背後にて歔欷《すすりな》き刹那「朕惟フニ」　『献身』

日常生活のなんでもない折りに、ふと、去来するものとして、「すめろぎ」の声がある。メンデルスゾーンなどとともに「玉音も偶には聞かう」と歌っているくらいだから、油蟬から終戦の詔が想起されるのは、自然とさえ言えようが、塚本にあっては、ささいな日常の一齣一齣にことごとく戦争が影を落とすかのようである。その戦争は、決して五十年前に終わってしまったものではない。塚本には、それらが影としてではなく、なまなまとした実体として常に現在形でおしよせてい

るようにも見える。そのなまなましさには、

敗戦を終戦といひつくろひて半世紀底冷えの八月　『献身』

という悔しさが影を落としているだろうか。「神国にいくさ百たびますらをは死に死に死んで死後はうたかた」と歌われるとき、「死に死に死んで」というリフレインが、作者の歯軋りそのものとして伝わってくる。

みんなが忘れてしまったように「平和な」日々になって、改めて戦争を歌いだした塚本邦雄。戦後五十年という特集が、あちこちに見られるが、それらが回顧や資料的な傾向を強めているとき、今なお、戦争が、あるいは戦争につながる想念が、この歌集では現在形で歌われているのである。周到な塚本は、「胃の腑なみうつごときにくしみいつの日の戦《いくさ》にも醜《しこ》の御楯になんか」と、結句の諧謔によって、一首が重く説明的になったり、また、単なる回想に陥ったりするのを避けている。しかし、これらの作を読み進むと、塚本個人の力量を越えたところで、歌には五十年前を一挙に現在化する、途方も無い力があるのではないかとさえ思えてくる。

「図書新聞」一九九五年（平七）二月

パトグラフィアの夜明けまで

歳月はさぶしき乳を頒《わか》てども復《ま》た春は来ぬ花をかかげて

私が親しくお付き合いし、兄事している歌人、岡井隆さんの歌だ。岡井さんは昭和三十年代に華々しく登場した前衛短歌運動の旗手。塚本邦雄、寺山修司両氏らとともに、現代短歌に衝撃を与えた。私は同時代に影響を受けた最後の前衛体験者ではないかと思う。

最初の出会いは二十年ほど前、私たちが組織した現代短歌シンポジウムだった。シンポに参加された晩、私の自宅に泊まられた。

自宅といっても仁和寺近くのオンボロ長屋。柱のすき間から光がもれるような部屋で、伊藤一彦、三枝昻之という二人の若手歌人を交えて夜を徹して話し込んだ。昭和四十年代末の熱い時代。現代短歌を動かしたいという情熱に燃えていた。岡井さんは五十代目前だったが、若い人と議論するのが好きで、二十代の私たちとも対等に渡り合い、そのエネルギーに圧倒された。

その時の岡井さんの歌だが、パトグラフィア（病跡学）という言葉に科学者らしい目が感じられる。

三十代前半の私は、短歌と科学をどう両立させるかで悩んでいた。岡井さんも医者と歌人の二足のわらじ。法然院を二人で歩きながら、文学と科学について話し合ったことがあった。岡井さんは「科学に興味があるなら、科学をやりなさい」と言われた。でも、私はその言葉に逆に「これは絶対に両方やる以外にない」ととっさに思ったことだった。長い間の悩みがその時吹っ切れた気がする。

岡井さんが京都の大学に来られるようになった数年前から、岡井さんのグループと私たちのグループで月一回、結社を超えた合同歌会、荒神橋歌会を開いている。森鷗外の観潮楼歌会にならい、現代の観潮楼を目指している。若手にはいい刺激になっているようだ。

岡井さんは一昨年、宮中歌会始の選者になり、「あの前衛短歌の旗手が」と歌壇にセンセーションを巻き起こした。しかし、そんなことで落ち着いてしまわないで、いつまでも新しい試みに挑戦し、冒険を続けている。最近の歌集を見ても、枯淡の境地などとは無縁の新鮮さだ。

歌にせよ評論にせよ、ものを書く時は不特定の相手ではなく、だれかの顔を想定しないと書けないところがある。私にとって岡井さんは「あの人が読んでくれるなら」と意識する人物のひとり。岡井さんは友であり、師であり、気になる存在なのである。

「京都新聞」一九九五年（平七）八月

〈私〉論議に重い一石――歌集『神の仕事場』

「短歌における〈私性〉というのは、作品の背後に一人の人の――そう、ただ一人だけの顔が見えるということです。そしてそれに尽きます。」数多くの岡井隆のことばのなかでも、もっともよく知られたものであろう。昭和三十六年、安保闘争の余韻冷めやらぬ時代のなかで書き継がれた連載「現代短歌演習」のなかのマニフェストである。

言うまでもなく、短歌にとって〈私性〉は、そのアルファであり、オメガである。そして、振り返ってみれば、そのもっとも重要なモメントに関して、歌壇は以来三十数年、まさに岡井のこのマニフェストのまわりを回ってきたことになる。これを超えた〈私〉の規定はなかったと言い切ってよい。

岡井隆の最新歌集『神の仕事場』は、〈私〉という切り口で見た場合、わかりにくい歌集である。ここの歌集の多くの歌は、前記岡井の規定を裏切っているように見えるからだ。

すまぬすまぬ表現の流れが気になって（年だよ）帯文《おび》の冒頭の仮名《ルビ》
生きるのに飽きただと？　その反対だ膝の上なる数箇のみかん

このような作品を読む戸惑いは、まさに「作品の背後にただ一人の人の顔」が見えないことに由来する。最近の岡井の作品には、一人の作者の中に、常に複数の他者が互いに批評し合っているという構図が明かに見て取れる。それは、自己と他者といった従来の二律背反的対立ではなく、複数の他者の総体としてしか、現在の自己は、あるいは自己の現在性は浮かび上がらせるのが困難であるという認識を炙りだしてくるだろう。

『神の仕事場』中の多くの実験、超本歌取、詞書き、折句などの試みはすべて、この複数の他者という観点から理解できると思われるが、それはここでは論じない。しかし、ただ一人の顔（それはもちろん作者と必ずしもイコールではない）の存在を前提として成されてきた三十数年間の〈私〉論議に、この歌集が重い一石を投げかけていることだけは確かであろう。

「図書新聞」一九九五年（平七）九月

最長不倒距離をささえたもの——時評の魅力

一九七五年から八八年まで、岡井隆はまるまる十四年間、時評を書きつづけてきた。私が知っているかぎり、歌壇ではこれをもって最長不倒距離とする。このことはまだ誰からも指摘されたことがなく、まして、それを意味づけるという試みもなされたことは、ない。時評というジャンルは、またその行為は、歌論、評論、作家論など論と名のつくもろもろにくらべて、あきらかに軽くあつかわれてきた。

時評集が一巻にまとまるという歌人は、現代でも決しておおくはないが、岡井隆はかくのごとく、一貫して時評を書きつづけてきた歌人である。こだわってきたと、あえて言っておいてもいいだろう。なぜ時評を書くのか、という答えは、その行為のなかから読み取らねばならない。

せっかく時評集に対する解説を書くことになったのである。時評の難しさと面白さについて考えてみたい。これまで時評の意味などといったことは、真面目に論じられたことはなかったと言ってもいい。しかし、新聞、総合誌、結社誌などでは、毎月欠かさず時評を連載している。これはなになのか、そんなところに錘を降ろしてみたい。そのためのテキストとして、岡井隆のこの一冊以上に適当なものはない。

岡井隆は、つねに歌壇のなかに意識的に身をおいてきた歌人である。現代短歌のおかれている状況の、もっとも凝縮したところとして、岡井にとって歌壇はつねに関心のむかわざるを得ないところであった。それもただ外側からながめている、外側から批判しているといったものではなく、現代短歌すなわち歌壇の動向にある種の責任を感じるところから、岡井の歌壇への関心は発している。岡井隆ほど、短歌の現在へ、現在進行形で発言しつづけてきた歌人はほかにあるまい。

この巻にまとめられている時評は、一九七五年から八年間、読売新聞紙上に連載されたものをその骨格にもち、その後一九八二年より「未来」誌上に連載された「犀の独言」「太郎の庭」がそれらにつづいている。実に十四年間にもわたって、一度も休むことなく書きつづけられた。驚異的な執着力と、それをささえる短歌の現在への興味の強さが、分厚い塊となって押し寄せてくるような気さえする。特に新聞時評の前半四年分は『時の峡間に』の骨格をなす部分である。

岡井隆の歌以外の部分は、歌人論、原理論をふくめた評論と、エッセイ、座談対談など、多岐多彩であるが、なかでも時評にはおおきな刺激を受けてきた。とくに『時の峡間に』は、折りに触れとりだしては拾い読みするというふうな、ある意味では黙示録的な書として、岡井の著作中、個人的にはもっとも思い入れの深いもののひとつである。

私事になるが、私が定型の原理論的な評論を書きはじめたのは、岡井隆の『現代短歌入門――危機歌学の試み』『短詩型文学論　短歌論』に端を発しているだろう。岡井のそれらの著作と吉本隆明の『言語にとって美とはなにか』を両輪とし、同世代の三枝昻之を対話の相手としながら、定型について考えを巡らしはじめたのだった。定型論や、比喩論と読者論を柱とした本をそれぞれ出したあとに、時評集をまとめたのであったが、時評集を是非一冊にしたいという思いは、言うまでもなく岡井の『時の峡間に』に対する思い入れにある。できればあのような形で、現代短歌の現在性を、同時進行的に考えてみたい、そんな思いが、『時の峡間に』をくりかえし読みながら、私のなかにあった。しかし、実際に五年分の時評を一冊にまとめてみると、結構時評的な文章を書くのが好きな（と、自分では思っている）私にしても、さらにそのうえ五年つづけるという体力はなかった。十四年という長さをあらためて思うのである。

実際に書いてみた人間ならわかるが、時評を書くことは、ある意味では空しい作業である。現代短歌の現在の状況に興味をもっているような歌人は、きわめて少ないのである。歌壇というきわめて狭い世界にあって、さらに狭い結社やグループの作品だけにしか目を通さない歌人群がいる。そして、割合からはそれが大多数なのである。土屋文明が、かつて「評論はわけのわからぬを常として我がことあればそのめぐりだけ読む」（山下水）という作品を作ったことがあるが、この毒と批評性とをめでたく欠落させたところで、同様に「我がめぐりのみを」読んでいるのが、大多数の歌壇人口であろう。

このような興味のひろがりとしての〈場〉の狭さのほかに、時評というものは、つねに一回的な〈現場性〉を宿命として担っているのであって、その寿命は通常きわめて短い。現在なにが問題であるのかが、当然のこととして要求され、その〈現在〉の問題は、五年もたてば（普通はもっと早くと言うべきだが）いち早く古びてしまう。月々の作品や、歌集を追っているだけでは、むしろ問題点さえ抽出しきれないままに、読み捨てられていく運命にある。

岡井の時評は、例外的に（と、あえて言っておくが）寿命が長く、そして、いつ読んでも新鮮な問題提起にみちている。これは、なぜなのか。解説は、当然そこから始まらなければならないだろう。

時評に要求されるものは、一方に現代短歌の地平を隈無く歩きながら、膨大な作品の中からかすかな可能性を予感させる一首を見いだす共時的な虫眼鏡と、もう一方に現代短歌が近代からどう発展しつつあるのかという通時的な望遠鏡であろう。この共時性の虫眼鏡と通時性の望遠鏡とは、時評の二本の柱であるべきものだ。

岡井は、現代の状況を語るとき、じつにしばしば近代を引き合いに出すが、しかし、その過去を見る視線は、過去から現在へ遡ってくるだけでなく、現在という地点をつきぬけて、数年先にまでベクトルの先は届いている。

もう少し言うならば、十年、百年先というような形での、視線の遊ばせ方はむしろ空しいのである。おうおうにして人は、百年先の短歌を見据えてものを言うべきだなどといった形式論理をもてあそぶが、そのような視点からは、現在が生きることはまれであり、生みだされるものは頭の中だけの空疎な論理だ。時評というのは、せいぜい五年も先のことだけに意識を遊ばせながら書き継ぐくらいのところがいいように、私などには思われる。もちろん、これは決して時評をおとしめているわけではない。

たとえば「未来」短歌会編になる『土屋文明論考』を論じて、

この本に論考を寄せた十七人の人たちは、旧師土屋文明をある程度語りえているかもしれないが、土屋文明をみとめようとしない〈敵〉に対してあまりに無とんちゃくである。ということは、土屋文明のはらんでいる課題を超克しえていないということである。

（時評Ⅰ　一九七六年十二　未完の世代）

と述べ、さらにその十七人には自分も含まれていることを述べたあと、「わたしは、時代にひきさかれて永遠に完成することのないこの世代の今後に注目している。なまじの成熟など、くそくらえである」と言う。「この世代の今後」が、岡井にとって重要なのである。それはいまあらわれつつある新人の場合も同様だが、言ってみれば岡井の思考は、あくまで、現在という地点から地つづきの未来へ、開かれている。

時評の難しさは、素材をどのように取り込むか、あるいは扱うかという点にあるだろう。素材の鮮度がいいことが第一である。しかし、次から次にあらわれる素材にふりまわされていたのでは、それは紹介にしかならない。時評と称するもののおおくは、「今月の商品の紹介」でしかない。時評者の腕の見せどころは、素材をどのような問題意識の包丁でさばくか、そのさばき方であり、そのための素材のえらび方にある。その意味では、時評といえども、それは素材に導かれて書くのではかならずしもなく、時評者の問題意識のほうが、素材を呼び込んでくるという書き方がなされているだろう。当然、時評でありながら、一年も前の本が取り上げられることだってあり得るのである。素材は古くても、問題意識がホットであることが重要である。

素材の選び方ということで言えば、ある月の時評にどの素材を組み合わせるか、ということは、単なる技術を越えて、時評の大切な要素である。どの歌集とどの歌集を組み合わせて論じるか、その組み合わせ方がすべてを語るとさえ言ってもいいだろう。

『時の峡間に』のなかに、石田比呂志の『蟬声集』、高野公彦の『汽水の光』と、由良琢郎の『原郷』を比較したものがあるが、これなどは、岡井ならではの抽出の意外性であろう。

これと一見逆のことを言っているようにもみえるが、時評は、自分の言いたいことのために素材(すなわち作品)を選んでくることができない。推移している状況のなかから、なにが意味をもち、なにが一過的なノイズに過ぎないのかを鋭く見分けるという作業が要求されるのである。おそらくこの作業こそが、時評の醍醐味であり、腕のみせどころであるとともに、もっとも難しいところであるに違いない。

ある新人、ある新しい流れ、それらをいち早くキャッチし、歴史のピンで止める。未だ評価の定着していない未知の、あるいは若い作者を、どう自分のなかで位置づけられるか、また、それを短歌史のなかにどのように位置づけるか、その先見性を常に試され続けるのが時評という場である。やってみたものには、それがこたえられないスリリングな面白さをもったものであることは実感できるが、これは、もとより容易な作業ではない。

今年の新人賞は、「短歌」は松平盟子であり、「短歌研究」は西田美千子であった。どちらも二十三歳の女流である。この二人を推した選者たちの勇気に感心しないわけにいかない。選者は、この場合、批評家であり解説者でもあるのだ。うちみたところ、松平も西田も、まだ、海のものとも山のものとも知れない。しかし、今をときめく女流歌人たちにしても、最初の出発点では、やはり、こういったひよわさと、ほのかな可能性をあわせもっていたのだろうとおもう。その可能性の芽に、批評家あるいは発見者の眼がとどいたとき、作者はよろこび、批評家もまた、おのれの眼を信ずる気持ちになったであろう。（時評Ⅰ　一九七七年十　批評のパトスとあやうさの魅力）

このくだりは、まさに岡井自身が時評を書く際にとっている、みずからのスタンスを語っているといってもいい。

時評という作業はこのようにまた、新人を求めるという作業でもある。新人を探し出したいという欲求なくして時評は成立しないといってもいいが、実は、それがいわゆる大家と言われるようになった世代に、時評の書き手が少なくなっていく理由でもある。

いつの時代も、旧人は新人を望まない。新人は常に、旧世代には共有不可能な価値観を内包しているからである。共有だけでなく、それを理解することそのものが不可能な場合の方がおおいだろう。自分達がこれまでに手にしてきた理解のコード、方法論の有効性や、鑑賞の仕方など、それら手持ちのカードで処理できない場に、自ら出かけていくことのおっくうさは、すでに私達の世代にさえ、顕著になりはじめている。できることなら、同じ時代を共有してきた同世代、先行世代の間に棲息しながら、共通の安全な言葉で語り合っていたい。そんな欲求は、当然のことながら、歳とともに強くなっていくだろう。歌人にかぎらず、どの分野でも、得てして旧人たちは、自分達の世代内だけの交友関係に充足し、先行世代に対して発言することはあっても、自分より若い世代への物言いは、避けたがるものである。そこには、もし論争になって負けでもしたら、みっともないといった自省が働いていることもあるかもしれない。特にも歌人のなかにあって、新人へ同じ地平から対等にものを言い続けている歌人は、きわめて数少なく、岡井隆は、まさにそのような少数派歌人の筆頭にたつ存在である。

おそらく私達以降の世代で、岡井隆の時評から、歌壇的な注目を集めていった歌人は少なくないはずだ。私自身をも含めて言うのだが、岡井の時評にとりあげられることは、たとえ辛辣な文脈のなかであろうと、まちがいなく大きな励ましであった。否定でもあれ、とりあげられることそのことが一種の評価であり、励ましでもあったことを鮮やかに思いだすことができる。

ピンでとめようとした新人が、ほんとうに消えずに残るものなのか、自分のピンの止め方は正しい方向を向いているものなのか。一を選ぶことは、その背後の膨大な多を葬ることでもある。評価の定まっていない新人について語るときには、かならずつきまとうそんなスリルを楽しむ余裕がなくては、また、時評などといったものは書きつづけられるものではないだろう。

時評は言うまでもなく評論ではない。時評のスペースは、たいがい短い。そして、この短いという制約は、いっぽうでかなり思い切った断言を許すことにもなるものである。評論の場合には、論理構成や論理の整合性などが念頭から離れず、なかなか思い切った言挙げができない場合もありうる。しかし、短い時評では、準備や前置き、前提などをとばして、いきなりもっとも言いたいことから入るといったことがおうおうにしてあり、思いがけなく箴言風の核心を突いた言葉に出会うことが多い。準備がない分、それは時評者の本音であることがおおく、そんな、短いけれども力のあるフレーズを見つけていくのも、時評の楽しみである。殊にも岡井の時評には、そんなフレーズが惜しげもなくちりばめられていると言ってもよい。

たとえば、そんな中から、いくつか拾ってみようか。

つまり、結社は、不安定であればあるほど、活発である。たえず異分子が入ったり出たりして、結社の中心人物とのあいだに争いがたえないような状態のほうが、健康なのだ。いまの結社は、すでに、結社ですらない。

(時評I　一九八〇年五　理念を失った結社)

はっきりとしたピラミッドができてしまって安定した結社が、すでに死に体であることはよく指摘されるところである。私自身も、繰り返し、自分の所属する結社は、ヘテロな集団でありたいことを強調してきた。岡井はそこにさらにラディカルに〈不安定〉と〈争い〉というファクターを持ち込む。

しかし、そのラディカルさは、返す刀で、一方的に結社悪を糾弾して倦むことのない同人誌へも向けられるとき、いっそう切り口のシャープさを発揮する。そこでは、岡井はこのように、言う。

それと同時に、同人雑誌による連中もまた、不徹底である。わたしは、かれらが、一皮むけば、どこかの安定した結社のホープであり、重要な一員であるという現実に、腐敗を見る。かれらは、いさぎよく古巣を出て、党をたてるべきだ。

と。結社への分析がラデイカルである分、同人誌の不徹底ぶりへの糾弾も力を発揮する。しかも、ここに見られる「腐敗を見る」というような強い断定は、十四年間ものあいだ、岡井に時評を書かせつづけたモメントが奈辺にあったかを、語らずして語ってもいるだろう。

数の上でも、量の上でも、女流は圧倒的優位に立っているが、彼女たちを引きずっていく一頭のたくましい雄がいない、ということであろうか。（時評Ⅰ　一九八〇年六　現実生活への愛）

これは、「短歌現代」において特集された「俊英歌人集」が「一見して、女性優位」であることについて述べたくだりである。ずいぶん思いきった命知らずの発言である。時あたかも一九八〇年、述べられているように女性の活躍が否応なく目立ち、しかも自覚的に女性であることの意味を問おうとしていた時代である。彼女たちの意識のなかに、「一頭のたくましい雄」の存在を喚起するのは、いかに岡井と言えどもある種のためらいがなかった筈はない。このすぐあとには「雄は、別に男性でなくても、明治の晶子のような存在でもよい。」と弁明はあるというものの、なぜそこに〈雄〉というキーワードを投げこむ必要があったのか。

おそらく女性の側の反撥を当然予測して書かれたものであろう。岡井の文章には、このような挑発的なものがきわめて多いが、その挑発がもっともよく機能するのが、時評という場なのである。そのような挑発の石を投げておいてから、岡井は、それに対する反応を待ち、そのプロセスを楽しんでいる。ここに明らかなように、岡井の文章は、自己完結型のものではないといってよいだろう。常に相手（読者）に対して、それは投げかけられた言葉なのであり、一方的に自分の考えを表明して、それでこと足れりとするものではない。
ただ残念なことに、この投げられた挑発に正当にノッテきた女流歌人は、だれもいなかった。あの、女性の熱気のたかまりのなかにおいてさえ、というべきか。

堅固な敵のいない世界。傲然たる反面教師のいない世界の、たのしさと空しさを、わたしは、これら親愛なる後続世代の論客たちの立論のなかに聴きとらないわけにはいかない。

（時評Ⅰ　一九八一年五　自由参加の超結社）

「親愛なる後続世代の論客たち」には、この場合、私も含まれている。直接には私の評論集『表現の吃水――定型短歌論』について触れたあとの文章であるが、まことに「堅固な敵のいない世界。傲然たる反面教師のいない世界」と言わざるを得ない。結社の主宰者がおさえつける、歌壇の有力歌人がおさえつける、先輩が後輩をおさえつける、男性が女性をおさえつける、そんなかつてのおさえつける図式は、歌壇からはほとんどなくなってしまった（ように見える）。それはとても生きやすいことではあるが、反撥によって溜め込むエネルギーの起爆力には乏しくならざるを得ない。この場合、岡井自身が、その「傲然たる反面教師」になっていないところにもなんらかの言及があるべきだろうか。それは措くとして、この十五年前の文章に示された構図が、現在いっそう鮮明に視えてくることに驚くのである。岡井の時評が例外的に寿命が長いと言った所以である。

短詩型文学の〈読み〉にあっては、作者を知っているか、いないかという点が、実に微妙な岐れ路となるのである（いうまでもないが、人を知ることが歌を遠ざける結果になることもしばしばある）。

（時評Ⅰ　一九七八年一　個性を見いだす楽しさ）

詩歌における〈素朴〉というのは、ちょうど〈永遠性〉というのと同じように、求めて容易に得られるものではない。と同時に、技巧を抜きにして達せられるものでもないのだ。

（時評Ⅰ　一九七七年七　「瞬間」の定着）

二枚という枚数で、一冊の詩集について言うとすれば、これは、はじめから焦点をきめて、そこに集中して語らねばならない。焦点をきめる方法として従来わたしのとってきた方法は、一冊の詩集のなかから一篇の詩をえらんで、その感想を書くというのであった。つまり、他の詩篇はすべて割愛し、ひたすらその一篇について述べるのである。／こうなると、引用の仕方そのものも、批評のうちという具合になる。むしろ、引用の仕方そのものが、批評なのだというべきかもしれない。

（時評Ⅱ　犀の独言「書評について」）

『時代と短歌との関わり』は、うら側にかくれた関係なのである。おもてに出ているのは、作品である。時代相の投影というのは、表からはわからないし、ほんとうは、一首の歌にはない。それを読みとる側の人にあるのだ。

（同「時代と文体」）

ほんとうは、これらの短いフレーズから、数十枚にわたる重評論が書かれてもいいのである。あるいは、これらをテーマにしてシンポジウムを企画することだってできるだろう。そんなはっとさせられるようなフレーズにであう楽しみは、他にかえがたいが、これら軽いフットワークから放たれるジャブに、どれだけの反応が返ってくるかという方に、ほんとうは現代短歌の活性度をはかる尺度を想定してもいいのかもしれないのである。

時評というのは、そのまま自己をさらけだしやすいという点でも、スリリングな分野である。純粋に短歌の現在のみに焦点をあて、自己をいっさい語らないという書き方が当然あるわけだが、岡井は、自己の現在と互いに照射させ合うことによって、作品を読み解くというスタイルを意識的に採用する。これは見やすいところでは、『辺境よりの註釈　塚本邦雄ノート』『茂吉の歌　夢あるいはつゆじも抄』などから明らかになってきたスタイルであろうが、じつは、もっとも初期の散文を集めた『海への手紙』においてすでに、そのような〈私の生活〉から書き起こすスタイルは、まぎれもなく岡井のものであったのである。

そして、そのような自己の語りかたは、岡井の時評を楽しむ、もうひとつの鍵でもある。

たとえば岡井の読書法。その徹底した雑読ぶりは、岡井自身が繰り返し語っている。

多くの詩人や歌人の自叙伝風の文章をよんでいると、だれしも若いころに一冊の決定的な本と出会っているのに気がつくのである。（略）しかし、自分の経験からいっても、その決定的な本との出会いは、偶然のこととばかりはいえないのであって、その一冊とめぐり会うまでには、相当の乱読、多読の期間があるのである。ただ待っているだけでは、自分の資質に合った良書にめぐり会うことはできない。

（時評Ⅰ　一九七七年五　知的操作と伝統的な器の出会い）

カール・シュミットの『政治的ロマン主義』と、S・I・ハヤカワの『思考と行動における言語』が同時期に机に置かれていたり、『馬の科学』から杉浦日向子の『百物語』まで、その阻嚼力の強さは、ほとんどあきれるばかりである。そんな雑読をベースにしながら、岡井の書くものは、決して知識の切り売り、単なる披瀝に終わらない。読書はあくまできっかけである。そんな態度が、時評にかぎらず、岡井の書く文章には徹底している。また、岡井が対談の名手であるのは衆知だが、それは知識で鎧うことを決してせず、知識はあくまでも前提として、零から自分の考えを組み立てていくといった態度によるものでもあろう。

また、たとえばこんな一節がある。

余談だがわたしは、このごろ、診察室へ入ってきた人が、いきなり歌の話をはじめても、昔のように動じなくなった。居直りか。否とよ。文芸は、わたしの場合、組織人としての活動のうらがわにぴったし貼りついて在る。そう信ずることにしたのである。蛇は寸断されても、蛇である。

（時評Ⅱ　犀の独言「父のこと」）

じつにさりげなく挟まれた三行である。しかし、このさりげない文章に至るまでに岡井が要した時間の長さを、私たちは知っている。歌集『土地よ、痛みを負え』のあとがきで、文学か科学かの二者択一、Entweder-order（あれかこれか）に悩んで以来の岡井の軌跡を知っているものには、このさりげなさのはらんでいる、静かな緊張感を十二分に感受することができるだろう。

これは「父のこと」と題した一節にあって、岡井の父が、組織人としての生活と、歌人としての生活に、一時の岡井隆と同様の苦悩をもっていたことを語ったものである。この直前に「文芸にうつつをぬかしていては、組織人の資格をうたがわれる。こういうところが、専業主婦歌人と、職業人歌人のとのちがいなのかも知れない。」という一節があって、岡井の言いたいところは明らかだろう。

大部分の男性歌人は、岡井がここで言うところの職業人歌人である。そして、多かれ少なかれ同様の悩みを持っている。そのアンビヴァレンツを自分なりに克服するまでの、あるいは納得させてしまうまでのプロセスの多少を別とすれば、この問題は、現代という時代のなかで、ほかならぬ「歌」を作っていくという作業が普遍的にはらんでいる問題なのである。それが、一般論としてではなく、自分のこれまでを語るというかたちで、さりげなく差し出されているところに、この文章の魅力がある。

「このごろ、診察室へ入ってきた人が、いきなり歌の話をはじめても、昔のように動じなくなった。」ということは、かつては、医師としての業務の最中に、なんの前触れもなく、皮をめくるように飛んでくる無遠慮な（もちろん相手の方は、好意かさもなくば尊敬の念からであるに違いないにしても）ことばにどぎまぎしていた岡井の姿を彷彿とさせる。しかも、この短い一節の末尾「蛇は寸断されても、蛇である」という強い断言には、それからの長い時間の存在と、そしてその間に生まれた自負の在りかをまざまざと示している。殊にわたし自身が、岡井の言う Entweder-order に長くこだわってきたからだろうか、この「蛇は寸断されても、蛇である」は、深く心にしみるのである。

かつて寺田寅彦が、執筆を一時中断して研究室にこもったとき、岩波茂雄が研究室を訪ねたことがあった。「先生は、科学と文学と両方あってはじめて完全な先生なのだから、いっぽうをおろそかにしてもらっては困る」と説教して帰ったという。岡井の「文芸は、わたしの場合、組織人としての活動のうらがわにぴったし貼りついて在る」とは、まさにそのような自覚であろう。今なら、これはわたしにはよくわかるのであるが、そんなあたりまえなことも、当事者にとってはなかなかそう簡単に割りきれるものではないのである。

こうして書いてきて、さて時評とはなになのか。はっきりした答えに到達したという実感はない。しかし、時評とは、待ったなしの勝負である。そして、ある歌人の問題意識が、地層として地表にあらわれる幾本もの線のように、もっとも先端的にあらわれたものが、時評なのだと言えなくもない。リアルタイムで状況に対応していくために、自分の持っているあらゆるもち札を動員してあたる、そんな、いわば背水の陣のダイナミクスを現出できたとき、時評はもっとも輝くのだろう。岡井隆は、素手で状況とわたりあうことができるかぎられた歌人であり、それゆえに時評が輝くことのできる、数少ない歌人のひとりなのである。

『岡井隆コレクション』第七巻解説　一九九六年（平八）二月

発見の詩型

三輪山の背後より不可思議の月立てりはじめに月と呼びしひとはや

山中智恵子『みずかありなむ』

しみじみと共感できる歌は、いい歌だ。あるいは、いっぺんで覚えてしまった歌も、たぶんいい歌だ。日常の思わぬ局面で、不意に口をついて出る歌も、いい歌に違いない。いい歌と秀歌はたぶん重ならないのだが、秀歌と言われるよりは、いい歌だねえとしみじみ言われたほうが、うれしいのかもしれない。

そんないろいろないい歌や秀歌の規定の仕方のなかで、私は、歌は共感の詩型であるよりも、発見の詩型でありたいと、あって欲しいと今も願っている。これまで思っても見なかった、あるいは気づくことさえもなかったところに目をとめた歌。そんな見方もあったのかと、蒙を啓かれる歌。

そんな発見の歌を読んだときの、爽快感が好きである。

はるかな時間の彼方に、中空にかかる月を見て、はじめて「つき」と声に出したひとりがいた筈だ。その同じ音で、以来何千年にもわたって人々は「月」を呼んできた。私たちが「つき」と声に出すとき、そのわずかな二音は、はるかな時間の彼方のひとつの声と交響しあう。この一首は、モノに名が振られることの不思議さとともに、ひとつの言葉が、民族の時間をはるかに越えながら生きつづけることの不思議さをも、実感として私たちに伝えてくれる。

言われてみればあたりまえのことであるが、そのあたりまえのことに、凡人たる我々はなかなか気づくことが少ない。それがこの歌のすごいところだ。しかし、少ないのであって、気づく可能性は誰にも残されている。何千枚の論文でしか表せない高邁な思想は、凡人には無理だが、この短い詩型は、まったくの素人が時にとんでもない発見を定着し得る詩型でもある。どんな些細な発見でもいい。その大小は問わない。雑草の名前でも、知ればその分、日常の感性の幅は広くなる。歌一首、そのたかが三十一音だが、その発見は、私たちの日常を確実に豊かにしてくれる。

「短歌」一九九七年（平九）九月

はじめて読んだ歌集——山中智恵子『みずかありなむ』

厳密に言うと初めて読んだというのではなかろうが、歌を作りはじめてすぐの頃読んだもののなかで、強烈な印象を受けた歌集が二つある。春日井建の『未青年』と、山中智恵子の『みずかありなむ』である。『未青年』との出会いについては、以前に書いたことがあるので（『中部短歌』昭和五十七年十一月、六十周年記念号）、今回は山中智恵子の歌集について書くことにする。

『みずかありなむ』が出たのは、昭和四十三年。編者村上一郎が跋を書いている。山中智恵子の代表歌集といってもいい一冊である。

この歌集に出あったのは、大学三回生の後半だっただろうか。折しも全国的な大学闘争の真只中。京大も例外ではなく、というより、全国でももっとも過激な闘争拠点の一つであった。もちろん授業など、どの学科でもほとんど行われていなかった。

そんな日々、それでも私たちは毎日学校へ顔を出していた。クラス討論や、自治会の集会、大学から河原町通りを抜けて、円山公園までのデモと、それなりに結構忙しかった。ヘルメットとゲバ棒といった〈いでたち〉が、一部学生だけのものではなかった頃である。

今でも当時のことを話しだすと後ろめたさを拭いきれないが、まったくのノンポリであった私でも〈闘争〉が日常であったことにはかわりはなかった。何を本当に考えていたのかは別にして、日々何らかの行動に駆り立てられているといった昂揚感だけは、実感としてあった。キャンパスがロックアウトされてからは、毎日夕刻大学にでかけて、一晩中、焚火のまわりでなにやら話しながら過ごし、夜明けとともに帰宅する。そんな日々が続いた。

山中智恵子の『みずかありなむ』に出あったのは、そんな時期であっただろうと思う。夜を外で過ごすのは少しきつくなってきた十月も終わりに近い頃だっただろうか。京大短歌会の先輩から借りたものだった。

夜明けの一番電車に乗って家に帰ってくる。家族はまだ寝ている。ひとり二階に上がって寝ようとするが、一晩を外で過ごしてきた身体は、そうたやすく眠ることを許さない。学外と学内でのふたつの日常がうまくなじまない。身体のどこか芯のところに、むずむずと火種のような火照りが残っているのである。

そんなある朝、借りていた山中智恵子の歌集を写しにかかった。一首一首、丁寧に写していく。たとえば、こんな歌だ。

行きて負ふかなしみぞここ鳥髪《とりかみ》に雪降るさらば明日も降りなむ
六月の雪を思へばさくらばな錫色に昏る村落《むら》も眼にみゆ
青空の井戸よわが汲む夕あかり行く方を思へただ思へとや
この額《ぬか》ややすらはぬ額　いとしみのことばはありし髪くろかりき
さくらばな陽に泡立つを目守《まも》りゐるこの冥き遊星に人と生れて

『みずかありなむ』冒頭の一連「鳥髪」の、そのまた冒頭の五首である。今読みなおしてみても、その調子の張った一首一首の韻律に驚くが、硯実的な意味や作者の主張を奥に潜めるようにして、言葉自体をその豊かさのなかに漂わせているかのような歌は、写すというプロセスのなかで、いっそう深く沁み透ってくるのだった。身体の芯の火照りや、どこかにこびりついている現実の埃などが剝がれるように洗い流されていくのが実感された。一首一首撫でるようにゆっくり書き写し、一巻の量を惜しむようにして書き終える。

毎朝、眠るまでのそれは大切な〈儀式〉でもあった。私は、鎮魂という言葉をたやすく使いたくないと思っているひとりであるが、この歌集にかぎっては、まさに「肉体から遊離しようとする魂や、肉体から遊離した魂を肉体に鎮める」という原義において、鎮魂を実感させるものであった。

歌は作者の思いを歌う、あるいは訴うものではある。しかし、それらを追求した果てに、このようにしずかに歌が歌としてだけ、しんと立っているものもあり得る。そんなことを思いながら、一巻を写し終えた頃、外は真冬であった。

「歌壇」一九九九年（平十一）四月

共同制作の光と翳――なぜ現在につながらなかったのか

1

　共同製作、主題制作はなぜ現在につながらなかったのか。言いかえれば、なぜ私たちは、あるいは私は、いま主題制作や共同制作を試みないのか。これが、ここで私のこだわってみたいと考えているところである。

　昭和三十八年九月発行の「律」三号では、塚本邦雄構成演出による「共同制作　ハムレット」が発表された。同じ年、『短歌』十月号では、谷川俊太郎、寺山修司、佐佐木幸綱の共同制作になる「祭」ほか、同じように三人ずつが組みになって作られた六篇もの共同制作作品が一挙に掲載された。翌十一月の『短歌』には、山田あき構成演出による「共同詩劇　蟹工船」が発表されている。その後、一部の同人誌における試みはあったが、基本的には共同制作は、この昭和三十八年という年を限って試みられた運動であると言うことができるだろう。

主題制作が主に作られた時期については、いつからいつまでと特定することはきわめてむずかしい。時期の特定がむずかしいだけでなく、いったいどこまでを主題制作というのか、その外延を特定することも同様にむずかしい。しかし、たとえば「蟹工船」の掲載された同じ号に、馬場あき子の代表作のひとつでもある「橋姫」が載っていることからも、「律」三号には、「ハムレット」の他に、寺山修司の「新・病草紙　作品とコラージュ」、春日井建の「雪埋村へ　挿画と叙事詩」などの明らかな主題制作作品が載っていることからも、この昭和三十八年が、主題制作のもっとも果敢に試みられた年であるといっておいて、ほぼ間違いはあるまい。

共同制作と主題制作という昭和三十年代後半になって明確に意識された方法は、短歌史におけるその意味と意義において、きわめてよく似た性格をもった方法であったと思っている。殊にも短歌という詩型の概念を変えた共同制作という方法への挑戦は、わずか一年だけの運動であったにもかかわらず、近代短歌の歴史に大きな跡を残した。だが、私がここで考えてみたい問題は、なぜそれが昭和三十八年という一年に限って〈熱狂的に〉試みられ、その後はまるで線香花火のようにはかなく消えてしまったのかという点である。ほとんど歌壇をあげて議論が沸騰し、明らかにこれまでとは違った方法論の獲得、表現の地平の拡大を果たしたその方法が、なぜ廃れてしまったのか。

主題制作についても、あれだけさまざまに試みられ（私自身も、カインとアベルの不条理を主題とした「首夏物語」をはじめ、なんどか試みている）、積極的な主題意識と表現領域の拡大に寄与した方法が、今はほとんど省みられなくなっている。これは、なぜか。いま両方を一緒に論じるにはスペースが足りないので、ここではまず、共同制作に話を限りながらその意味を考えてみたいと思う。

惨めな失敗であったのなら、話は簡単である。しかし、明らかに成功したはずの方法であった。誰もがこれまでの短歌に新しい方法をつけ加えた試みとして評価したはずの方法であった。それが、なぜ自然消滅のように消えてしまったのか。歌壇では、共同制作の歴史について振りかえることはあっても、その消滅の意味を、詩型の問題として考えたことがなかったと言ってよい。個々の作品について、その成功失敗を、また主題意識の今日的意味を批評するのではなく、詩の方法論の有効性として問う必要があったのではないか。それらかつては歌人たちをある意味では熱狂させた方法を、いま私たちがなぜ用いようとしないかについて、一度は問いを発しておいたほうがいいのではないか。

2

共同制作が試みられるようになった背景には、昭和三十八年四月に東京豊島園において開催された第二回現代短歌シンポジウムで島田修二が提唱した「集団の詩」の論があった。

島田修二の提案は、「集団の詩」三部作とでも言うべき三つの論文から成っていた。「伝統のメカニズム　加算・減算の短歌から生産の短歌へ」（『短歌』昭和38・5）、「『集団の詩』としての短歌」（「律」三号・昭和38・9）、および「『集団の詩』覚書――連歌復興と共同制作について」（『短歌』昭和38・10）

である。先に島田修二における論の展開を少し丁寧にあとづけておきたい。
「伝統のメカニズム」において島田は、伝統の加算減算という観点から、和歌革新をとらえる。たとえば、子規をはじめとするアララギは減算によるストイックな短歌観を確立し、加算型の典型としては「本歌取り」などが考えられるという具合である。そして加算減算とは違った観点から伝統を見直したいとした。

だが、現代人が組みこまれている組織というものは、所詮はわれわれの精神の所産であり、集団の中で見失った自我が、個人的思考の中では回収できぬことも事実であろう。すなわち、より自由にして主体的な連歌組織の中で、集団的思考によって回復すべき自我というものがある。明らかに集団で歌わねばならぬモチーフもある。これを、世界に類のない「集団の詩」として、かつて日本人が共有した詩型をもって実現するというのは、決して荒唐無稽なこととは思わないのである。

として、集団的思考にこそ新しい詩歌の可能性を見出そうとするものであった。
「律」三号に掲載された『「集団の詩」としての短歌』では、組織論の立場からの集団の考察が主となった。「短歌という文芸は集団が生み、集団によって培われ、集団によってうけ継がれて来たという特殊性を持っていると思うのです」として、集団を作家の存在による結果としてでてきたものではなく、作品を生み出す前提としてとらえ直そうとするものであった。「ある集団に属する一人の作家が、すぐれた一篇の作品を作る場合、（略）彼に傑作を書かせたのは彼自身の才能ではあるけれど、その発想と表現に集団が及ぼした作用はなかったかどうか。ぼくはそうした集団と作家との関係は必ずあると考えます」と言うのである。

島田の想定する集団とは、中井正一の「委員会の論理」を理論的支柱とするものであって、映画や演劇などにおける「企画的、合議的、委員会組織的芸術形態」を前提とした共同作業と同じように、ひとつの文学作品も形成されうると考えるのである。また「今日、または未来の芸術における個人の自己実現は、集団の中で無限に発揮される」として、そのような共同制作にこそ、短歌の可能性を賭けたいとするものであった。具体的には、

ぼくはむしろ、萬葉集の中で長歌が残らずに短歌が残り、その後の連歌が残らず発句が残った、というよりはそれらを残して来た日本人の伝統的抒情観や、個人主義的思考方式を反省したいのです。（略）物語的叙事的＝集団伝承的要素のある長歌と、共同制作的な連歌という伝統詩型は、今日の眼でもう一度見直す必要があると思うのです。

として、連歌や長歌の復興の可能性に言及していた。

三つ目の論文「『集団の詩』覚書――連歌復興と共同制作について」においては、副題の示すよう

109	百々登美子歌集	『**夏の辻**』＊葛原妙子賞	3,000
110	外塚　喬	『**外塚　喬 歌集**』現代短歌文庫39	1,500
111	中川佐和子	『**中川佐和子歌集**』現代短歌文庫80	1,800
112	長澤ちづ	『**長澤ちづ歌集**』現代短歌文庫82	1,700
113	永田和宏	『**永田和宏歌集**』現代短歌文庫9	1,600
114	永田和宏	『続 **永田和宏歌集**』現代短歌文庫58	2,000
115	永田和宏ほか著	『**斎藤茂吉**—その迷宮に遊ぶ』	3,800
116	永田和宏歌集	『**饗　庭**』＊読売文学賞・若山牧水賞	3,000
117	永田和宏歌集	『**日　和**』＊山本健吉賞	3,000
118	中津昌子歌集	『**むかれなかった林檎のために**』	3,000
119	なみの亜子歌集	『**バード・バード**』＊葛原妙子賞	2,800
120	西勝洋一	『**西勝洋一歌集**』現代短歌文庫50	1,500
121	西村美佐子	『**西村美佐子歌集**』現代短歌文庫101	1,700
122	二宮冬鳥	『**二宮冬鳥全歌集**』	12,000
123	花山多佳子	『**花山多佳子歌集**』現代短歌文庫28	1,500
124	花山多佳子	『続 **花山多佳子歌集**』現代短歌文庫62	1,500
125	花山多佳子歌集	『**木香薔薇**』＊斎藤茂吉短歌文学賞	3,000
126	花山多佳子歌集	『**胡瓜草**』＊小野市詩歌文学賞	3,000
127	花山多佳子 著	『**森岡貞香の秀歌**』	2,000
128	馬場あき子歌集	『**太鼓の空間**』	3,000
129	馬場あき子歌集	『**渾沌の鬱**』	3,000
130	浜名理香歌集	『**流　流**』＊熊日文学賞	2,800

64	栗木京子	**『栗木京子歌集』** 現代短歌文庫38	1,800
65	桑原正紀	**『桑原正紀歌集』** 現代短歌文庫93	1,700
66	小池　光	**『小池　光 歌集』** 現代短歌文庫7	1,500
67	小池　光	**『続 小池　光 歌集』** 現代短歌文庫35	2,000
68	小池　光	**『続々 小池　光 歌集』** 現代短歌文庫65	2,000
69	河野美砂子歌集	**『ゼクエンツ』** ＊葛原妙子賞	2,500
70	小島ゆかり歌集	**『さくら』**	2,800
71	小島ゆかり	**『小島ゆかり歌集』** 現代短歌文庫110	1,600
72	小高　賢	**『小高　賢 歌集』** 現代短歌文庫20	1,456
73	小高　賢 歌集	**『秋の茱萸坂』** ＊寺山修司短歌賞	3,000
74	小中英之	**『小中英之歌集』** 現代短歌文庫56	2,500
75	小中英之	**『小中英之全歌集』**	10,000
76	小林幸子歌集	**『場所の記憶』** ＊葛原妙子賞	3,000
77	小林幸子	**『小林幸子歌集』** 現代短歌文庫84	1,800
78	小見山　輝	**『小見山　輝 歌集』** 現代短歌文庫120	1,500
79	今野寿美	**『今野寿美歌集』** 現代短歌文庫40	1,700
80	今野寿美歌集	**『龍　笛』** ＊葛原妙子賞	2,800
81	今野寿美歌集	**『さくらのゆゑ』**	3,000
82	三枝昻之	**『三枝昻之歌集』** 現代短歌文庫4	1,500
83	三枝昻之ほか著	**『昭和短歌の再検討』**	3,800
84	三枝浩樹	**『続 三枝浩樹歌集』** 現代短歌文庫86	1,800
85	佐伯裕子	**『佐伯裕子歌集』** 現代短歌文庫29	1,500

19	魚村晋太郎歌集	『花　柄』	3,000
20	江戸　雪 歌集	『駒　鳥（ロビン）』	3,000
21	王　紅花	『王　紅花歌集』現代短歌文庫117	1,500
22	大下一真歌集	『月　食』＊若山牧水賞	3,000
23	大辻隆弘	『大辻隆弘歌集』現代短歌文庫48	1,500
24	大辻隆弘歌集	『汀暮抄』	2,800
25	岡井　隆	『岡井　隆 歌集』現代短歌文庫18	1,456
26	岡井　隆 歌集	『馴鹿時代今か来向かふ』（普及版）＊読売文学賞	3,000
27	岡井　隆 歌集	『銀色の馬の鬣』	3,000
28	岡井　隆 著	『新輯 けさのことば Ⅰ・Ⅱ・Ⅲ・Ⅳ・Ⅵ・Ⅶ』	各 3,500
29	岡井　隆 著	『新輯 けさのことば Ⅴ』	2,000
30	岡井　隆 著	『今から読む斎藤茂吉』	2,700
31	沖　ななも	『沖ななも歌集』現代短歌文庫34	1,500
32	奥村晃作	『奥村晃作歌集』現代短歌文庫54	1,600
33	小黒世茂	『小黒世茂歌集』現代短歌文庫106	1,600
34	尾崎左永子	『尾崎左永子歌集』現代短歌文庫60	1,600
35	尾崎左永子	『続 尾崎左永子歌集』現代短歌文庫61	2,000
36	尾崎左永子歌集	『椿くれなゐ』	3,000
37	尾崎まゆみ歌集	『奇麗な指』	2,500
38	笠原芳光 著	『増補改訂 塚本邦雄論 逆信仰の歌』	2,500
39	柏原千惠子歌集	『彼　方』	3,000
40	梶原さい子歌集	『リアス／椿』＊葛原妙子賞	2,300

	著者名	書名	本体
131	日高堯子	『**日高堯子歌集**』 現代短歌文庫33	1,500
132	日高堯子歌集	『**振りむく人**』	3,000
133	福島泰樹歌集	『**焼跡ノ歌**』	3,000
134	福島泰樹歌集	『**空襲ノ歌**』	3,000
135	藤井常世	『**藤井常世歌集**』 現代短歌文庫112	1,800
136	藤原龍一郎	『**藤原龍一郎歌集**』 現代短歌文庫27	1,500
137	藤原龍一郎	『続 **藤原龍一郎歌集**』 現代短歌文庫104	1,700
138	古谷智子	『**古谷智子歌集**』 現代短歌文庫73	1,800
139	古谷智子歌集	『**立　夏**』	3,000
140	前　登志夫歌集	『**流　轉**』 ＊現代短歌大賞	3,000
141	前川佐重郎	『**前川佐重郎歌集**』 現代短歌文庫129	1,800
142	前川佐美雄	『**前川佐美雄全集**』 **全三巻**	各12,000
143	前田康子歌集	『**黄あやめの頃**』	3,000
144	蒔田さくら子歌集	『**標のゆりの樹**』 ＊現代短歌大賞	2,800
145	松平修文	『**松平修文歌集**』 現代短歌文庫95	1,600
146	松平盟子	『**松平盟子歌集**』 現代短歌文庫47	2,000
147	松平盟子歌集	『**天の砂**』	3,000
148	水原紫苑歌集	『**光儀**（すがた）』	3,000
149	道浦母都子	『**道浦母都子歌集**』 現代短歌文庫24	1,500
150	道浦母都子歌集	『**はやぶさ**』	3,000
151	三井　修	『**三井　修 歌集**』 現代短歌文庫42	1,700

	著者名	書名	本体
86	坂井修一	『**坂井修一歌集**』現代短歌文庫59	1,500
87	桜川冴子	『**桜川冴子歌集**』現代短歌文庫125	1,800
88	佐佐木幸綱	『**佐佐木幸綱歌集**』現代短歌文庫100	1,600
89	佐佐木幸綱歌集	『**ほろほろとろとろ**』	3,000
90	佐竹弥生	『**佐竹弥生歌集**』現代短歌文庫21	1,456
91	佐藤通雅歌集	『**強　霜（こはじも）**』＊詩歌文学館賞	3,000
92	佐波洋子	『**佐波洋子歌集**』現代短歌文庫85	1,700
93	志垣澄幸	『**志垣澄幸歌集**』現代短歌文庫72	2,000
94	篠　弘	『**篠　弘 全歌集**』＊毎日芸術賞	7,000
95	篠　弘 歌集	『**日日炎炎**』	3,000
96	柴田典昭	『**柴田典昭歌集**』現代短歌文庫126	1,800
97	島田修三	『**島田修三歌集**』現代短歌文庫30	1,500
98	島田修三歌集	『**帰去来の声**』	3,000
99	島田幸典歌集	『**駅　程**』＊寺山修司短歌賞・日本歌人クラブ賞	3,000
100	角倉羊子	『**角倉羊子歌集**』現代短歌文庫128	1,800
101	田井安曇	『**田井安曇歌集**』現代短歌文庫43	1,800
102	高野公彦	『**高野公彦歌集**』現代短歌文庫3	1,500
103	高野公彦歌集	『**河骨川**』＊毎日芸術賞	3,000
104	田中　槐 歌集	『**サンボリ酢ム**』	2,500
105	玉井清弘	『**玉井清弘歌集**』現代短歌文庫19	1,456
106	築地正子	『**築地正子全歌集**』	7,000

	著者名	書名	本体
41	春日いづみ	**『春日いづみ歌集』** 現代短歌文庫118	1,500
42	春日真木子	**『春日真木子歌集』** 現代短歌文庫23	1,500
43	春日井　建 歌集	**『井　泉』**	3,000
44	春日井　建	**『春日井　建 歌集』** 現代短歌文庫55	1,600
45	加藤治郎	**『加藤治郎歌集』** 現代短歌文庫52	1,600
46	加藤治郎歌集	**『しんきろう』**	3,000
47	雁部貞夫	**『雁部貞夫歌集』** 現代短歌文庫108	2,000
48	雁部貞夫歌集	**『山雨海風』**	3,000
49	河野裕子	**『河野裕子歌集』** 現代短歌文庫10	1,700
50	河野裕子	**『続 河野裕子歌集』** 現代短歌文庫70	1,700
51	河野裕子	**『続々 河野裕子歌集』** 現代短歌文庫113	1,500
52	菊池　裕 歌集	**『ユリイカ』**	2,500
53	来嶋靖生	**『来嶋靖生歌集』** 現代短歌文庫41	1,800
54	紀野　恵 歌集	**『午後の音楽』**	3,000
55	木村雅子	**『木村雅子歌集』** 現代短歌文庫111	1,800
56	久我田鶴子	**『久我田鶴子歌集』** 現代短歌文庫64	1,500
57	久我田鶴子歌集	**『菜種梅雨』**	3,000
58	久々湊盈子歌集	**『あらばしり』** ＊河野愛子賞	3,000
59	久々湊盈子	**『久々湊盈子歌集』** 現代短歌文庫26	1,500
60	久々湊盈子	**『続 久々湊盈子歌集』** 現代短歌文庫87	1,700
61	久々湊盈子歌集	**『風羅集』**	3,000

に、さらに具体的に連歌や共同制作の試行を説いたものとなったが、これはすでにこの段階で「律」三号の「定型詩劇　ハムレット」が発表されていたこと、同じ号の「短歌」では六組のトリオによる共同制作が発表されることになっていたという事情にもよるであろう。ここでは「『集団の詩』においては、究極的にも連歌の傑作『水無瀬三吟』のように後世に残すことを期待すべきではない」として、あくまで共同制作の場における創作の刺激が重要であって、結果としての作品が重要なのではないという点に興味深い論点があった。

3

実際の共同制作は、どのようなものであったか。未知の読者のために、その代表を「ハムレット」と「蟹工船」にとって簡単に雰囲気だけを見てみたい。もともと共同制作とか主題制作を、筋に添って解説したり、数首を取り上げて批評したりしてもほとんど意味がないのである。そこでは、一首一首の出来栄えより、全体としてのテーマの立て方、テーマへの肉薄の仕方が試されているからである。

おそらくどの一首、どの詩片をとりあげても、ここに試みられた詩劇の内容を伝えることにはならないだろうが、また、塚本の言うように、ゴチックや多行書きなど視覚的効果を最大限に利用すべく組まれたページを、単に歌だけ書き写しても、その雰囲気を伝えることにはならない。それを承知の上で、一部だけ抄出してみる。まず「ハムレット」の冒頭近く、母とハムレットのやり取りの場面である。

ハム　人間のうらぎりやさし白き腹喪服に隠す母うつくしく

妃　喪服着し

浮気のつばめ承けとめよ

その胸に投ぐ母の紅薔薇

むき出しの肩に貼りつく

淫蕩の目は笑ふべし

喪服など着ぬ

ハム　わが黒きガウンの下を

じめじめとぬくし　嫉妬の翼といふは

ハムレットに佐佐木幸綱、ガートルードに馬場あき子が、また他にオフェーリアに川野深雪、ホレーショに小野茂樹などが〈扮して〉いた。総勢十名の配役を、塚本邦雄が構成・演出としてまとめるという形をとっているが、塚本の「演出ノート」が、この詩劇の構成をよく伝えている。

上演を目的とせぬ劇、それも単なる読劇ではなく、完璧なペーパー・シアターの出現は不可能だろうか。この共同制作は、「律」の紙幅と、活字印刷技術の美学的効果にたのむ、壮麗な文字の絵巻物、無音の誌上劇場の幻想によって生まれたものだ。誌面を二つに横割し、それぞれの空間で展開される同一時間の、人間の魂の葛藤の象徴的表現を試みようとした。然も原典「ハムレット」の雄大な運命劇を、徹底的な邪悪劇に変革再構成しようとした。

まことに壮麗華麗と言うべき一篇であった。原典「ハムレット」の劇を定型詩によって再現するという姿勢をはじめから放棄し、それぞれの人物の内面に生じた筈のさまざまな思いだけを、表出吐露するものである。個々の人物のそれぞれの場面での感情・葛藤を、どのように解釈し、表現するかというところに、(塚本の演出が実際にどの程度、個々の役作りに反映されたものか私にはわからないが) 鑑賞の醍醐味はもとめられるべきであろう。

山田あき構成・演出の「蟹工船」からも一部抄出してみる。冒頭「*出航前の甲板の上」での三首である。

芝浦　最果ての地獄の船に売られきて花札はおれのかくし持つ護符

吃り　いちまいの田に父は死ね
　　　兄も死ね
　　　漁夫として俺も　今

死の海へ
指に火がつくまで呆けて
はじく煙草
鉱山《やま》すてた俺に
海は初めての坑《こう》
鉱山《やま》

六人の漁夫、少年工、監督浅川、無電係が登場人物として歌と詩を書き、山田あきが海の精としてバックに静かな歌声を響かせ、原作にはない雰囲気を作りだしている。

これら二篇の代表的な共同制作作品の評価については、いくども議論されてきた。もはや一般には読むことのできなくなったこれら作品の個々について、今の時点で評価、批評することに意味があるとは思われない。今は、このような作品が並んでいたという、おおよその雰囲気だけを嗅いで、先に進むことにしたい。

4

共同制作が精力的に試みられた昭和三十八年という年は、六〇年安保の「敗北」から三年を経て、歌壇でもしきりに停滞の言われはじめた年でもあった。六〇年前後の昂揚した気分から、一転して当面の目標を失ってしまった歌壇も歌人も、その歌うべき対象をどこに設定すべきか、模索していた時期でもあっただろう。それまでの「個人の誠実」だけでは、なにもコトが解決しないということを痛いほどに印象づけたのが六〇年安保という経験であった。私という孤塁では何も解決しないという経験の前には、前衛短歌の提出した「虚構としての私」という試みにさえも無力感が漂った時期でもあった。

作品における「私」の拡大をはかるにはどのような方法が可能か。現実の私から発想する以外ない短歌という詩形式において、個人主義的な「私」にとらわれることからどうしたら脱却できるか。そのような問題意識が、無視できない問題として改めて浮上してきた時期である。「誠実な個」の叫びないしは呟きとは異なった発想の基盤に立つには、どのような方法が可能か。そのひとつの方法が、政治的にはいったん失われてしまった「連帯感を」、作歌の場で回復するという企てであっただろう。前記、島田修二も「集団的思考によって回復すべき自我」「明らかに集団で歌わねばならぬモチーフ」として、集団というものへの信頼を語っていた。あるいは、「現代はなんといっても集団主義の時代ですから、われわれは、個人でやるよりも集団でアプローチしたほうが、ずっと強力であることは、当然のことです」と発言している米満英男の発言（座談会「定型の可能性をめぐって」「短歌」昭和38・10）などにも、集団への一方的な幻想があきらかに見て取れる。集団へのこのような思い入れは、現代の目からみればいささかプリミティブに過ぎることは言うまでもないが、安保という、これまた幻想が潰えた当時のおおかたの歌人にとっては、切実な目標となり得たことは容易に想像できる。

早くに菱川善夫は「結社の作家といえども、私は信ずることがないわけではない。だがそれは、その作家が、集団を自己否定的にとらえ、それによって集団自体を、また新たな危機と緊張の中におくようなときに限る」（「知的後衛批判　島田修二小論」「短歌」昭和38・12）と述べて、集団への疑義を提出していたが、その批判の妥当性とともに、しかし当時の歌人たちの新たな可能性への期待もまた無理なく了解される性質のものではあった。

それから四〇年に近い時間を経た現在では、そのような集団というものへの幻想は、すでにほとんど無いと言ってもいいだろう。集団への幻想というものは、それが「まだ実現されていない」という段階でのみ、夢としての可能性を持っていたものであったのかも知れない。

深作光貞は、主題制作では「主題を決めたとき、その瞬間に、その作品の価値の数割は、価値づけられてしまうのだ。つまり、主題そのものに、意義と価値と役割があるわけである」と明確に割りきった規定をした（「主題制作について」「短歌」昭和38・12）。共同制作についてもこのことはあてはまるが、そこで深作が、主題制作においては『さり気ない歌』は入りこむ余地がない。『意図』『意識』というものが動きまわっている制作なのである」というとき、その「さり気ない歌」の意味を見落とすことはできないだろう。

歌は、主題を決めて、その主題からはみ出さないように歌おうとするとき、きわめて窮屈なものにならざるを得ない。歌という形式は、むしろ主題は、作者の意識の背後に潜めるようにして、その意識から紡ぎだされてきた自由な感性の動きを歌うべきものなのかも知れないと、現在の目からは思う。主題を立てて、それを過不足なく伝えようとするなら、もっと適した表現方法は他にある筈である。歌では、むしろ、どこかで回路をかけ違って、思っていたのと違ったことを言ってしまった、あるいは思いもかけない表現に辿り着いたといった場合に、自分でも驚くような新鮮な表現が可能になることが多いものである。それはすなわち作歌による新たな認識の獲得となるものであり、その意味で私は歌は認識の詩型であると思っている。認識とは、表現以前に作者に想起されたものではなく、表現のプロセスではじめて可能になったものを言うのである。

この思ってもいなかった発見を期待するには、そこに何らかの遊びの余裕が必要である。最初から、言いたいこと、言わねばならないことに縛られていたのでは、そのような思いがけぬ僥倖に巡り合うことは期待できないだろう。深作の言うように、主題制作、共同制作では、「さり気ない歌」を含んだ遊びがなく、窮屈なのである。思いがけない展開になったり、予期しない歌が飛びだしたりといった遊びに乏しい分、驚きに乏しいということにもなりやすい。作る側の意図がなにより優先し、読者が自分で読み込み、解釈し、参加するといった余地が少ないとも言えよう。

塚本版「ハムレット」から四半世紀、平成元年の「歌壇」(三月号)に、「心の花」若手による「にせハムレット」が転載されている。谷岡亜紀構成演出による歌劇上演台本である。明らかに塚本「ハムレット」を意識し、その悲劇性・邪悪性をパロディによって相対化しょうとするものであった。口語の多用による軽さの他に、「オフェーリアそんな悲しい目で見るな　悲劇にはもう飽き飽きしたぞ」などとハムレットに歌わせる。さらに「クローディアスがハムレットに切りつけようとした時、突然激しいシュプレヒコールが三人に迫る。ゲバ棒をもって乱入する学生活動家」などといった場面があって、あっけにとられる趣向である。これらが成功したかどうかはさておき、またあくまで原作あってのパロディであるという点も措き、谷岡の志向が、窮屈な悲劇性に縛られない「ハムレット」をどう演出するかにあったという点はおさえておくべきである。遊びの要素を積極的に導入することで、筋として知っている劇と、共同制作における歌の奔放な逸脱との齟齬に、インパクトを持たせようとしたのだとも考えられる。

短歌といった短い詩形式では、作者がすべてを言いおおせることができないところを、読者がそれぞれの想像力で補って読んでいく。補ってというのが受動的に聞こえるならば、読者の参加によって、作品は作者が想定した以上の展開と内容の膨らみを獲得するのだといってもいいだろう。すなわち、歌は読者との共同作業のなかで読まれるはずのものなのである。私自身、この数年何度も繰り返してきたように、読者論の重要性が問われる所以である。

その意味では、歌を作り、発表するというそのこと自体が、読者との共同制作と捉えることができる。歌の読まれる場において、読者としての集団とつながることを実感するという意味での「集団の詩」もあっていい。この点が、三十年代の共同制作理論では視野に入っていなかった。集団というものを共時的な存在とだけ考えるのではなく、通時的な集団というものまでを視野に入れれば、たとえば本歌取りに見られるように、時間や時代を越えた「集団の詩」のあり方も考えることができたであろう。

集団というものへの幻想の崩壊、主題を設定してみんなでそれを実現するというプロセスの窮屈さ、また、ここでは述べきれなかったが、共同でひとつの主題を設定すること自体の時代的なむずかしさ、など、かつての共同制作という方法が今日試みられなくなった理由は、他にもさまざまにあげることができよう。私自身は、短歌という詩形式は、遊びでならまだしも、自己実現の方法として共同制作には向いていない形式だと思っている。しかし、主題制作も含めて、歌にそのような方法も可能であり、しかも本気でその実現が模索された時代があったことを、それぞれが自分の歌の可能性のひとつとして抑えておくことは、現在のように、みんながそれぞれの蛸壺から頭ひとつ出して世界を眺めているような時代にこそ、必要なことではないかと思うのである。

「短歌」一九九九年（平十一）六月

欠落の充実——寺山修司の感性と詩歌句

新学期。私がいちおう顧問ということになっている京大短歌会でも、例年どおり新入生の勧誘をやっている頃だろう。いちおうというのは、ここ数年、歌会にも研究会にもいちども顔を出していないからである。私が出なくとも、あるいは出ないほうが、学生短歌会は活発であるようだ。

入学式の朝、門の前に立って、新入生とおぼしき学生にビラを配る。そのビラには、ここ数年、決まって寺山修司の歌が印刷されている。たとえばこんな歌だ。

海を知らぬ少女の前に麦藁帽のわれは両手をひろげていたり　「初期歌篇」

マッチ擦るつかのま海に霧ふかし身捨つるほどの祖国はありや　『空には本』

いずれもよく知られた、寺山修司の代表歌というべき歌である。ビラには、少し下を向き、憂鬱を塗りこめたような寺山の顔が、濃い黒を基調にしたモノクロで印刷されている。寺山のお陰ばかりではなかろうが、ここ数年京大短歌会はいたって盛況、何故か会員が増えている。

寺山修司という青春性という言葉が反射的に出てくるくらい、特に彼の歌は、青春という文脈のなかで語られることが多い。たしかに一首目では、海、少女、麦藁帽、そして両手をひろげて立つわれ、という素材からは、どうしたって甘い青春のイメージが立ち上がらざるを得ない。しかし、寺山には、一般的な意味での正のベクトルに導かれた青春性はむしろ希薄である。二首目の「身捨つるほどの祖国はありや」という問いかけが、そんな祖国などはじめからありはしない、という反語であるのは言うまでもない。問題は、祖国だけなのではなく、寺山にとって「身捨つるほどの」ものであればなんでもよかったのではないか。身を賭するものの不在を、自らに確認している歌と読むべきである。一首目にも、甘い雰囲気を漂わせながらも、「海を知らぬ」という、その知らぬ少女であることがポイントである。知らぬことからこそ、ロマンは始まる。

帆やランプ小鳥それらの滅びたる月日が貧しきわれを生かしむ　「初期歌篇」

海よその青さのかぎりなきなかになにか失くせしままわれ育つ　『空には本』

外套を着れば失うなにかあり豆煮る灯などに照らされてゆく

すでに亡き父への葉書一枚もち冬田を越えて来し郵便夫　『血と麦』

一首目では、帆、ランプ、小鳥、そんな青春の小道具的なもろもろが滅んでしまった月日、その喪失感のなかで「貧しきわれ」の生きの実感がある。二首目の下句では、喪失感に宙吊りになったままの成長が提示されているし、三首目にも、何かを得ること（外套を着ること）によって、いっそう際立って感じられる喪失感が表白される。四首目では、亡き父こそが実体として存在するというパラドックスが、その非在への葉書を携えた郵便夫という実体によって語られているだろう。無くなったもの、存在しないものにこそ実在感を感じている青年の感性があらわに感じられるのである。裏を返せば、それは、現実に存在するもの、あるいは〈現実〉そのものに希薄な存在感しか感じられない意識のありようをあらわしているだろう。この「欠落の充実」とでも名づけたいような感性の方向は、寺山の作品に強い影と翳を落していると言っていい。

母を消す火事の中なる鏡台に　「花粉航海」

ねがふことみなきゆるてのひらの雪　「続・わが高校時代の犯罪」

紅消えて何も残らぬわが掌見る

あとの二句はいい句だとは思えないが、いずれも「消す」こと、「消える」ことがライトモチーフとして明らかな句である。一句目は、母、火事、鏡台という設定に無理が無く、イメージの重層性に広がりが感じられる。火事の中の鏡台に消えた母は、消えた後にはじめて炙り出しのような存在感をもったものとして感じられたことだろう。

詩集『地獄篇』の冒頭、「地獄篇　第一歌」は、各フレーズが「ぼくには何も見ることが出来ない」「ぼくには何も言うことができない」などで歌いだされる。否定から歌いだされるこれらの詩篇の意識は、おそらく後になって、詩集『ロング・グッドバイ』中の、「消されたものが存在する」で、もっとも十全な形で表現されることになった。「消されたものが存在する」では、提示された五十音図のなかに、あらかじめ欠損した字がいくつかあり、それら「消されたもの」を書き連ねると「てらやましゅうじ」になったり、さまざまな名詞が浮き上がる仕掛になっている。ここで寺山が試みたかったことは、五十音図という実在のなかから、意図的に消去することによって、逆に実現される存在のありようであったに違いない。

寺山修司を無理に青春にこと寄せて語る必要はないだろうが、その青春性を考えるとすれば、詩歌句においてそれぞれ見てきたように「欠落のなかに実在」を見、喪失の中に充実を感じる感性のありようではなかっただろうか。

「俳句現代」一九九九年（平十一）六月

情の振り捨て方ということ

歌人から見ると、俳句は永遠の隣人である。隣人という意味は、もっとも身近に感じながら、それゆえにもっとも鋭く違いを意識せざるを得ない存在というほどの意味である。現代詩や小説と短歌とは、歴然と異なるという意識が最初からあるから、敢えて比較してみようなどとも思わないが、普段もっとも近いと感じている俳句は、近いと感じるがゆえに、またもっとも差異を意識せざるを得ない形式だと思うのである。音数律の差だけではない確かな違いが存在することを感じるのである。ただ、それをはっきり言うのは、とてもむずかしい。

新聞歌壇などの選歌をしていると、同じ作者が隣の俳壇にも応募し、同じ号に掲載されていることが時々ある。そういう時はたいてい俳句のほうがうまいなと感じるのは、たぶんこちらが俳句には素人であるが故のひが目なのだろうが、投稿歌人と投稿俳人とは、どういう作り方をしているのかと興味深いのである。専門歌人や専門俳人になると、なかなか両刀使いという例は見当らない。

近くは寺山修司、藤原月彦（龍一郎）、そして坪内稔典などの名が思い浮かぶ。

マッチ擦るつかのま海に霧ふかし身捨つるほどの祖国はありや　寺山　修司

よく知られた寺山の代表作である。この歌について少し考えてみたい。上句は映画の一シーンにでもありそうな波止場の風景とも読めるだろうか。下句は己が身を犠牲にしてでも奉仕するだけの「祖国」はあるだろうか、と、自問しているわけである。吉本隆明風の言い方をすれば、上句は、「身捨つるほどの祖国ありや」という下句に対して像的な喩として作用している。逆に下句は、上句の意味的な喩である。互いに相手の存在を前提にしながらも、自身は自立しようとしている。かつて私はこのような上句下句の関係を「問と答の合わせ鏡構造」と言ったことがあったのだが、それはここでは触れない。

寺山のこの一首では、祖国への揺れる思いがモチーフであることは言うまでもない。寺山修司は俳人としての出立が早かったが、引用の一首は、俳句からの模倣が云々された一首でもある。

夜の湖ああ白い手に燐寸の火　西東　三鬼

一本のマッチをすれば湖は霧　富沢赤黄男

めつぶれば祖国は蒼き海の上　同

これらの句からの引用または模倣だというのである。その是非についてはここでは問題にしないが、両者の情の手放し方の違いを考えてみると、おもしろく思うのである。

短歌における寺山のモチーフが下句の心情にあったことは明らかであるが、これらの俳句では、情がいっさい捨象されているように見える。三鬼では「ああ」に、赤黄男では「マッチをすれば」、「めつぶれば」の已然形にかすかにその痕跡を読み取るのであるが、三句ともに、しかしどういう心情であるかについてはまったく説明されない。

俳句作者にとっては、自分がその景をどのように感じて作ったか、その情の部分は、全面的に読者にゆだねられているように見える。そして素人目には、そのような読者に情を預けてしまった句のほうに、面白い句があるように感じられる。

短歌では、心情の表出を自分で引き受けてしまう故に、読者を意識することがこれまで少なかった。読者を意識するなどは、むしろ邪道と考える向きさえ強かった。しかし、俳句では、句の成立に本質的に読者の存在を抱え込まなければ成立しないところが多分にあるのだろう。その分、読者をより強く意識してきたはずである。

俳句と短歌は、ともに第二芸術論の洗礼を受けてきた形式である。今から振り返ってみれば、第二芸術論は実は、「読者の問題」をどう引き受けるかという問題提起であったと読むべきではなかったのか、というのが私の考えである（「読者論としての第二芸術論」、「短歌」平成九年八月）。

俳句にあって、第二芸術論はどう受け止められてきたか。受け流すといった色彩が強かったという印象を私は持っているが、過去のこととして無視するのではなく、俳句における読者の問題を、第二芸術論の問題提起にもう一度結びつけて考えられないだろうかというのが、私の今思っているところである。

「俳句研究」一九九九年（平十一）八月

「羞明」の頃

「律'68」という本が出たあと、京都でその批評会が行われた。『律』は一九六〇年から続いてきた、運動体としての前衛短歌の機関誌的存在であった。第三号ではよく知られるように、塚本邦雄演出による「ハムレット」の共同制作が発表され、共同制作ブームの火付け役となった。東京草月会館で行われた「フェスティバル律」や、新人を集めた「ジュルナール律」を経て、二年に一度単行本形式で刊行されることになったのである。

「律'68」の批評会は、京都市役所西隣の喫茶店「再会」の二階で行われた。「律」に執筆していた歌人のうち、塚本邦雄、高安国世、山中智恵子ら近畿在住の二十人あまりが出席していただろうか。安森敏隆などの学生歌人にまじって、まだ歌を作りはじめたばかりだった私も、長テーブルをロの字型に置いた席から、それら眩しい存在たちを眺めていた。

「律'68」巻頭の作品は、塚本邦雄の「羞明」五十八首であった。塚本の全歌業のなかでも特筆されるべき一連である。

ほほゑみに肖てはるかなれ霜月の火事のなかなるピアノ一臺

冒頭の一首、塚本の代表作として、もっともよく知られる歌のひとつであろう。当日も、やはりこの一首に対する賛辞が続いた。そして、なぜか私にもその批評がまわってきた。いちばん若いというので、司会者がまわしたのだろうか。驚いた私は、とっさにその一首を、わからないし、いいとも思わないなどと口走ってしまった。「わからない」よりも「いいと思わない」の方に力をこめたように思う。みんながあまり絶賛するので、それに対する反撥もあったのだろうが、無知とはなんともおそろしいものである。

歌集『感幻學』の中では二重丸をつけているこの一首に、初出の「律」の中では丸がついていない。この間約二年。この歌の凄絶な美しさがわかるようになるまでの、これは私の軌跡であるが、それはまた一方で、塚本邦雄という強烈な光源に目が眩むだけであった現代短歌が、ようやくその光に慣れていく軌跡でもあるだろう。

昭和二十六年に歌集『水葬物語』を出版し、はじめて「短歌研究」に「弔旗」を発表してから十数年、前衛短歌の旗手という呼び名が定着しつつはあっても、なお塚本邦雄には異端のレッテルが強く貼り付いており、難解として敬遠する風潮は根強かった。ところが現在、その作品を難解などという言い方で批判する者は誰もいない。万事に晩生《おくて》であった一学生の例を普遍化する必要もなかろうが、私自身の塚本体験を振り返ってみて、なるほど、「個体発生は系統発生を繰り返す」の感を深くせざるを得ないのである。

塚本邦雄の目の前で、「ほほゑみ」の歌をつまらないなどと言ったのは、あとにもさきにも私だけだろうが、初期の私自身を振り返ってみれば、誰よりも塚本の影響を強く受けてきた。東京の学生たちが岡井隆の強い影響を受けていたのに対して、関西では断然塚本であった。その中でも、私がもっともあからさまに塚本の影響下にあったのかも知れない。その影響が強すぎると批判されたこともあった。

最初に出会った『綠色研究』から『感幻學』にかけての歌が個人的には今でももっとも思いが深い。この頃の歌なら三十年を経た今でも、いくらでも口をついてくる。特にこの時期の作品は、従来の短歌の枠を打ち砕くという力業だけでなく、塚本自身の美意識としてもっとも洗練され、もっとも高い達成を示す時期であると私は思っている。

いたみもて世界の外に佇つわれと紅き逆睫毛の曼珠沙華　　『感幻學』

「紅き逆睫毛」は、もちろん比喩であり、暗喩であるが、この喩が強烈な凝視の姿勢から見えてきた喩であることは改めて言うまでもない。氏が毎日の通勤電車の車中で、窓外に見える事物を瞬間的に言葉に置き換える訓練をしていたというエッセイを読んだことがある。見ること、そしてそれをあやまたず言葉に置き換えること、かつて子規によって唱えられた「叙事文」と同じ訓練が、写生派の正反対と見なされる塚本邦雄において試みられていたことの意味は大きい。

「偉大なるトリビアリズム」と塚本を呼んだのは、故本郷義武であったが、アララギ派が究極の目的として設定していたところを〈出発点〉と考え実行したところにこそ、塚本邦雄が現代短歌を変革していくエネルギーの源泉があったのだと言えるかもしれない。

それから二年後、京都教育文化センターで『感幻學』の出版記念会が、私の所属していた「幻想派」「京大短歌」などの企画で開かれた。生田耕作、松田修、深作光貞らを含めてやはり少人数の集まりであった。

「羞明」にはレオナルド・ダ・ヴィンチの有名な「デッサン」、裸体の男が円の中に手を拡げて立っている図が用いられている。『律'68』では男の顔に向日葵の花が重ねられていた。ところが『感幻學』に再録されたときには、男の顔の他に、足の下にも向日葵の花が置かれていたのである。

その批評会の折、誰も指摘しなかったそのふたつの違いを言い、下の向日葵は余計ではないかとまで言った。以前の歌評といい、今回の挿画に対する批評と言い、なんとも向こう見ずな断言であったが、その指摘を塚本さんが喜ばれ、いかにそのデッサンの加工に苦心したかを話されたのは、うれしいことであった。

塚本邦雄の代表作のひとつと断言できるこの「ほほゑみに」一首の初出時、そしてそれをおさめる歌集出版時、ともにその現場に居合わせることのできた幸せを今も大切に思っているのである。

『塚本邦雄全集』第七巻月報二〇〇〇年（平十二）十二月

青年とわれ

塚本邦雄のキーワードといえば、「はつ夏」や「血」「イエス」「父」など、たちまちいくつもの特徴的な語を思いだすことができる。そんないくつかの言葉のなかで、今回特に取りあげたいと思ったものは「青年」という語である。「青年」という言葉に的を絞って、もう一度初期の塚本歌集を読むうちに、意外な事実に気がついた。そのことについて書いてみようと思う。

五月祭の汗の青年　病むわれは火のごとき孤獨もちてへだたる　『裝飾樂句』

第二歌集『裝飾樂句』の冒頭の歌である。五月祭は、実質的にはメーデーだろうが、これをメーデーとは翻訳してしまいたくない。五月祭に汗を滴らせている青年と作者との距離、その対比が際立つ一首である。青年・祭といった輝くイメージと、一方でひっそり部屋にこもっている「病むわれ」の孤独、その対照である。

塚本邦雄

この一首はよく知られるように、塚本邦雄が結核のための療養を余儀なくされた時期の作品である。年譜によれば、昭和二十九年十一月、職場の集団検診で胸部の陰翳を認め、肺結核の診断を受けた。翌年七月からは休職、療養生活にはいっている。時に塚本邦雄、三十二歳。

五月祭の一首は、今でこそ、誰もが塚本の結核療養という文脈のなかで読んでいるが、実はそんな読み方は、かなり後になってから定着したと言うべきである。たとえば春日井建が『日本名歌集成』の解説で言うごとく、「塚本は私的体験によって歌を作る歌人ではない。『私』の表白を拒絶したところで作品を創っている歌人である。とすれば、この一首に登場する『病むわれ』は当然のことに仮構の『われ』である」とする読み方の方が、一般的であったといっていい。このような読みのなかでは、「病むわれ」は魂を病む「われ」

ととるわけである。

この一首の読みとして、塚本の療養体験を教えられたときの驚きは強烈であった。もちろんまだ、塚本の年譜など出ていない時期のことである。

「五月祭の汗の青年」に新しい読みを提示したのは、私の記憶では岡井隆であったと思う。初めて読んだのが、岡井のどの文章であったのか、年々物忘れがひどくなり、いまはっきりと思いだすことができないが、おそらく『戦後アララギ』所収の、現代歌人協会における講演録「塚本邦雄について」ではなかっただろうか。

そのなかで岡井は、『裝飾樂句』を「あたかも療養歌集のおもむきがある」とし、若さとエネルギーを発散させている青年と、肉体を病むわれとの対比のなかに、「あたかも青年をたたうるかのごとき口ぶりの裏にひそむ、孤独者のつよい自負」を見てとっている。自負とは言い条、文字通り暗い部屋から外界を眺めるような、鬱屈とした内向性にみちた自負であったはずである。

先の一首にあっては、「汗の青年」と「病むわれ」が対比されているが、実は『裝飾樂句』には、「青年とわれ」が一首のなかに両方出てくる歌が、もう二首ある。しかもどちらも冒頭の一連「悪について」の中であり、それ以外のところにはない。

われの青年期と竝びつつ夜の驛の濕地に行きづまるレールあり
われに昏き五月始まる血を賣りて來し青年に笑みかけられて

『裝飾樂句』

輝かしいはずのものであった自分の青年期のすぐ横に、「夜の驛の濕地に行きづまるレール」があったという認識。それは間違いなく、病んで療養を余儀なくされている己の現在の状況に発した思いであると、今なら言うことができる。また、あっけらかんと血を売ってきた青年の、その明るさに圧倒されるような思いで、「病むわれ」は昏き五月の始まりを予感している。

話は変わって、歌集を読みすすむとき、『水葬物語』から『装飾樂句』への劇的な変化は、誰もが感じるはずのものである。塚本自身「『水葬物語』的な世界から出來る限り急速に遠ざからうと試みた」と『装飾樂句』の跋に書いているが、私もその変化に驚いたものだ。

もちろんそれは歌集を、後になって読むことからくる驚きであって、その変化の激しさが、歌集『装飾樂句』の逆年順編集によって感じられるものであることは、誰にも予想のつくところである。しかし、その逆年順の作品を読んでみて、なぜそんなに大きな変化を感じるのか、その理由は、長いあいだあまり深く考えないままに私のなかで放置されていた。

こんど読み直して気づいたことがひとつある。まず表を見ていただきたい。この文章を書くため、「青年」という言葉の出てくる歌を調べようとしたが、そのとき、対照として「われ」あるいは「わが」という語の出現頻度を調べた。表はそれをまとめたものである。

一見してわかるのは、「われ」の出現頻度の急激な変化である。以前に佐佐木幸綱も指摘しているように、『水葬物語』において、「われ」はただ一度だけしか出てこない。「かの國に雨けむる朝、わが胸のふかき死海に浮くあかき百合」という一首がそれである。驚くべき数字だと思う。このひとつ事だけをとってみても、『水葬物語』がいかに従来の近代短歌の系譜から切れた異端歌集であったかについては多言を要しない。

	歌数	われ／われら	頻度	青年
水葬物語	240 首	1 首	0.4%	1 首
装飾樂句	270 首	25 首	9.3%	13 首
惡について	30	12	40	5
地の創	30	6	20	2
聖金曜日	30	0	0	0
向日葵群島	30	3	10	1
默示	30	2	7	0
裝飾樂句	30	1	3	0
流刑歌章	30	1	3	0
靈歌	30	0	0	3
收斂歌章	30	0	0	2
驟雨修辭學	300 首	39 首	13.0%	16 首
雲母街	56	13	18	6
金環蝕	62	4	6	4
睡眠戒	62	2	3	5
瑞典館	62	10	16	1
點燈夫	58	10	17	0
日本人靈歌	400 首	102 首	25.5%	24 首

一首からの禁欲的なまでの「われ」の締め出しは、『水葬物語』のあともそのまま続いている。『装飾樂句』の時期の前半（実は歌集の後半）の各章である。

ところが「地の創」「惡について」の一連になって一転、突然「われ」の出現頻度が高くなる。冒頭の「惡について」では三十首中、実に十二首。四割にも達している。前半の各章における、零ないしは一首という出現頻度と較べて、歴然たる差である。「われ」の頻度の高さは、そのまま『日本人靈歌』に持ち越され、以後大きな変動はない。『水葬物語』の、完全に「われ」を締め出したロマネスク世界から、そのまま第二歌集『裝飾樂句』を読み進める読者には、その冒頭から、突然二首に一首ほどの割合で、「われ」が降りかかることになる。私たちが歌集『裝飾樂句』に至って感じる変化の大きな原因は、実はこの「われ」の出現だったのである。少なくとも、私にはそのように思われる。

それでは「なぜ」そのような突然の変化が起ったのだろうか。理由として、さしあたり二つのことが考えられる。一つは、先にも述べた塚本の結核療養体験である。

水に卵うむ蜉蝣《かげろふ》よわれにまだ惡なさむための半生がある
われが不在となりたる街に軋みつつ鹽積みて入りゆきし荷車
晩夏ふかく涸れし運河に　生きのびてわれの喪ひたるもの充てり

これらの歌を書き写しつつ、それなりの感慨がある。なんということかと思う。難解派などと言われ続けてきたこれらの塚本作品には、今や難解さなどは、影も形もないではないか。塚本作品を読み解くための方程式に私たちが違和感を抱くことなく読めるようになったということでもあるし、また、塚本的手法がいまや時代の共有する財産となってしまったということでもある。時代が成熟するとは、そういうことである。そのような一般論は措くとして、これらの歌について見れば、病気療養という現実軸を導入するだけで、どうしてこうもわかりやすくなってしまうのだろうか。短歌という詩形式の尾てい骨を見る思いがする。

文体の問題として言えば、病気療養というせっぱ詰まった状況から言葉を発しようとしたとき、自己の思いは否応なく「われ」という形での表出を促したということであろうか。物語の登場人物的な第三者の言葉や行動としては、内面を語れなくなったということなのかも知れない。病気ゆえに社会から疎外されることになった作者が、「われ」という現実をそのままに歌ににじませていく過程として、『裝飾樂句』の文体の変化はとらえられるのだろう。

病気の体験が文体を変えたとするこの仮説は魅力的である。しかし、この仮説には若干の無理もあるかもしれない。年譜によれば、『裝飾樂句』中の「地の創」の発表が昭和三十年三月の『短歌』であった。結核の発見が昭和二十八年。その間に「裝飾樂句」（二十九年六月）、「聖金曜日」（三十年三月）などが発表されている。

歌だけから見ればこの仮説に妥当性を認めるが、発表年月だけからみると、病気がわかってから、「われ」の頻出までが少し長すぎる気もする。「われ」として自分の〈現在〉を歌おうと決意できるまでの時間のずれと考えるべきなのだろうか。

ちなみに、第一歌集『水葬物語』は、各章すべてが十首、『裝飾樂句』ではすべて三十首、『日本人靈歌』では各五十首となり、『綠色研究』ではすべての小題は十五首からなる。こんなことにもう誰かがとっくに指摘していることなのだろうが、塚本における病的なまでのストイシズムはこんなところにも現われている。
近代以来の「われ」に立ち戻ることは、『水葬物語』の拓いた世界からは後退とも映る。しかし、はるか後年塚本自身が次のように語るのを思うとき、短歌における〈私性〉の根深い呪縛に触れる思いがする。

「自作に即しても、最終的には『水葬物語』でさえも「春きざすとて戦ひと戦ひの谷間に覚むる幼な雲雀か」とか「受胎せむ希ひとおそれ、新緑の夜夜妻の掌に針のひかりを」、「卓上に舊約、妻のくちびるはとほい鹹湖の暁の睡りを」など嫌いな「事実」に即した歌をどうしても採ってしまいますがね。」

「現代短歌　雁」（平成三年）における塚本邦雄特集で私がインタビューしたなかの発言である。これに『辺境への注釈』における岡井隆の発言を重ねてみよう。

「多少の例外はあるが、一人称「われ」に執着したモチーフを扱うときに『装飾樂句』の秀作は生れ易い。モチーフが「われ」から遠ざかる距離に比例して、作品のモチーフの温度は下降する。それはおそらく、彼自身の現実の危機の力学によるものだろう。」

いずれもおそらく同じことの別の側面を語っているのだろう。そして、私自身もやはり、現時点ではそのように感じざるを得ないのである。このような「われ」の多出をうながしたもう一つの可能性は、岡井隆との出会いではないだろうか。塚本が岡井に初めて手紙を書いたのが、昭和三十年の十月。塚本自身がなんども書いているように、岡井との出会いは双方に大きな刺激と変貌をもたらした。時期的な問題から言っても、その出会いが「われ」の頻用という文体の変化をもたらした可能性は十分に考えられるが、ここで詳細に論じる紙幅はない。

最後に一点だけ指摘しておきたい。やはり「われ」の出現頻度から見えてきた、ささやかな発見である。

歌集『驟雨修辭學』は、昭和四十九年に発行されたが、その作品は、塚本邦雄の跋によれば「『裝飾樂句』期の作品群であり、発表の機を喪つたまま十七年間仄暗い筐底にあつた歌三百首」である。この「未完歌集」における「われ」を調べてみて、私は正直驚いたのだった。

『驟雨修辭學』における「われ」の比率ほ、平均十一パーセント強。これだけなら『裝飾樂句』の平均七・八パーセントとさほど差がないように見えるが、もう少し詳細に検討してみれば、『裝飾樂句』の平均をあげているのは、一にかかって後半（歌集冒頭）の二連のみによるものであった。これらを除外してみれば、その平均値はわずか一パーセント。同じ時期という一つの作品群に十倍以上の差があるのである。

ここでさらに興味深い点を指摘することができる。

わが過去の水上にして影さわぐ青年の齒朶《しだ》なせる肋骨
胡桃《くるみ》靴の踵《かかと》もて割る青年の怒りさはやかにわれにひびけ

『驟雨修辭學』にも「青年」と「われ」の同時に出てくる歌が二首ある。これらを先の『裝飾樂句』と較べてみるとき、その歴然たる差に私などはちょっと驚いてしまう。ここには、両者のあいだに暗い対比、対立は影かたちもない。「青年の怒りさはやかにわれにひびけ」であり、青年との同化意識の影が濃いだろう。

　これらは何を意味しているのだろう。両者が同じ時期に作られ、出来の善し悪しだけで、一方は陽の目を見、一方は机底に眠っていたと言うには、どこかにためらいが残る。ありていに言えば、まったく違った作品群とさえ、思えるのである。これを説明する解釈として、いくつかの可能性が思い浮かぶ。たとえば、『驟雨修辭學』の作品は、昭和二七年から三十年の間とされているが、「われ」という切り口から見るかぎりにおいて、ほとんどが三十年頃に作られたとする考え方が一つ成り立つかもしれない。しかしこの解釈をとるとすると、『驟雨修辭學』にほとんど病気の影が感じられないのはちょっと不思議である。第二に、斎藤茂吉の『つゆじも』『遠遊』などのように、塚本邦雄の『驟雨修辭學』も、後年作られた、あるいは改作されたものだと考えることも可能かも知れない。さらに別の考え方をすれば、当時塚本は「われ」という言葉を相応に使っていたのだが、

『装飾樂句』をまとめるに際して、「われ」を意識的に排除し、それを含まない歌を多く採用、収録したのだと考えることも可能かも知れない。

私は今、どれが正しい答えであるのかを判定する根拠を持たない。どれにも可能性があるが、はっきりしていることは、『驟雨修辭學』における「われ」の頻度は、『装飾樂句』とは明らかに違い、むしろ以後の歌集の比率に近い事、また『装飾樂句』に見られたような、劇的な変化の跡はほとんどないという事だ。そして「療養歌集」と岡井隆に言わせたような暗鬱とした影は、『驟雨修辭學』にはほとんど見られないという事実である。

一首に「われ」が入るか、入らないか。これは偶然の産物ではあり得ない。まして、塚本邦雄のように、近代以降の短歌の文体変革に意識的だった歌人の作品である。当然、意識するうえにも意識した上での選択であったはずだ。「青年とわれ」という切り口からの一枚の表を見ていると、そんなことが自然に読み取れてくる。そして、それは単なる語の嗜好の問題というよりは、現代短歌の本質に関わる問題をはからずも提示しているように私には思われる。

「短歌」二〇〇二年（平十四）十月

「奴隷の韻律」を読みなおす

一、三つの短歌否定論

いわゆる「第二芸術論」議と呼ばれる一連の論争のなかで、小野十三郎による「奴隷の韻律」という批判論だけは、他のものと大きくその性格が異なっていた。

戦後いち早く起こった論争としての「第二芸術論」は、篠弘に倣って、三つに分類するのが適当だろう。篠は『現代短歌史Ｉ　戦後短歌の運動』のなかで、「第二芸術論」にみられる〈滅亡論議のテーマ〉を、大きく三つに分けている。

まず戦後まっさきに現われた小田切秀雄による「歌の条件」（「人民短歌」昭和二十一年三月）とそれに対する論議を、篠は「プロレタリア短歌の可能性を止揚する」論議と定義する。

「折角自由になつたのだから、ひとつ思ひつきり自由に振る舞つて、芸術らしい芸術を創らうではないか。」という一節で始まる小田切の文章では、歌壇は文学精神の高さと劇しさを失つたために孤立的封鎖的な無風帯と化し、文学的論争すら殆どこれといふはげしいものは見られなくなつた。そしてその代りに、結社内での毒にも薬にもならぬ仲間ぼめと結社外での縄張り争いが支配的となつた。

という文章に典型的に見られるように、歌壇や結社という枠の閉鎖性、封建制に言及し、それらを打ち破ることによって、「これこそ吾等の根本的最後的な要求にほかならぬ」ものとしての「主体の歴史的な高さと充実した鞏固さ」の獲得を主張した。篠は、窪川鶴次郎などの論争をも含めて「プロレタリア短歌の可能性を止揚する」論議と呼んでいるが、小田切の文章そのものは必ずしもプロレタリア短歌を主唱する体のものではなかった。

篠の第二の分類になる提言は「訣別無用論を説く臼井・桑原型」ということになる。臼井吉見の「短歌への訣別」(「展望」昭和二十一年五月)と桑原武夫による「第二芸術——現代俳句について」(「世界」昭和二十一年十一月)を直接には指す。

臼井は、斎藤茂吉の太平洋戦争開戦時の歌と、終戦時の歌とを比較対照しながら、開戦、終戦という時期の指定をはずすと、どちらがどちらの歌であるかを区別することはむずかしいというところから論を展開する。「この時とあの時との感動の実体には霄壌の差があるべき筈だ。然るに短歌に於ては、その一定の形式ゆゑにこの二つの場合の感動の差を表現し得ないのである」というのである。

その上で、臼井の批判論の骨子は、

短歌形式が今日の複雑な現実に立ち向かふ時、この表現的無力は決定的であるがそれよりも重要なのは、つねに短歌形式を提げて現実に立ちむかふことは、つねに自己を短歌的に形成せざるを得ないといふことである。短歌形式は所詮認識の形式にほかならぬからである。かく見れば宣戦と降伏に於ける二つの場合に於て、歌つくりにとつては表現的無力の問題でなく、実際に於て上述の作に現れてゐる限りのものしか感じ得なかつたのではなからうか。恐らく短歌形式の貧困と狭隘を感ずるほどの複雑豊富な感動内容などは持ち得なかつたにちがひない。かくて短歌形式になじむ限り、合理的なもの、批判的なものの芽生えの根は常に枯渇を免れるわけにはゆかぬ。

と、まことに容赦ない。

特に、「短歌形式になじむ限り、合理的なもの、批判的なものの芽生えの根は常に枯渇を免れるわけにはゆかぬ」という下りは、歌人のものを見る目が、常に短歌形式に収まりうるものだけを見ているという点を衝いており、必ずしも誇張と言えぬだけの迫力を持っている。短歌という形式では、思想を、ロジックや内容として伝えることはほとんど不可能であり、臼井の批判は、短歌でそれを行うことが必要かという開き直りを別にすれば、一応頷かざるを得ないものであった。

桑原武夫の「第二芸術」では、桑原は、青畝、草田男、草城などをはじめとする専門俳人十人と、素人五人の俳句を順不同に並べ、「一、優劣をつけ、二、優劣にかかわらず、どれが名家の誰の作品であるか推測をこころみ、三、専門家の十句と普通の五句との区別がつけられるかどうか」を問うところから論が展開する。桑原のあげた俳句を見て、いま私が試みても当たりっこないが、これから桑原は「現代の俳句は、芸術作品自体（句一つ）ではその地位を決定することが困難」であり、芸術家の地位はいきおい俗世界における地位のごときもの、すなわち弟子の多少とか、主宰する雑誌の発行部数とか、に置かざるを得ないとして、やはり結社や俳・歌壇へと批判を集中した。それらは芸術として評価しえないものだとして「第二芸術」なる言葉を用いた。

これら第一、第二のタイプの第二芸術論については、私はそれらを「読者論の問題」ととらえて、書いたことがある（「読者論としての第二芸術論」『昭和短歌の再検討』）。しかし、そのなかで小野十三郎の「奴隷の韻律」（「八雲」昭和二十三年一月）には触れることができなかった。篠は分類の第三として、「短詩の韻律と抒情性を忌諱する小野型」と呼んでいるが、小野十三郎の短歌批判には、他の第二芸術論議とは違った、二つの大きな特色があったと私は思っている。

第一は、小野の論だけが、俳句と短歌を一紮げにした〈短詩型〉への批判ではなく、短歌に固有の属性に対する批判、正確には、短歌の持っている音数律、そしてその音数律に裏打ちされたリリシズム、いわゆる短歌的抒情への批判であったことである。

第二は、批判している相手は、紛れもなく短歌であり、歌人ではあるが、その批判の矛先は、自分をも含めた詩人という存在そのものの現在に向かっていたという点であった。

二、「短歌的抒情」

小野は最初に「初恋」「安城家の舞踏会」などという、当時映画館にかかっていた二本の映画を見たところから書き始める。「私にはこの作品の基調となっている抒情がとても不愉快でたまらず、そこに「貴族の生活的雰囲気に対するあこがれとでもいうか、詩的イメージとでもいうか、そういう想像の中で働いている庶民のセンチメンタリズムがのさばっている。それが私のカンに障るのだ」と言うのである。

そういう貴族や皇族へのあこがれなどに代表される人民のセンチメンタリズム、すなわち「封建的なものに結びついたこういう前近代的な感情」が「短歌的抒情」として、詩や文学のなかにも根強く残っているところに小野はいらだちを隠さない。

このような庶民、人民の感性の問題が、不意に「音楽」の問題へ飛んでしまうところが、今から見ると不思議な飛躍と映るのであるが、それはあとまわしにして、小野は、先行する第二芸術論議における批判に次のような不満を提出する。

短歌や俳句をめぐってなされた桑原や小田切の批評に私があきたらないのは、ロジックとしてそこに透徹したものはあるけれども、いつの場合でも、この短歌や俳句の音数律に対する、古い生活と生命のリズムに対する、嫌悪の表明が絶対に稀薄だということである。

この一文からもかいま見られるように、「奴隷の韻律」は、もっぱら小野十三郎の〈嫌悪感〉を軸に書き進められる。桑原や臼井、小田切などが、「ロジックの透徹性」を武器にして短詩型の抒情を否定したのに飽き足らなさを感じているのである。そこにリズム、ないしは音楽性という言葉を持ってきてはいるが、ここで小野が本当に言いたかったところは、日本人の奥深くに巣くっている湿った感性、自由になったと言いながら、一方で貴族趣味に傾斜してしまうような封建制の後遺症とでも言うべき感性の根っこであっただろう。

小野の「奴隷の韻律」のなかで、もっとも有名な箇所は、次の一節である。

短歌について云えば、あの三十一字音量感の底をながれている濡れた湿っぽいでれでれした詠嘆調、そういう閉塞された韻律に対する新しい世代の感性的な抵抗がなぜもっと紙背に徹して感じられないかということだ。

おそらく小野十三郎の「奴隷の韻律」の骨子はすべてこの一節に集約されるのであろう。「濡れた」「湿っぽい」「でれでれした」と言葉を重ねて否定する「詠嘆調」とにしかし、小野の文章のなかで、最後まで規定されることはなかった。そして、なぜ小野の文脈のなかで突然「音楽性」という回路に話が飛躍し、「奴隷の韻律」「奴隷のリリシズム」といった最大級の糾弾がなされるのか、それは「八雲」に載ったこの文章を見ているだけでは、困惑するばかりである。

その回路が小野の内部では必然のものとして出てきたものであることは、それ以前の小野十三郎の論、特にその前年に出版された『詩論』などに接していた人々には自然に了解されるものであっただろう。孫引きだが、こんな文章がある。

縦に展開してゆくイメージの造型力と、横に展開する音楽性の間に一つの理想的な釣合などを念頭に入れていたなら、詩人は一行の言葉をも生みだすことはできないだろう。(中略)これまでの詩にある音楽の性質に対してはげしい抵抗力(嫌悪)をおぼえる者のみが、このイメージの造型力の極端な偏向を自分の詩の方法として生かすことができる。

このあと日本の抒情詩のなかに流れている音楽性が気にくわないから、自分の詩は視覚的イメージの偏重に陥るのであるという自解が続くが、小野にあって「イメージの造型力」と「抒情の音楽性」とが互いに排反しているのは興味深い。

「瞳《ひとみ》は精神よりも欺《あざむ》かれることが少ない」というダ・ヴィンチの言葉を扉裏に記したのは、第四詩集『風景詩抄』であったが、まことに小野にあっては、音楽は自己の目を曇らせるものとして意識されていたことがわかる。精神を抒情と結びつけることにはやや無理があるが、小野にあって信じられるものは自己の眼であり、瞳であったのだろう。精神よりも瞳を信じる小野の詩、その一例を小野の代表的な詩集である『大阪』からひとつ拾ってみようか。

葦の地方

遠方に
波の音がする。
末枯《うらが》れはじめた大葦原の上に
高圧線の狐《こ》が大きくたるんでゐる。
地平には
重油タンク。
寒い透きとほる晩秋の陽の中を
ユーフアウシヤのやうなとうすみ蜻蛉《とんぼ》が風に流され
硫安《りうあん》や曹達《ソーダ》や
電気や　鋼鉄の原で
ノヂギクの一むらがちぢれあがり
絶滅する。

東京での生活を切り上げ、大阪に帰った作者は、軍需に直結した工業化の波に揉まれて、海原の草原が荒涼たる風景に変っているのを目撃する。

視線の過酷さということでいえば、これよりもいっそう容赦ない視線の感じられる詩はいくらでもあるが、この詩では視線の移動がことに印象的である。各句点で区切られて四つのブロックがあるが、波の音から、高圧線に移り、地平の重油タンクまでさまよった後、眼は近景の「とうすみ蜻蛉」をとらえる。そしておもむろに詩の核心である最終二行へとなだれ込む。歌なら結句というところであるが、最終行「絶滅する」の短く、鋭く切って落とすような断定が、まことに迫力がある。一行の深い淵を見る思いがする。

このような詩を書いていた小野にとって、たとえば「とうすみ蜻蛉」が

夜の風に灯心蜻蛉ただよへり汝がたましひはすでにいづくぞ　吉野秀雄

などといった抒情性のもとに歌われるのにはとうてい我慢がならなかったのかもしれない。もちろんこの吉野の一首は、小野の批判とは別のところから採ってきた歌である。

三、自身の内部の「短歌的抒情」

ひとり短歌や俳句だけを批判して、自分だけがそういう世界から抜けているような顔をしなが

ら、案外短歌的俳句的な韻律のながれそのものには抵抗を示さない評論家。小野十三郎のいらだちは、それらの人たちに対して激しく向けられる。それは、評論家だけでなく、自称「詩人」と称する人たちの中にも根強く存在している音楽性への嗜好である。

小野の卓見は、

短歌的詠嘆や俳句的発想は決して短歌や俳句に固有なものではなく、それは短歌や俳句という元の古巣にあるときよりもそういう形式からはみ出して、云わば解放されて、他の文学の諸ジャンルの中に流入し浸透してゆくことによって、より強大な持久作用を発揮するのである。だから例えば短歌という形式がかりに消滅するときがきても、短歌的抒情の本質は他の何かの形式の中に残る。

として、「短歌的抒情」というヤツの手ごわさに鋭く目覚めているところにある。

小野の言うところが、他の短歌否定論者たちと根本的に違うところは、この点であろう。短歌や俳句といった旧式の詩形式ではもう時代にふさわしくないから、新しい時代には新しい裘《かわごろも》を求めよというのが、臼井や桑原、あるいは小田切らの、少なくともおもてに現われた主張であった。しかし、小野は形式の問題ではなく、そもそも日本人のもっとも奥深くに巣くっている、その「濡れた湿っぽいでれでれした詠嘆調」、いま風に言えば浪花節調とか歌謡曲調とか言えるような、感性そのものを問題にしているのである。そして、それらはたとえ形式が無くなっても、形を変え、「千変万化自由自在、益々異質の栄養分を吸収して肥満し生きのびる」と、まるでそれがエイリアンででもあるかのような口調で警告するのである。

これはすでに短歌・俳句の否定ではない。短歌俳句といった目に見える形を保っている間は、そしてその中に閉じこめられている間は、まだ対処しやすいが、いったんそれら短詩型というジャンルを抜け出していったときに、とらえがたく不定形のものとして、奥深く潜行するであろう「短歌的抒情」という不死の生き物、日本人が遺伝子のようにひきずっている感性の型、小野が否定したかったのはそれ以外のものではなかったはずだ。

小野の論を読みなおして、私がより強く感じるのは、小野が「短歌的抒情」に対して、口をきわめて嫌悪感を表明するのは、実は小野自身のなかにこそ、意識の底に抜きがたくそれが存在することに彼自身が気付いていたからなのではないかと言うことである。

彼は別のところで、「今日では百パーセント歌人なるものもいないし、百パーセント詩人なるものもいません。現実にいるのは三十パーセント詩人である歌人とか、七十パーセント歌人である詩人とか、そういう人間です」(「この短歌的なもの——斎藤正二君への手紙」)とも言っているが、自身のなかに存在する例えば三十パーセントの歌人が、詩人としての目や精神を犯していく予感に、彼自身がもっとも危機感を抱いていたのではなかったか。素直に読むと、攻撃というよりはむしろ、自己を律するための試論といった印象をより深く印象づけられるのである。

小野は「奴隷の韻律」「奴隷のリアリズム」という言葉で、「短歌的抒情」をまっこうから否定したと言われる。だが、見てきたように、むしろ小野十三郎としては、短歌というジャンルを「短歌的抒情」の居留地として残しておきたかったのではないかと、今にして逆説的に、私などは思うのである。

現代人の近寄ることのない居留地、それは居留地であるがゆえに、他のジャンルの人々にとってはその限りでは安全であり、無害である。むしろ短歌という形式が崩壊して、感性としての「短歌的抒情」が他のジャンルに流れ込んでいくことこそ、もっとも恐るべき事態と映っていたのではなかっただろうか。

そしてこの点において、小野十三郎にとっては、他の否定論者のごとく、短歌と俳句を同時に否定するということは意味をなさないこととして映っていた筈だ。なぜなら俳句の認識は短歌の抒情とは本質的に異なるものと意識されていたはずだから。これが、小野十三郎が他の否定論者たちと違っていた、もう一つの点であると私は考える。

四、超克となお開かれた問い

このように展開された小野十三郎の「奴隷の韻律」は、現在の時点で見直してみると、おそらくもっとも答えにくい類いの問いであったに違いない。多くのかまびすしい否定論議の渦のなかで、満を持したように発せられた小野の問いは、それが単に詩型の是非を問うといったものでなかっただけに、論理でもって答えることの不可能な問いであった。しかも、多くの批判にさらされてきたように、小野の議論は、あまりにも嫌悪や感性といった次元での発言であり、そこに論としての限界も最初から見えていた。

しかし、論としての弱点や限界があったとしても、それが無視という否定のされ方をしたのでは、史的には何の意味も意義も実りもない。たとえ現在という時点からでも、そうである。今、小野十三郎をも含んだ第二芸術論議を、虚妄の議論であったと片づけることはたやすいが、より意味のある対処は、どうそれらがその後の短歌に生かされ、答えられてきたかを考えるということ以外ではないであろう。

とりわけ答えにくい小野の議論に実作をもって答えたのは、間違いなく塚本邦雄であった。

虹見うしなふ道、泉涸るる道、みな海辺の墓地に終れる　　塚本邦雄『水葬物語』

句割れ・句またがりの手法と一般的に言われるように、塚本の初期の歌には、五句の区切りがそのまま意味の句切れになっている歌は少ない。また菱川善夫が〈辞の断絶〉と命名したように、辞を極端に省略することによって、短歌的韻律からの回避をはかったこともよく知られているところである。いずれの方法も、「奴隷の韻律」からの離脱脱却をはかる塚本流の方法であり、冒険であった。

塚本邦雄をはじめとするいわゆる前衛短歌運動が歌壇に定着することによって、もはや短歌を「奴隷の韻律」と呼ぶ人はほとんど影を潜めてしまった。

これは現代短歌が否定論に勝利したことを意味するだろうか。確かに現在の歌壇の隆盛ぶりは、短歌がほとんど壊滅的とも思われる否定論の嵐をくぐり抜け、それらをやり過ごして、かつ勝利したように見える。すでに否定論は根拠を失ったと見る人もいる。

しかし、小野十三郎の論をもう一度検証してみるならば、それが短歌という形式に向けられたものではなく、己のなかの「短歌的抒情」に向けられた警鐘であることに否でも気づかざるを得ない。その意味からは、小野の言う「短歌的抒情の否定」という提起は、いまなお、歌人にとっても詩人にとっても、時折りは振り返ることが必要なものであるに違いない。

「現代詩手帖」二〇〇三年（平十五）六月

「極」同窓会の春日井建

「極」という同人誌があった。前衛短歌の中心になった歌人たちがあい寄り、たった一号だけ出た、いわば幻の同人誌である。塚本邦雄と原田禹雄が中心となって発刊されたと聞いている。昭和三十五年六月刊。たった一号だけしか出なかった、あるいは出さなかったというところに、いかにも前衛短歌の作家たちの矜持がみえておもしろい。

昭和五十二年三月、「極」の同窓会が京都で開かれることになった。「集団といっても、北海道から九州まで。全員顔をあわせることもなく、真のクリチックと感動的な作品が相互同志《ママ》生みあえるように、メタフィジカルな意味での組合性を重視したグループだった」（『現代短歌辞典』角川書店、昭和五十三年）と春日井建自身が書いているごとく、同人たらが、「極」のメンバーということで一堂に会することはそれまでにはなかったようだ。

私はもちろん「極」の同人ではなかったが、ある日、原田禹雄から電話があり、「極」の同窓会を京都でやるので、出てみないかとお誘いがあった。あこがれの、あるいは幻のメンバーに会えるというので、もちろんよろこんで参加することにした。当日参加したのは、塚本、原田のほか、岡井隆、菱川善夫、安永蕗子、山中智恵子、春日井建と、それに私と同様、メンバー以外からの参加として佐佐木幸綱がいた。同人のうち、浜田到はすでに亡くなっていたし、秋村功は所在が不明だったと思うが、寺山修司が仕事で参加できなかったのが残念であった。

夕方、京都岡崎の白河院に集合、夕食を囲みながらさっそく議論が始まった。みながひと癖もふた癖もある論客揃い。議論は、古典和歌から、田植草紙、梁塵秘抄、そしてマックス・ピカートから茂吉に飛んでと、とどまるところを知らず、延々と続いた。まことにぜいたくな時間である。普段は酒を飲まない塚本邦雄も、今日は少し呑みますと宣言し

「極」同窓会
左より原田禹雄、塚本邦雄、岡井隆、菱川善夫、安永蕗子、
山中智恵子、春日井建、佐佐木幸綱、永田和宏

て、何杯かの杯を重ねているのも見ものだった。呑まないことで知られる塚本が、日本酒の銘柄にやたら詳しいのは、塚本邦雄という歌人の歌の秘密をかいま見るようでこれもまたおもしろかった。

春日井建と間近に会ったのは、このときが初めてである。彼の作品、特に歌集『未青年』に収められた作品群には、歌を始めた当初から、魅入られたようにのめり込んでいたのだったが、じっさいに出会う機会はなかった。私が歌を本格的に始めた頃には、春日井建の方は『行け帰ることなく』などと宣言して、歌壇を去ったあとだったからである。

当日、春日井建は、写真で見たのとまったく違わない、まだ二十代の青年のような雰囲気のなかにいた。今の若者なら、さしずめナマ春日井を見た、などと言うところだろうが、まだ歌壇に出てまもない私には、「現代の定家」という呼称をもち、その背後に三島由紀夫を背負いつつ、そして敢然と歌壇から飛び立ってしまった伝説的な人という先入観も手伝って、まことにまぶしい存在であった。しかも写真でしか知らないその本人に会うのであるから、それは、その夕べの最大のイベントであったのかも知れない。

春日井建の作品のファンで、歌集『未青年』を一晩でノートに書き写したことなどを、やや緊張して話した記憶がある。歌集の前に、「短歌」で組まれた「黄金の六十人」という特集でほれ込んでしまったのだが、その当時、「黄金の六十人」に組まれた六十首の歌は、ほとんど空で言えただろうと思う。

実際の年齢は春日井建が九歳上。しかし、見た目に年齢差を感じさせない青年が、いかにも自然に私の話に相槌を打ってくれた時、幼さの残る顔立ちとは別に、いろいろな場面をくぐってきた人間の落ち着きというものを感じたのだった。

少年にして白髪をいただきしあけくれの消息を歌と呼ぶべし
見しものを見しと言ひ得し春の日を砦となしてわが今日はあり
『青葦』

いずれも後に『青葦』に発表される歌であるが、その以前、「極」の同窓会の夜に見た春日井建は、まことに「少年にして白髪をいただきし」のちの青年であり、「見しものを見しと言ひ得し」と断言できることからくる余裕と落ち着きを備えるにいたった青年という雰囲気を強く感じさせたのだった。

私はもちろんいちばん若い部外者であり、緊張しつつ、座に〈加わろう〉としていたのであったが、春日井建は、座の中にいて、いかにも無理なく自分の居場所に居るという感じであった。そして、他のメンバーが春日井建に向けるまなざしに、一族の若き星をみるような暖かさを感じたのは私だけだっただろうか。

春日井建は、確かに六〇年を挟むひとつの時代の寵児であった。安保闘争という時代の激しい動きの中で、「紅旗征戎吾が事に非ず」と言い放つかの如き「現代の定家」は、いっぽうで必死に政治の嵐にまみれている歌人群とは一線を画し、それでもなお、確固とした位置を時代に刻んでいた。寵児とは、時代に愛されるように生れてきた人間を言うのである。それは努力で勝ち取るものではない。そんな雰囲気を、確かにその夜の春日井建はまとっていた。

そんなまわりからの暖かな視線のなかで、春日井建はけっして声高に話に割り込まず、終始、にこやかにおだやかに他の人々の話にくつろぎながら、聞き入っていたように思う。そして、ときおり彼が口にする外国人の名は、どれも私には知らない名前ばかりだった。

座は塚本邦雄を中心に、いつ果てるともない話が展開する。それらについて行くのが大変で、ついつい酒のピッチがあがり、話の終わり頃には、座を抜け出して、玄関の板の間で眠り込んでしまう羽目になってしまった。安永蕗子、山中智恵子の両女流に寝ているところを目撃されたらしい。

翌日は、京都大学横の名物喫茶「騒々堂」で、また昨夜の議論の続きである。朝食を軽くとりながら、昼まで、いつ果てるかと思うほど話は展開する。この展開は、まことにそれぞれの蓄えているものの容量に依存することは間違いなく、ひとつの名前が出ると、連鎖反応的に次から次へとつながるのである。「騒々堂」の葡萄棚の下で、昼まで話して表へ出たが、佐佐木幸綱がそっと寄ってきて私に耳打ちした。「酒も飲まないで、これだけ議論できるなんて、ちょっと我々の世代じゃ太刀打ちできないね」と、妙に感心して言ったのだったが、彼ら上の世代のまじめな議論に圧倒されていた私は、ほっとして「ほんとだよなあ」と頷いたものだった。

午後は嵯峨野へまわり、嵯峨清涼寺の大念仏狂言にたまたま出くわしたり、湯豆腐を食ったあと、安永蕗子の書を展示している記念館に立ち寄ったりして、二日間の清遊を終えたのであった。まことにぜいたくな二日間であった。

「現代詩手帖」二〇〇四年（平十六）八月

鏡のこちらと鏡のむこう

今年一月十七日、ＮＨＫ全国短歌大会があり、少し遅れて控室についた私に、まっさきに声をかけてくれたのが春日井建さんだった。咽喉には痛々しく包帯がまかれ、なにより一年前に同じ会場で会ったときに較べて、その衰弱ぶりに声を呑んだ。声は嗄れて、話すのも辛そうであったが、「関ヶ原あたりは雪でたいへんだったでしょう」ということばのあたたかいひびきに驚いた。静かな声であった。どう応えたかもはっきりとは思い出せないほどに動揺してしまった私は、何やら曖昧に応えて、その前から逃げるように自分の席に移った。

春日井さんの病状について尋ねることなどできることではなかった。「如何ですか」などということばのそらぞらしさは、病者の側がいちばんよく知っている。生半可ないたわりのことば、病状を尋ねる悪気のないことばが却ってその人を傷つけることのあることも、いやと言うほど知っている。春日井さんに病気には何も触れなかったが、それで良かったのだろうと思う。

春日井建は、向うに行ってしまった、というのが正直な思いであった。二十数人の歌人たちが当日は舞台に乗ったのだったが、みんながそんな風に思っただろう。最初に春日井さんの痛々しい姿を見たとき、どうしてそんなにまで病気を押して出てきたのかと思った。その日は、そのことばかりが気にかかったと言ってもいいかもしれない。ほとんど話はしなかったが、しかし、春日井さんは、お別れにきたのだと、その日、帰りの新幹線のなかで、思ったのだった。それとなく、みんなにお別れを言いに来られたのだと思った。最後の会になることはわかっていたのだから、もう少しなにか気の利いたことも話せば良かったかとも悔やまれたが、あれで良かったのだと思った。なにより別れを感じさせるような真似だけはしたくなかった。

以前に書いたことがあるが、私にとって『未青年』の春日井建は、ある時期の私を圧倒的な力で捉えてしまった強烈な体験であった。正確に言えば、『未青年』で出あった春日井建ではなく、『短歌』昭和三十六年十二月号の「黄金の六十人」という特集で出あった春日井建であった。

「輝かしい才質をもって六十年代の歌壇に問う最新鋭六十人の決定版」なるキャッチコピーのもと、見開き二ページに六十人が六十首ずつを寄せている。同じ号には、中井英夫の「無用者のうた――戦後新人白書」という評論も載せられている。新鋭と言っても、大正二年生まれから、昭和十四年生まれの岸上大作まで、その年齢の幅の広さに驚かされるが、私にとって、この特集は春日井建がいることによって、まぎれもなくまばゆいばかりの輝きに満ちたものだった。

今われは若者なれば霧のなか蛇皮の服をまとふに似つつ

この一首で始まる六十首は、斜め前方のなにかを暗く睨みつけているような春日井建の顔とともに、私をすっかり捉えてしまった。ぼろぼろに表紙もなくなるほど繰り返し読み、六十首のほとんどを覚えてしまっただろう。歌集『未青年』を人に借り、一晩ですべての歌をノートに書き写したのは、その少しあとだったろうか。

もちろん盛んに模倣をした。模倣という意識さえないほどに、春日井建の歌は自分の歌であった。さすがに第一歌集『メビウスの地平』をまとめる頃には、はしかのようなのめり込みの時期は過ぎており、あまりにもその影響のあらわな歌は削られているが、それでも第一歌集の初期歌編を見ると、誰が見ても一目瞭然、春日井建のとおぼしき歌が並んでいる。私自身は、このようなのめり込むという時期をもてたことは、まことに幸せなことであったと思っている。

しかし、初期ののめり込み方が、単なる読者という以上のものであっただけに、その後の春日井建の歌については、冷たかったと自分では思う。なにしろ身も世もあらぬといった、恋に浮かされたような傾倒であっただけに、反動もまた大きかったのかも知れない。

『行け帰ることなく』の時期の歌は特にそうであったし、「帰りきて旅嚢をひとり解きゐつつ雪《そそ》ぐべき汚名をこそ恃みたれ」を含む「帰宅」一連で歌壇に復帰した『青葦』時代の春日井建についても、好きになれなかった。なぜそんなに拒否反応を示したのだろうかと、自分でも不思議に思うほどである。

太陽が欲しくて父を怒らせし日よりむなしきものばかり恋ふ
われよりも熱き血の子は許しがたく少年院を妬みて見をり
礫刑の絵を血ばしりて眺めをるときわが悪相も輝かむか
独房に悪への嗜好を忘れこし友は抜けがらとしか思はれず

『未青年』

己の相を「悪相」と呼んで、その悪相こそ輝くものと歌い上げ、「われよりも熱き血の子は許しがたく」と少年院の少年たちに遅れをとっていることを自らに責める。「悪への嗜好」を忘れた独房の友は抜け殻と言い切ってしまう、それらの極端なポーズは、もちろん作者が「未」青年であるところに意味があったのであろう。そこには、精いっぱい悪ぶってはいても、はなはだしく傷つきやすい少年の魂の震え、怖れが息づいていた。

学友のかたれる恋はみな淡し遠く春雷の鳴る空のした
夜学より帰れば母は天窓の光に濡れて髪洗ひゐつ
蒸しタオルにベッドの裸身ふきゆけばわれへの愛の棲む胸かたし
少女の手とりて滑れば木崎湖を血だまりにしてわななく落暉

悪への傾斜、嗜好に、自らにないものへの憧れを感じていた私は、一方で、これらに見られるまことにうぶな若者の心の翳りにも魅かれていた。精いっぱい悪ぶっている少年の口から漏れた本音、新しい文学創造に意識的なひとりの作家としては、断じて見せたくないそんな無垢な部分が透けて見えてしまうところに、春日井建本人の意図を越えた魅力があったのだろうと思う。むしろそんな部分があるからこそ、悪ぶっているかのような「未」青年の心情に、すっと入っていけたのかも知れない。

三島由紀夫は「かうした外界の現実への抵抗の姿勢が、逆になまなましい傷つきやすい赤裸の肌をさらけ出してゐるのである」（『未青年』序）と言い、また「春日井氏の短歌も、要するに、うら若い裸の魂が、すりむけて血を流してゐるだけのことだ。」（「春日井建氏の歌」）と断じた。その「傷つきやすい赤裸の肌」や「すりむけて血を流してゐる」「うら若い裸の魂」が、距離感なく感じられるところに春日井建の初期の歌の魅力があったと、私も思う。

しかし、それはまさに青春の一回性の輝きにほかならない。誰にも青春は一回だけのものであるが、殊にも春日井建の青春だけは、短い一瞬の輝きであって欲しかった。まことに無責任な読者の思い込みである。

『未青年』は、現代でも稀なセンセーションとともに迎えられた歌集であるが、その後の春日井建の歌には、『未青年』の枠を抜け出せないで、いつまでもかつての世界をなぞっている、しかも、初期にあったような幼い魂の震えは、もはやそこにはない、そんな印象が強かった。「積まれゐる貝殻の悪臭を背にしてなさけなきまでわが身は清し」と歌った、己の純潔を隠そうとして隠しきれなかった時期から、もはや傷つくことの少なくなった心が、さまざまのテーマを狩りつつ、鏡の向うの自分に、いかにして血を流させようかと試みている、そんな印象さえ持っていた時期があった。かつての灼かれるような思いで読んだ読者は、ある種痛ましい思いをもってしか、その歌を読むことができなかったのである。

春日井建が歌との別れを決意することは、その意味でも必然であっただろう。「行け帰ることなくとは、修辞ではなくて思想だった。」として、彼自身、次のように述べている。「私の青春の歌との別れは、もとより書けなくなってやめた、というわけではない。一つの意志による選択だった。」「私の歌は、それを叙す作者に悠長な時間があってはならない種類のものだった。今の今、一瞬ごとに消え去る切迫した青春のひとときを写す宿命を荷っていた。」（『青葦』あとがき）

〇

難民テントのごときテントに岩盤浴の一人となりてわれも臥すなり　『井泉』

春日井建を読んできたものなら、この一首から受けるショックはくどくど説明する必要はないのかもしれない。

咽頭癌の告知を受け、療養のために秋田の玉川温泉に行ったときの歌である。事実として春日井建が、闘病生活に入っていたことは知っていたし、それ以前にも告知を受けた後の、病を養う歌は読んではいた。しかし、この一首を読んだときの驚きは、たぶん事実の重みを越えて、その文体の変化にあったのだろうと思う。

玉川温泉は天然ラジウム温泉であるが、入浴のほかに、岩盤浴が行われている。地熱を利用して岩盤の上に横たわるのである。通常の温泉効果のほかに、微量の放射能によるホルミシス効果（作用機構は未知ながら、微量放射能による細胞活性化があると言われている）を期待した療法であるのかもしれない。私は訪れたことはないが、写真などによると、その場所は、湯気が立ちこめ、岩肌がむき出しで、いわゆる温泉特有の「地獄」という風情である。あまつさえそこには岩盤浴のための青いテントがあちこちに見られる。

それを春日井建は、「難民テントのごときテント」と歌った。たぶん、これまでの春日井建ならば、「岩盤浴の一人となりてわれも臥すなり」と歌うことは、彼の美学が許さなかっただろう。リアリズムと言ってしまうのはたやすいし、生命の瀬戸際に立ったとき、事実そのものに同化しようとするなどと言ってみても、この一首における、ほかならぬ春日井建という歌人に起こった変化は十分に言い尽くせないような気がする。

なにより春日井建は、自意識の人であった。三島由紀夫の言う「すりむけて血を流している」「うら若い裸の魂」とは春日井建の自意識以外のものではなかっただろう。その若い自意識は、コクトーやジュネの世界に息づいているべきであり、丼やカレーライスを食ったり、歯をみがいたり、排泄をしてはならないのである。そんな形而下の日常のくさぐさは読者の興味の外にあり、知りたくもない。そんな読まれ方をしてきたのが、『未青年』の作者であった。それは『未青年』という歌集によって世に認められ、「現代の定家」と三島由紀夫をして言わしめ、時代の寵児となったことと引き換えに、春日井建が選び取らなければならなかった宿命でもあっただろう。

そんな重い荷を背負い続けてきた作者が、みすぼらしい難民テントに横たわる自分を詠んだ。選ばれた者としての自恃も、『未青年』の作者としての意識もなく、ただ病を癒すためにやってきた多くの人たちのひとりとしての自分を、愛おしむように見つめる視線がある。

そうか、春日井さんもようやく荷を降ろしたのか、という感慨を禁じ得なかった。

スキンヘッドの少年は人とまじはらず黙然と脱ぐ岩盤のうへ　『井泉』
スキンヘッドに泣き笑ひする母が見ゆ笑へ常若《とこわか》の子の遊びゆゑ　『朝の水』

放射線療法か抗癌剤かの副作用によって脱毛した頭を、スキンヘッドと呼び替えている。自らを「スキンヘッドの少年」と呼び、スキンヘッドさえ「常若《とこわか》の子の遊び」とおどけて見せる。六十歳を越えて少年とはいくらなんでも不思議だが、春日井建なら許されるだろう。「常若の子」も春日井建ならたしかにそのとおりである。脱毛さえも「常若の子の遊び」と、ダンディにいたしてしまうところが、いかにも春日井建らしいといえば言えるだろう。実際に春日井建が帽子をかぶって会場に現れたとき、それがいかにも彼に似合っていて、おしゃれであったのが、むしろ痛ましかったのをおぼえている。

たとえ春日井建が「難民テントのごときテント」に臥すようになっても、彼の歌には惨めさは感じられなかった。むしろある種の余裕を感じさせるものであった。日常のこちらに来て歌うようになっても、なお、春日井建の歌には、日常との距離の取り方の意識はくっきりと存在するようであった。

○

柱鏡がつめたくうつす部屋のうち大人《おとな》になれぬわれが混れる　『行け帰ることなく』

かつて三島由紀夫は、「青春を主題にするには、十九歳の少年といへども、身を一旦、青春の向う側、火祭りの輪の向う側に置かなければならないのである。」（春日井建氏の歌）と言った。「火祭りの輪を抜けきたる青年は霊を吐きしか死顔を持てり」をもっとも高く評価し、直接にはこの一首について言われた言葉だ。私自身は、この歌をそれほどいいとは思わないが、三島のことばは、春日井建の初期の歌の本質的な部分を言いあてていもいるだろう。

鏡のなかに、「大人になれぬわれ」が映っている。鏡の中は、もとより虚の世界である。しかし虚がそのまま虚しいという意味での虚であることは、少なくとも春日井建においてはなかっただろう。春日井建は、三島が火祭りの輪の向う側と言った、その向う側にこそ真実が、そして本来の自分があると思っていたに違いない。「大人になれぬわれ」は、虚像ではなく、それこそがまぎれもない自分であったはずである。

春日井建の歌には、日常の向うとこちらということを感じさせて印象に残るものが多い。

日の裏を見つづけゐしや日表のけふ降る雪を受けて歩まな　『井泉』

あとさきと言へ限りあるいのちにて秋分の日の日裏日表　『朝の水』

一首目は自分の過ぎ来し方を思いやっての感慨だろうか。「日の裏を見つづけゐしや」という思いは、病を得てのちにようやく「日表のけふ降る雪を受けて」歩むという形で、充足の思いへと実現されているようである。二首目では、「逆縁にならざりし幸」を思い、己が死を見ることなく亡くなった母を思いながら、「あとさき」などは限りあるいのちの中で、どれほどのことがあろうかとつぶやいている歌である。「秋分の日の日裏日表」が秋の空気の清浄さを見せつつ、いのちのはかなさへ届いているだろう。どちらもとてもいい歌である。

鏡の向うの自分へひたすらに視線を向けていた春日井建が、鏡のこちらの自分に価値を見いだしていく過程を、くっきりと納得させてくれる歌である。

泣きはてしのちの明るき素顔もて降り出でし雪を見る者やある　『井泉』
噴泉のしぶきをくぐり翔ぶつばめ男がむせび泣くこともある　『朝の水』

『井泉』の一首は、「吉事」と題する一連の歌。「日のなかを降る片々は春の雪祝賀の会に出かけむとせり」の後ろにあるから、迢空賞の授賞式であろうか。大きな賞を受け、晴れやかに会に臨んでいた春日井が、「泣きはてしのちの明るき素顔」であったことにあらためて深い感動をおぼえる。祝福を受けて、それににこやかに応えている春日井建のなかの、心の荒涼にまで思いの及ぶ参会者は少なかっただろう。

二首目の歌も、おそらくかつての春日井建ならば歌わなかったところである。「男がむせび泣くこともある」という直截な表現は、しかし、いまさらながら、歌においては禁忌を設けては駄目なのだという思いに私を誘う。「むせび泣く」などというあられもない直截の表現は、できれば避けておいたほうが無難である。しかし、それでも内部からの声に突き動かされるように歌ってしまったとき、この切ない思いは、すっぽりと読者に手渡される。作者は、あらかじめ自分の表現のテリトリーを決めてしまわない方がいいと改めて思うのである。

てのひらに常に握りてゐし雪が溶け去りしごと母を失ふ　『朝の水』
三たび目の忌日迎へて告げむこと在りとせば麻薬をはじめたること

幸ひに母は在まさぬわがのどの異変はパンを頒かち合ひ得ぬ

最終歌集『朝の水』は、静謐ないい歌集だ。わけても亡くなった母の歌が哀しく、しかも心に響く。母の歌は『白雨』のあたりから多く歌われており、老齢にさしかかろうとする母と、遂に生涯独身であった息子が、寄り添うように暮らしている様が静かに歌われているのが印象的であった。

鴨のゐる春の水際へ風にさへつまづく母をともなひて行く　『白雨』

『白雨』から母の歌を一首抜くとすれば、この歌になろうか。しみじみといい歌だ。そして、『朝の水』には、亡くなってしまった母を思い、今の自分を見せなくてよかったことに安堵している作者のやさしさが哀しくも美しい。「朦朧とする」ことを恐れて拒み続けてきた麻薬をついに口にすることになった。それを告げることへのためらい。かつては母と共に頒かちあっていたパンは、今もし母が在たとしてももはや頒かちあうことはできない。母にそんな自分を見せることがないことを今という刻のよりどころとしているようだ。そんな春日井建のやさしさと思いやりが、嫌みなく出ているのが、母の歌であった。

春日井建は、向うへ行ってしまった。かつては鏡の向うにある自分にこそ自らの憧れを抱いていたであろう春日井建が、その晩年に『白雨』『井泉』『朝の水』などのいま一つのピークを築くことができたのは、私には、彼が鏡のこちら側の世界に、しっかりした自分の姿を見定めようと思いいたったことにあったような気がするのである。

「短歌」二〇〇四年（平十六）九月

「幻想派」0号批評会のことなど

半月あまりの長い旅から帰り、旅装を解いている最中に塚本邦雄氏死去の第一報を受け取った。そしてその直後に二つの新聞社からコメントを求められ、私には、塚本個人の死を悼むということのほかに、大きな感慨があった。その一つは、新聞にもコメントしたことだが、一つの時代が終わったという実感である。

いま一つは、塚本邦雄という時代を画した歌人の死に関して、われわれの世代にコメントが求められるようになったことに対する率直な驚きであった。一つの時代が終わるとともに、時代が確実に移りつつあるという思いでもあった。無責任に自分だけの価値観で歌壇に関わっていられる時代は過ぎ、今後は否応なく歌壇のある部分を担う存在にならざるを得ないという実感、それが塚本の死によって唐突に突きつけられたような気がしたのだ。

一つの時代が終わったと言ったが、その「時代」とはまさに私が歌を始めてから現在までの時代そのものでもある。私は短歌を作りはじめて、すぐに塚本邦雄に出会った。新しく興った前衛短歌運動のリーダーといった位置づけではなく、塚本邦雄こそが現代短歌そのものであるという歌壇状況のなかで、その作品に接したのであった。そしてなお塚本は、前衛短歌は、現在形で歌壇への攻勢を強めている、そのダイナミズムに直接触れているといった実感があっただろうか。このような出会いは先行世代にはなく、私たちより遅れてきた世代にもまたないものであろう。

私は短歌を始めると、ほぼ同時に「幻想派」という同人誌の創刊に立ちあった。「幻想派」というネーミングからも明らかなように、その同人誌運動の中心にはいつも塚本邦雄が居た。

「幻想派」は0号からスタートしたが、その合評会は一九六七年、京都御池の「再会」という喫茶店の二階で行われ、塚本邦雄も出席してくれた。大阪の「'67現代短歌シンポジウム」で初めて会って以来、二度目であった。ロの字形にテーブルを囲んで、初冬の淡い日差しのなかで、午後いっぱい批評会が続いた。安森敏隆、北尾勲など長く歌を作っている先輩大学院生も居たが、大部分は歌を作り始めたばかりの学生。議論も作品もいかにも幼稚な集団であった。

私の二十首も今からは一首も採れないような歌であったが、塚本の丁寧な批評が印象に残った。この人は、ここにいる全員のなかでいちばん熱い作者です、しかし一語一語が大げさで、強い言葉同士が相殺しあっている。強烈さは静かな用語のなかにこそ得られることを学ぶべきです。視点を一つに決めてそれを繰り返す傾向があり、近視眼的、云々と、厳しく容赦ない批評が続く。

スローモーションの画面を駆ける走者《ランナー》の歪める唇《くち》が夏を吐きおり

の一首だけを褒めてもらった。批評の最後に「華麗なる馬車馬」なる一語があった。もちろん塚本一流のシニカルな評言ではあったのだが、塚本にこんな言葉をもらったというだけで、とても嬉しかったものだ。その日の批評会は、その一語だけで十分であったのかもしれない。

時に塚本四十五歳。今の私より優に十年は若い。今どき私たち世代の歌人の言葉をこれだけ熱い思いをもって受け止めてくれる若い世代がいるとはとても思えないが、塚本邦雄に対するこんな熱い視線は、私だけでなく、当時の若者たちが一様に持っていたものであっただろう。「幻想派」の批評会には三度ばかり連続して来てもらったし、『感幻樂』の批評会や、「高安国世記念詩歌講演会」での講演など、何度も会う機会があったが、「現代短歌雁」のためにインタビューをした時のことが忘れられない。

一九九一年、大阪駅に近いヒルトン八階にある「味万水」という贔屓の店でお会いした。食事をしながらの対話。どこに記憶のポケットがあるかと思うほどに話はバラエティに富み、断言と毒舌はいよいよ冴え、とても七十歳になろうとする歌人とは思えなかった。

しかし、対談が終わり階段を下りていく時、先を行く塚本さんが手すりにつかまりながらゆっくり歩いていかれるのを見て、「時」というものはなんと残酷なものかと虚を突かれたことを鮮明に憶えている。他の歌人は知らず、これだけの記憶とこれだけの歌を作ってきた歌人にも、同じように老化という現象が訪れる。その当然のことを、いかにも理不尽と感じたのである。あの時初めて、塚本邦雄に老いを感じたのだったが、それはまた、塚本と同じ土俵でこれから私も仕事をしていくのだという、不思議に静かな覚悟をもたらしたのであった。

「短歌」二〇〇五年（平十七）八月

塚本さんの可笑しさ

晩年の塚本邦雄さんとは毎年、産経新聞社の主催する「平成の歌会」でご一緒することになった。選者は少しずつ替わってきたが、塚本さんの他に、安永蕗子、春日井建、河野裕子、篠弘、道浦母都子などの名が見え、この七、八年は私も加わっている。確か、塚本さんは第一回からの選者の筈である。

おもしろい趣向の短歌大会で、毎年平安神宮で開催されるが、第一部は「歌題の部」で冷泉家が選をする。いわゆる伝統和歌、あるいは、旧派の歌が対象である。「歌題の部」の特選歌数首は、時雨亭文庫の人々による披講という特典がある。第二部の現代短歌は自由題で、披講の代わりに批評会が催される。入選歌の表彰は二つの部の合同である。

表彰式では塚本さんと私はいつも隣りの席だったが、毎年決まって、塚本さんがぶつぶつ囁くのを聞かされた。「歌題の部」の歌の濁音の不備が癪の種らしかった。

「この歌、見てご覧なさい。『置く露の染めまとわせる』、これ何ですか。惑わせるか、纏わせるか、これでわかりますか。この歌もそうでしょ、「野菊《ののきく》に心ととかぬ秋風の吹く」。〈心ととかぬ〉は〈心と解かぬ〉ですか、〈心届かぬ〉ですか。曖昧じゃないですか。なんで濁点省くんでしょうね。」と、例によって早口にまくし立てられる。

私に文句を言われても困るのだが、表彰式の最中でもあり、小声で、曖昧に「はあ」などと応えていたものだった。私などはいたって淡泊な人間だから、別にどうでもいいやと思うのだが、塚本さんはこういうちょっとしたことが許せない。そこがいかにも塚本邦雄的で、何事も徹底しないと気が済まないのが塚本さんであっただろう。

こと、知識の問題では殊にそれが突出していて、口癖のように言っておられた「源氏見ざる歌詠みは遺恨の事なり」という俊成の言葉は、そのまま塚本さんの身上でもあっただろう。博覧強記ぶりは誰もが知るところだが、シャンソンでも絵画でも花の名前でも、あの強烈な断言の裏にはちゃんとした知識の膨大な蓄積があるのだから、誰も文句は言えない。

塚本さんがどこかに書かれた文章で、一首の歌は、大きなプールに落ちた、たった一滴の水滴のようなもので、膨大な知識の海が背景に無ければ、波も立たないという意味のことを読んだことがあるが、まさにその実践者としての自信が言わせた言葉でもあろう。

いつだったか、「分子シャペロン」という私の専門のタンパク質について、シャペロンというフランス語の由来について電話で尋ねたところ、シャペロンの「介添え役」という意味が、何に由来するか、教会の尖塔や介添え役夫人の帽子シャッポなど、いくつもの例を示されて、十数分の講義を拝聴した。ひたすら恐縮したが、今でもその話はサイエンスの講演で使わせていただいている。

しかし、先の「平成の歌会」の文句も含めて、どこか塚本さんの徹底ぶりは滑稽さも伴っていた。つまり過剰なのである。何でも断言しなければ気が済まないという風であり、クルミをハンマーで割るといった過剰さが、サービスでもあるが、しかし可笑しい。徹底すればするほど滑稽さも見えるのは、茂吉とそっくりなのである。茂吉は徹底癖も有名だが、塚本邦雄の可笑しさと茂吉の可笑しさとは、その徹底と断言において、互いに通じるところがあると私は思っている。

その〈徹底〉が、〈徹底〉に突っこんだのが、塚本邦雄による「赤光百首」に始まる『茂吉秀歌』五部作である。

このいずれ百年に一度しか出ない天才の、しかも徹底癖では互いに引けを取らぬ二つの個性の出会いが、面白くないはずがないではないか。

「短歌研究」二〇〇五年（平十七）九月

〈対談〉いつも塚本邦雄がそばにいた

三枝昻之×永田和宏

塚本邦雄という巨人

永田　塚本さんが亡くなった第一報が入ってきたのは、僕が外国出張から帰ってきて荷物を片づけようとしていた時でした。新聞社からも電話があってコメントを求められたのですが、その時にぱっと出てきたのは、「ひとつの時代が終わった」という言葉。我々にとって、塚本邦雄というのは特別な存在です。塚本邦雄がいたから歌を始めたというのではないけれど、塚本邦雄がいたから歌をつくり続けていこうというところがどこかにあった。自分がつくった歌を読んでくれている大きな存在だった。塚本さんの死はただ単に一人の歌人が亡くなったという以上に、ひとつの時代が終わったと、そんな気がします。

三枝　僕がお通夜の席で塚本さんの遺影と向き合いながら考えていたことは、塚本さんがいなければ、自分は歌をつくり続けていなかっただろうということでした。短歌は青春のセンチメンタルな感情を託す詩型ではあっても、それ以上のものではないだろうと思っていたけれど、塚本さんの歌と出会ってかわった。そのことをある新聞にも書きました。そういう意味で僕らの世代は、塚本さんの直接的な影響を受けた世代ですね。大きな大きな時代の曲がり角を曲がったという気持ちが非常に強いですね。

永田　我々が歌をつくって一番何か言って欲しかった人の一人でした。歌ってそういうところありますよね。つまり非常にプリミティブなところでは、意中の人に言葉をかけて欲しいとか、一言褒めて欲しいという、特に若い頃はそういう気持ちがあって、間違いなくその一人が塚本さんだったという気がします。

三枝　お通夜の帰りに伊藤一彦さんと地下鉄の中で話しながら帰ったのだけれど、塚本さんは早稲田短歌会で僕らが活動している頃、「27号室通信」や「早稲田短歌」に、一番きちっと反応してくれた人でした。〈霧のパリーの……〉という「パリー」と地名をのばした出だしで始まる僕の歌があって、塚本さんは早稲田短歌会宛にすぐ葉書をくださって、「これはのばしちゃいけない。のばさなければいい歌だ。」と。そのことを僕は当然自分の歌だから覚えている、ところが伊藤さんも覚えていた。塚本さんがどんな反応をしてくれたかというのを、誰の歌に反応したかを別にして、みんなが覚えている。自分達の歌に常に触れて、反応してくれていたというのはものすごく大きかった。

永田　我々が先行する世代と違うのは、岡井隆さんや佐佐木幸綱さんは塚本邦雄が前衛短歌を確立していく過程で、同時代の一人として同時進行で歌をつくっていたわけだけれど、我々が歌をつくりはじめた時は、もう塚本さんは現代短歌の一番のスターだった。彼の言葉の重みってすごかったと思うし、若い世代に関心を持って、よくつきあってくれたと思います。

三枝　そのとおりですね。

永田　今、「27号室通信」の話が出たけど、我々は「幻想派」という同人誌をやっていて、0号から始まって、1号、2号ぐらいまでは塚本さんが合評会に来てくれた。

三枝　ほーう。

永田　僕は、0号の時も作品を塚本さんが見て批評してくれた。よく覚えているのは「永田和宏は華麗なる馬車馬」と言われて、嬉しかったよなあ（笑）。しばらく幻想派ではそれで通ってた。ようするに「もっと言葉を落ち着かせて、沈潜せなあかん」ということで、塚本一流の皮肉の混じった言葉だろうけど、たとえけなされても、それが嬉しいという存在だった。

三枝　あなた達は地理的にも近いから、人間的にも近かったわけですね。僕が塚本さんと会ったのは、ずうっと後でした。会うのは怖い人だったなあ。一目で全てを見抜かれるような感じがするし、こちらがいい加減なことを一つ言うと、すぐに軽蔑されそうでね。親切に手紙では励ましてくれたけれど会うのは怖かった。その点があなた達と僕らとは一番違うところでしょうね。

永田　確かにこちらも若くて未熟だから、何を言っても切り捨てられそうでその感じは怖かった。ただわりと好きなこと言っていたような気もしますね。塚本邦雄の畢生の名歌だと思うけれど、〈ほほゑみに肖てはるかなれ霜月の火事のなかなるピアノ一臺〉、これを「全然わからなくて、いいと思いません」って言ったものね（笑）。塚本さんの目の前でだよ（笑）。わからないと言っても、なんていうのかな、他の歌を読んでわからないわからなさとはちょっと違いましたよね。

三枝　今の話で思い出すのは、僕が短歌をつくり始めたのは高校時代で、昭和三十七年頃かな、前衛短歌が運動としてピークにさしかかった時期ですが、歌をつくりはじめたばかりの高校生にはそれは届かなくて、読んでいたのは近藤芳美さんや宮柊二です。角川文庫や新潮文庫になっていたので、手軽に読めました。ところが早稲田短歌会に入ったら、もう塚本・岡井だ、なんですよね。これを読まなきゃ現代短歌じゃないんだと思って読んだら、これがまあわからない。例えば宮さんの〈かすかなる歓びにしも譬ふべく運河の面《おも》の夕映え黄ぞ〉、これには青年の憂愁を重ねて感情移入できた。ところが、塚本さんの歌は〈革命歌作詞家に凭りかかられてすこしづつ液化してゆくピアノ〉、全然違うんだよね。心情的なシンパシーを持とうと思って読んだら全然世界が違う。だから我々が塚本さんに接触した最初は、とまどいでした。

永田 今になってみると、何でそんなものがわからなかったんだろうと不思議に思うわけです。これは個人の成長史でもあるのだけど、歌壇全体の理解の仕方、わかり方の成熟史でもあると思うんです。今の若い連中はもうすっと入っていっちゃう。我々が塚本邦雄に入ったときのあのとまどいはほとんど誰にもない。たとえ、塚本邦雄を読んでいなくても、違和感なく入っていけるようで、全然違うと思いますね。

岡井隆と塚本邦雄

永田 岡井さんの話が少し出たけれども、非常に象徴的だと思うのは、昔「短歌」（昭和四十四年十月号）で若い人たちの座談会があって、佐佐木幸綱氏を頭にして村木道彦、福島泰樹、大島史洋、河野裕子、下村光男氏らがいて、佐佐木さんが、誰をいいと思うのかと尋ねると、驚いたことにみんな塚本派なんだけれど、大島さんだけが岡井さんがいいと言ったんだね。大島さんは岡井さんと同じ「未来」ということもあって、それ以前の個人的なつきあいもあるからだと思うけど、あの時みんな塚本だったでしょう。だけど塚本邦雄の歌はまねるのは非常に難しい。「まね」ということがいっぺんにわかってしまうから。それでもやっぱり塚本邦雄が一番気になったというのかなあ。

三枝 あの座談会の年は、ちょうど僕らが「反措定」を創刊した年で、「反措定」は岡井さん、永田氏たちの「幻想派」は塚本さんというイメージが強かった。もちろん塚本さんにもものすごく惹かれていましたが。例えばあの〈日本脱出したし 皇帝ペンギンも皇帝ペンギン飼育係りも〉は、みんなこれだ、って思いましたから。あの時代は、大江健三郎の「日本に愛想づかしする権利」

という評論に僕らはものすごく共鳴していました。大江は何故愛想づかしするのかを綿々と書くけれど、塚本さんはたった一行の短歌で見事に言い切る。それはものすごい。短歌は最前線の文学だとみんな思った。ただ何故岡井さんの方に我々が惹かれていたかというと、岡井さんの歌は現実の場面に還元できるからです。例えば〈海こえてかなしき婚をあせりたる権力のやはらかき部分見ゆ〉。太平洋を挟んでアメリカと日本が安保条約を結んだ、そのことへの批判がみえる。そういう現実の場面に還元できる。もうひとつよく覚えているのは、〈装甲車蘆原なかを迷い居《お》り　風の革命を鎮めんと来て〉。ちゃんと今でもすらすら出てくる(笑)。これは安保闘争の群衆の中で立ち往生している装甲車という現実場面に戻っていける。詩的にレベルが高い表現で、かつ現実的な場面に還元できる岡井さんの歌に、ものすごく惹かれていた。だからネーミングからいっても「反措定」なんて名前が出てくるんですね。

永田　それに較べてわれわれは「幻想派」だもんねえ(笑)。東京の「反措定」のグループというのは、歌を社会との関わりの中、政治との関わりの中で詠むというのが徹底していた。名前自体がそうですね。我々も塚本さんの社会的な歌を確かに読んでいて、今の「皇帝ペンギン」の歌は、すでにみんなが認めている歌ではあったけれど、どちらかというと僕なんかはそんなにいいと思わなかった。むしろ、イメージの中でこんな感じ方ができるのか、こんな見方があるのかというような、これまで短歌で詠ってこなかった物の見方みたいなものを提示されて、えっと思ったわけです。そんなことで、「反措定」から、おまえらはいったいこの大事なときに、社会を歌わないで何してるんだという公開質問状が届いたことがあったね。

三枝　一九七〇年頃じゃないかな。

永田　福島泰樹氏の文章じゃなかったかなあ。

三枝　我々が一番政治に熱くなっている時代に、

「幻想派」なんて浮世離れしたネーミングで同時代の若者が活動しているのはけしからんと思っていたんだね（笑）。

永田　「幻想派」というのはもともと塚本さんの

左から河野裕子・永田和宏・塚本邦雄

「もともと短歌といふ定型短詩に、幻を見る以外の何の使命があらう」という『緑色研究』の跋から来ているんだよね。僕は歌を始めて、結社誌と学生短歌会と同人誌という三つ性格の違うグループに、ほとんど同時に入った。ひとつは「京大短歌」、次に「塔短歌会」、そして「幻想派」の創刊でした。もうそのころは歌しかないような大学生活でしたけどね。「塔」というより大学短歌会や同人誌の連中とワイワイ議論することが多かったから、やっぱり話題の中心は塚本邦雄でした。

三枝　そういう「反措定」と「幻想派」のコントラストを、歌人たちも面白がっていて、深作光貞がそんなに違うのであれば、関ヶ原で決戦させようと計画したね。あの人は非常に面白い仕掛人だから、関ヶ原なんてプランをたてるんだ（笑）。

永田　実際に集められたのは関ヶ原じゃなくて京都だったけれどね。「Revo律」を作ったでしょう。「ジュルナール律」がすでにあって、深作さんが二匹目の泥鰌をと考えたのが、「Revo律」

だった。「Revo律」の〈Revo〈レヴォリューション〉〉はあきらかに「反措定」寄りなんだけど、〈律〉は「幻想派」寄りで、あの頃塚本さんも含めて深作光貞みたいなある種、名伯楽みたいな人がいて、若者をオーガナイズして何かやらせる、たきつけるってことが結構ありましたね。

三枝　遊び心があって、かつ煽動もうまかった。あの頃は後からみるといろいろな役者が揃っていて、非常に面白かった時代ですね。

永田　塚本邦雄を中心にして上の世代も下の世代もそこに集まっていくという構図があった。大阪で「律」のシンポジウムをやった時も、塚本邦雄、岡井隆、馬場あき子の世代がいて、高安国世、和田周三、前田透の世代がいて、それから我々学生も集まった。今シンポジウムをやってもわりと同世代だけになってしまうけれども、時代に取り残されたくない、時代を感じたいという形で、いろんな世代が集まっていたという気がしますね。

三枝　もう一つ言うと、歌壇ジャーナリズムの中で前衛と反前衛という構図がまだ残っていたからということもその原因の一つでしょう。一時期「短歌研究」は伝統派、「短歌」が前衛派で、「短歌」の編集者が交代させられたのが一大事件みたいに騒がれた時もあって、塚本さんや岡井さんにはかなり危機感があったはずです。

塚本短歌をどう読むか

永田　塚本邦雄を方法で捉える捉え方と、思想で捉える捉え方があると思うんです。初期の塚本邦雄を確立していった評論家を一人あげるとすれば、やはり菱川善夫だと思うんですが、菱川さんはどちらかというと、方法で捉えるのではなくて、思想で捉えるべきだとした。ただ、これはちょっと乱暴なもの言いになるかもわかりませんが、思想で捉える捉え方、例えば現実に対する憎悪、そういう物の見方っていうのはわりと塚本さんの中ではステレオタイプ化していったところがあって、その部分は現代には生きていない可能性があると思います。塚本邦雄が確立した方法、例えば塚本邦雄くらいいろんなキャッチフレーズで語られた歌人もいないわけで、方法だけについて言っても「辞の断絶」や「句割れ句跨り」などの言われ方があり、これも菱川さんが指摘した大切なポイントなんだけれど、いろいろなことばを導入しながら塚本の方法を理解しようとしたし、発展させるにはどうしたらいいかと考えてきた。僕はやっぱり塚本の世界の憎悪というようなものにはなかなかついていけなかったけれども、そこを抜いてでも、物の見方の新しさみたいなところが一番魅力でした。菱川さんには、理解が浅いと、怒られそうな言い方ですが。

三枝　そこは大切ですね。菱川さんは思想がどのように方法と重なっているかというところを、前衛短歌の興隆期にはよく見ていたと思う。後期になってからは、むしろ方法ではなくて憎悪の方にいってしまって、例えば塚本の悪をみんながどう自覚すべきか、そういう方向にいってしまった。方法の問題を手放さなかった時期の菱川さんが僕は好きですね。

永田　確かに「辞の断絶」という方法が塚本の思想形成というか思想表現にとってどういう意味があるのか、という評論は非常に教えられるところが多かったですね。

京都で、『感幻樂』の合評会を、「幻想派」と「京大短歌」の合同で主催したことがあるんです。『感幻樂』の代表的な一連「羞明」の挿絵に有名なダ・ヴィンチの人体デッサンがあります。そこに塚本さんはひまわりを配したんだね。「律'68」という雑誌に初めて出た時はひまわりはひとつだったのですが、歌集になったとき、ひまわりが二つに増えていた。塚本さんに「この増えたひまわりは余分ですね。」って思い切って言ったんです。嫌な顔をされるかと思ったら、喜んじゃって、いかにこれを作るとき苦労したかという話をしてくれました。塚本さんはみんながわからないような凝り方をするんですよね。いたずらをしてもそれをわかってくれないと面白くないのと同じで、誰かに自分の凝ったところに反応して欲しいんですよ。ああ、なるほどそうなんだとその時思ったんです。これはひとつの例ですが、塚本邦雄の中には自分だけの思い入れがあって、それはあえて説明しないけど、俺の歌を読んでいてそこをわかってくれる人間が何人かはいるはずだという意識はすごくあったと思うんです。塚本邦雄があれだけいろんな運動体に参加したのは、彼は本来孤高を守る人なので、本当を言えばああいう中に出てくる人ではない。でも自分のそういうちょっとしたところに反応してくれる生の声というものに、期待していたところがあるんじゃないか。普通の人の作品だったら読み飛ばして、気がつこうともしないかも知れないんだけれど、塚本邦雄には何かあるんじゃないかって、いわば血眼で探すわけだよね。そういう読まれ方をした稀有な例だと思いますね。

三枝　そういう仕掛けをいろいろとしていますからね。

永田　それから、人によって全然違う読み方がされるという意味でも特異でしたね。

三枝　読みの問題でいえば、どうも僕は近年、読みにこらえ性が無くなってきているという気がします。先ほどの、〈日本脱出したし……〉の歌、三省堂の『名歌名句辞典』では、永田さんが塚本作品の鑑賞を担当していて、『皇帝ペンギン』は確かに天皇の象徴ではあるが、その意味性だけで解釈しようとすると歌が痩せよう。（中略）飼育係にかすかに自分たちをみるくらいの読みをしておきたい。」としています。この「かすかに」というところが、近年は我慢できなくなっている。そうすると皇帝ペンギンが天皇で、飼育係りは民衆国家の主人公である。その寓意が見事だ。そういうまことに明快で興醒めな読みになってしまう。皇帝ペンギンとその飼育係りが並んで、日本脱出したいと思っているという、何か不可思議で暗示的な構図を味わえば十分だと思いますけれども。これは塚本さんを近代短歌の読みで読みたいと思っている流れのひとつだと思ったりしますね。

永田　ただ、それは塚本邦雄が難解であると思っていたもう少し昔の時期に、そういう読みがされたという気がするんです。僕が今三枝さんがあげてくれたような、かすかな揺曳として意味性を捉えられるようになったのは、塚本邦雄の歌が自分で読めるんだという自信をもったからだと思います。昔及び腰で塚本さんの作品に近づいていっていた時期は、何らかの形で自分を納得させないと怖かったわけです。だから皇帝ペンギンがいて、飼育係りがいて、こういう構図だと言えばみんな安心していた。個人の問題ではなくて、歌壇全体がそういう及び腰のところがあった。塚本さんの歌が出てもう三十年たって、怯えなくてもよくなって、ようやく塚本邦雄の歌に、〈読み〉としてのふくらみっていうのが出てきたからじゃないか、僕はそんな気がしますね。

三枝　なるほど。塚本邦雄の作品の読みの歴史はもう一度洗い直さないといけないようですね。ようするに、明快なことを言わなくても、俺はちゃんと塚本短歌の肝心なところに届くよ、という自信を持ってくれれば、そのまま受け取るんだという。

永田　そうです。昔はやっぱり自分の解釈が正解かどうかってことがすごく気になった。まして塚本邦雄の前でその歌を解釈して彼に否定されたらどうしようとか（笑）、やっぱりおっかなびっくりだった。

三枝　だからみんななるべく立派な読みをしたがる（笑）。立派な読みをするのが、歌の表現からどんどんどんどん離れていくことにもなるわけですね。僕の印象だと、二十年前くらいからかな、塚本邦雄の歌を極めて明快な読みをしたがる動きが出てきたが、それはよくない。表現は表現のまま、なるべくいろいろなものに還元しないで表現として読まなきゃいけない、それでないと詩は面白くない。

永田　ただ、やはりそういう読みも大切であって、最初から曖昧模糊な読みをしていたのでは、塚本邦雄の短歌史的な位置づけは出てこなかった。やはり明らかに、現実に対する憎悪や、毒こそが大事であるとか、それらをインパクトのある表現としてみんなが受け取ったところで塚本邦雄の短歌史的な意味は出てきたと思うんです。

三枝　岡井さん塚本さんに夢中になる若者がどこに惹かれたかというと、時代と思想へのメッセージ性を持っていると確信したからですからね。

永田　それを如何に広げて、自分達の場に持ってこられるかということが、それぞれの塚本邦雄に対する接し方だったと思います。非常に印象に残っているのは、'67年に大阪でシンポジウムがあった時、一日目の夜、みんなで小さな一部屋に集まって、菱川善夫さんが「緑色研究」というスライドを持ってきて、映写したんです。塚本邦雄の歌からどういうイメージを自分でふくらませられるかという試みだったと思うんだけど、その時に、ああ塚本邦雄というのはこういう読みもできるんだっていうのが非常に新鮮でした。みんながそれぞれの読み方で一首の歌を読んでいる。それが出来たのは、塚本邦雄のひとつの意味だったのではないでしょうか。

三枝　それはいみじくも塚本さんの歌の本質を言っていると思います。誰が読んでも同じような場面が見えてくるのではない。その人なりのものが見えてくるというのは、何か現実から一歩向こうのところで、肝心なものを表現している。そういうエキス表現に塚本短歌の本質があるという点が大切なのではないでしょうか。

永田　近代歌人の歌はなかなかしっかりしたところがあって、イメージを自分でふくらませることが出来ない。どうしても歌とイメージがセットになってしまうんだけど、塚本さんの歌は歌ってこんな風に読めるのかというのが大きかったと思います。

塚本短歌のかっこよさ

三枝　歌の話が出てきたので聞きますが、塚本さんの歌では何が一番好きですか？

永田　僕はやっぱりリアルタイムで読んだ『感幻樂』の頃の歌がインパクトが強いですね。〈ほほゑみに肖てはるかなれ霜月の火事のなかなるピアノ一臺〉。この歌は塚本邦雄の初期の集大成である、塚本邦雄はあれ以上には出ていないと僕は思っているわけです。面白いと思ったのは、「ピアノ」から「ピアノ」なんだね。塚本邦雄の第一歌集『水葬物語』の冒頭の一首が〈革命歌作詞家に凭りかかられてすこしづつ液化してゆくピアノ〉。それから『感幻樂』の絶唱〈ほほゑみに……〉。この張りつめた律に至るまでの歴史があって、塚本邦雄はここでひとつの杭を打ったという気が、今しますね。この歌は、最初出たときはよくわからなかったというのが実感ですが、その後で、例えば〈漁夫の掌《て》にありて夕陽は一盞《いっさん》の鹽のごとしも　かなしわが肉〉、〈夜の新樹しろがねかの日こゑうるみ貴様とさきにきさまが呼びき〉、などを雑誌で読んで、インパクトが大きかった。我々はあの当時、塚本邦雄の歌、塚本さんに限らず岡井さんもだけど、たとえば角川の「短歌」に載った歌は全員が知っていたよね。

三枝　そうでしたね。

永田　議論していてそれを読んでいないということはありえなかった。しかもそれが何ヶ月も議論された。最近は総合誌に載ってもなかなかみんなに読んでもらえないという状況と全然違ったなあ。

三枝　だから会って酒を飲むと、塚本さんのあの歌はどうだったかと議論になるんですね。誰もが、総合誌に載った作品は必読だったという時代でもあった。〈ほほゑみに肖て……〉の歌、当時僕らに評判になった歌でしたね。〈ほほゑみに肖てはるかなれ霜月の火事のなかなるピアノ一臺〉っていうと、かっこいいじゃない。なんだかわからないけど（笑）。あの時代はかっこいいということが、とっても大切だったんですね。歌人がかっこよさをどういう風に様にするかというのは、それぞれの形があったけれど、その中で一番かっこいいのは、この歌だった。本当にそういう場面があったかどうかわからないけど、福島泰樹氏が、早稲田短歌会で「かっこいいよなあー！」と感嘆している場面が浮かんでくる（笑）。じゃあこれどういう歌かって言われると、うまくは答えられないんだけど、とにかくかっこいいよと。

永田　そういうのはあったなあ。うっとりするというかなあ。例えば〈夜の新樹……〉なんていろんな場面が想定出来るわけだけど、もうやっぱり「貴様とさきにきさまが呼びき」になっちゃうわけね。それで、現実の塚本さんはあの蝶ネクタイ、ダブルのスーツだからねえ（笑）。そのアンバランスがね。今だから言うけど、そして僕も同じ滋賀県の田舎の出だから、なんとなく嗅覚でわかるのだけれど、塚本さんの面白さは、ある意味で田舎者っぽさから抜けられなかったことだと、ぼくはひそかに…（笑）。どこかで茂吉に通じているんだよね（笑）。

三枝　深作光貞に聞いた話ですが、フランス料理店に塚本さんと寺山修司と岡井さんと行った。塚本さんはボーイに前菜からデザートまで見事に指定する。すると寺山さんが負けじと一生懸命頼む。それで岡井さんになったら「塚本くんと同じでいいよ。」と（笑）。性格がよく出ているエピソードです。

永田　それと、塚本さんはやたらヨーロッパに行ったけれど、あんまり意味はなかったと思うんだよね。行かなくても塚本さんはパリのどの通りも知っていたと思うしね（笑）。結局どこか「塚本邦雄」を演じてたところがあるという気がします。かっこいいというのとちょっと違うのかもしれないけど、我々が歌をはじめた時代は今と全然違って、歌をやってることが後ろめたいというか恥ずかしい時代だったですよね。
三枝　そうでしたね。僕は国電の中でとても恥ずかしくて歌集を読めなかった。だって世間ではまだ短歌というのは第二芸術論でやられた日陰の文芸、日陰の詩なんだ。
永田　それが大きかった。我々が塚本邦雄に託したある部分というのは、今のかっこいいということに通じるけれど、塚本邦雄なら短歌というジャンルじゃなくても通用する、日本文学という枠の中で通用するんじゃないか、そこにある種の思いを託していたという気がします。
三枝　一番最初に永田さんと僕が言った、塚本さんがいなかったらこんなに歌を続けていなかったというのは、短歌は日陰者の文学じゃないんだということを塚本さんが示してくれたからなんですね。短歌は結構かっこいいんだ、大丈夫なんだと。そのことを実感した歌は、〈日本脱出したし　皇帝ペンギンも皇帝ペンギン飼育係りも〉。だから僕の中の塚本の一首はこれです。もう一つ、造本もかっこよかった。塚本さんの歌集は電車に持って乗っていても恥ずかしくない。たとえば『赤光』とただ名前が書いてあるだけの、いかにも近代短歌風な造本でなくて、ブックデザインでも主張している。それは塚本さんからでしょう。
永田　そうですね。塚本邦雄の歌が歌壇以外のところで、例えば詩人や評論家が論じることが非常に多くなってきて、それを誇らしい気持ちで見ているという時期が確かにあったと思う。それは今言ったみたいな、自分達の何かをそこに託そうとしていることだったと思います。ただ、こういう追悼の対談の時に批判的なことをいうのはどうかと思うけれど、塚本さん自身が、ある時期歌壇に背を向けたことがありますね。実際にお会いして、歌人ではもう駄目なんだ、そういう意味のことを聞きました。『感幻樂』以降ですが、歌を書いてはいたけれどちょっと力を抜いて、小説を本格的に書き始めた。あの時には我々は寂しかった。寺山修司が去り、塚本邦雄がまた別の分野に行ってしまった、と。ただ、あれは塚本さんにとってかなり大きいネガティヴな要素になったと僕は思っているんです。つまりある種、歌に復讐されたというか……。あれ以降、我々の中で塚本邦雄の輝きが以前と比べてなくなった感じが僕にはして……。

三枝　それは、極論を言えば僕にも永田さんにも『感幻樂』まで、いやもう少し後、『青き菊の主題』あたりかなあ。あの辺まででいいよっていう意識がどこかにありましたね。それは小説の方に広がっていくプロセスと重なります。近代歌人が、小説に挫折して短歌に戻ってくるパターンがあるんだけど、やっぱり塚本さんも同じ形になるのかな。

永田　そういうところがあると思いますね。

三枝　結局、塚本邦雄という偉大な歌人が小説も手がけた構図でしょうね。小説家の塚本邦雄がいてというのじゃなく。

年譜発表の謎

永田　その同じ時期に年譜が出たんです。あれは僕には非常にショックだった。塚本邦雄というのはもう一切そういうことは明かさない人だと思っていたので。僕がよく覚えているのは、「極」の同人達の同窓会のことです。

三枝　その話は是非聞きたいと思っていました。「極」は塚本さん、岡井さん、寺山修司さん達、女性が山中智恵子さんと安永蕗子さん。当時のきらきらしいメンバーが同人誌を作ったわけです。それは一号で終わりになったんだけれども、その同窓会に永田さんが呼ばれていった。

永田　佐佐木幸綱さんと僕を呼んでくれて、非常に面白かったですね。まだその当時僕にとってもきらきらしい人達ばっかりで、惜しかったのはその時寺山さんだけが用事で来られなかったんだけれど、その人達と夜、酒を飲む。塚本さんはお酒を飲まないんだけど、今日は少し飲みましょうと

嵯峨清源寺で、嵯峨大念佛狂言を見る極のメンバーたち。

言って、日本酒を飲まれた。で、こっちはとにかく緊張もしているし、耳をそばだてながらも、あんまり話に加われるような状態でなく、一人で飲んでいたらすぐにまわっちゃって、ダウンして旅館の玄関で寝ているところを安永さんに寝顔を見られたりした（笑）。ただ、あの時佐佐木さんとつくづく感心したのは、だいたい塚本さんがリードしていましたけど、夜はそうしてみんなで飲んで話して、次の日の朝は、また朝から京大の横にある駸々堂という喫茶店で議論を続けるわけです。コーヒー一杯で延々と午前中文学の話をする。無駄話や人の噂話じゃなく。そこを出る時に幸綱氏が、「やっぱりこの連中はすごいよな、しらふで文学論をする。」とそっと耳打ちしたら（笑）。いや、でも面白い会でした。

三枝　しらふで文学論が出来るというのは、彼らが自分が短歌を担っている、現代文学を担っているという自負があるからでしょうね。

永田　シンポジウムをやっても、今の出版記念会の歌集評というのではなく、会場からどんどん声が飛ぶんですよね。これだけは言っておかないと帰れないんだという気迫がすごかった。我々の世代とちょっと違うのは、ある意味で危機感だと思います。

三枝　そうですね。彼らは創業者。我々はそういう意味でいえば、長男、次男で、彼らがつくった家の中にいるという感じで、創業者のすごさっていうのはあるんじゃないかな。

永田　年譜の話に戻りますが、その「極」の同窓会の次の日、滋賀県出身の歌人は珍しいので、塚本さんに滋賀県のどこの村ですかと話をした。塚本さんはすごく嫌そうな顔をして、答えなかった。これはすごい失態を演じたと思って、恥じ入ったんです。つまり、塚本邦雄という人は自分の閲歴については一切語らない人であるということは、暗黙のうちに了解していたわけだけど、あの時塚本邦雄が露骨に嫌な顔をしたというのは自分の俗人性を見せられたような気がして、恥じ入っちゃったんです。ところが、塚本邦雄が年譜を出した。あれはすごくショックだった。あれっ、ちょっと待ってね。年譜が出たのは「極」の同窓会より前だから、そうすると塚本さんに滋賀県を持ち出したのはもっと前だなあ。惚けはじめたかなあ（笑）。

三枝　文学は来歴とは関係ないんだ、俺のものは作品だけで読めというのが、塚本邦雄のメッセージでもあったんですね。近代以降の短歌は、作者の来歴や環境、それと作品をどうつなげるかでだいたい作家論って一丁上がりになるわけなんだけれども、そうじゃないところで俺はやっているのだから来歴は関係ないんだと。我らも塚本さんの来歴は全然知らないで、作品だけで読んできたでしょう。どうして年譜を出したのだろうね。

永田　そこがまた歌の得も言われぬ面白さだと思うんだけれども……。僕はあの時、なんで塚本邦雄が他の歌人と同じように自分の履歴をみんなに知らせないといけないのか、とすごくショックでした。これは我々の間でも随分話題になって、あの時は非常に否定的だったんです。ただ、歌というのは、来歴に寄りかかってはいけないというのを前提にして言えば、やっぱりそれを知っていた方がいい。というのが、ほかならぬ塚本邦雄についても僕の結論ですね。たとえば、〈五月祭の汗の青年　病むわれは火のごとき孤獨もちてへだたる〉という有名な歌、あれはそのまま読んでいると、「病むわれは」は精神的に病むわれとか、五月祭のメーデーに行っているような単純、健康的な若者と自分とは違うんだという鬱屈したある心情として読んでしまうわけだけれども、塚本邦雄が結核で療養していたことがわかった。もちろんそのことだけにとらわれていたら従来の読み方になるのだけれど、やっぱり先にあの歌を知っていて、ああそういうシチュエーションもあったのかと思えるということが、歌の読みを断然複層的にして、二重三重の奥行きをもたらしたと思うんです。僕は塚本邦雄が最後まで自分の履歴を一切明らかにしないで、謎のままで死んで欲しかったという思いも一方であるんですが、でもやっぱり知ることが出来て良かったんだと。例えば、近代歌人の中で斎藤茂吉ほど微に入り細に入り、その状況が再現されている歌人はいないですね。そういう楽しみが、歌の中にはどこかあって、塚本邦雄といえどもそれを否定出来なかった、無視できなかったんだなあという気がしますね。

三枝　やはり塚本さんも短歌の根っこには〈私〉がいるという考え方を持っていたんでしょうね。その上で言えば、今永田さんが複層的な読みと言ったのは、大切ではずしちゃいけない。〈五月祭汗の青年……〉の歌は来歴と重ね合わせると、「病むわれは」が肺結核の「われ」という読み方をみんなしたくなる。しかしそこに止まると、あの歌がもっている、社会改革を疑わない健やかさと、そういうものとは距離を置かざるをえない精神性との対比のメタファーが消えてしまう。私記録の歌にしてしまってはつまらない。先程のこらえ性がなくなったというのもそこにつながるのです。しかし年譜が出てきてからはその私記録性が無視できなくなったから難しい。例えば、〈散文の文字や目に零《ふ》る黒霞いつの日雨の近江に果てむ〉、近江は塚本さんの故郷ですから、やはり大阪じゃなく故郷に果てたいという願望にもなる。自分の切っても切れない来歴ってものが茫々と広がってくるわけです。そういう意味でいうと、来歴が出てきたのは、実は作品の底流には、個人の息づかいが反映していて、それが短歌には大切なんだということを、塚本さんがメッセージとしても残したってことなんですね。

永田　そうですね。塚本さんが長い間自分の来歴を一切公表しなかったのは、そういう私記録風に読まれることを恐れたからですね。ただ塚本の療養体験を知らないこれまでの読みだと、〈五月祭の……〉の歌は、メーデーに参加する青年達と「火のごとき孤獨もちてへだたる」という精神性だけに焦点が当てられる。ただそれだとマニフェストになっちゃう。そういう自恃の思いは当然あるんだけど、鬱々と自分の身を養っていた時期の塚本邦雄ってものを重ね合わせることで、マニフェストだけでない歌の読みが出来る。これがどうしても歌にかかせない魅力だと僕は思っているんですね。

三枝　つまり今のような要素を入れることによって、あの歌に塚本邦雄の体温とでもいうものがかすかに加わる。そのかすかに加わるってことが大切なんだろうね。そこで止めておいて欲しいんだが（笑）。

永田　鬼の首を取ったみたいに、そうだ、そういう状況だったんだといって安心しちゃうわけだね。結局その安心の仕方を塚本邦雄は一番嫌悪したのでしょうね。

塚本邦雄は読みの達人

永田　塚本邦雄のもう一面として、これは佐佐木さんが指摘しているところだけれど、読みの達人というのがあります。我々が塚本邦雄から受けた影響というのは、歌のつくり方、方法や比喩の新鮮さの他に、こういう風に我々が知らなかった歌人を読んでいるのかと随分目を開かされた。坪野哲久、浜田到とか、随分と我々が熱中して読んだ作家というのが多くなりました。

三枝　塚本邦雄の坪野哲久論が無ければ、どうなっていたかと考えると、本当に恐ろしいことですね。あの哲久観がひとつの標準になって、みんな哲久を論じるようになった。それまでになかったことですから。

永田　塚本邦雄の読みによって代表歌が決まっていった歌人は結構多い。塚本邦雄の断言癖というのはすごいよね。あまりの断言に笑ってしまうくらいだった。彼の歌人論の一時の特徴は、自分のいいと思うものはゴチックで組むんだよね（笑）。あれはすごかった。ああ、そうかこれは読まなきゃあかんと。我々が塚本邦雄の圧倒的な影響下にあったということも大きいんだけれども、それをはずしても塚本邦雄が光を当てた歌人の多さというのは歴然としていますね。

三枝　塚本さんはよく読んでいた。膨大な作品をつくり、膨大な作品を読んでいた。これは歌人としての自覚の程度を測る端的な尺度ですね。しかも先入観なしに読んでいた。

永田　松田修さんは、みんな塚本邦雄を自分のレベルで解釈しすぎだと、塚本邦雄を論じるならもっといろんなものを勉強しなきゃ駄目だと言っていますね。塚本邦雄は「源氏見ざる歌詠みは遺恨の事なり」といろんなところで言っていますが、彼はあらゆるものを読んで、ものすごく記憶力のいい人で、あるひとつのことをいったら、ばーっと全部出てくるんですね。塚本さんの代表的な歌人論として「斎藤茂吉」がありますが、全部の歌をコンピューターに入れているんじゃないかと思うくらい、ある一つの言葉が出てくると茂吉の全部の歌がそこに網羅されてくる。あの調べ方は尋常じゃないですね。記憶力の問題だと思うのだけども、あれはすごいよなあ。
三枝　今の時代だったらパソコンで検索条件を入力したらいいけど、そうじゃないですから。だから、非常にとまどうことがあります。塚本さんにインタビューしたことがあって、この歌はこんな歌じゃないですかと読むと、怒られる。例えば、〈扇もて指す耳成山《みみなし》のおぼろなる肩　言の葉をいつくしまむ〉という歌があって、「耳成山の美しさが歌への慈しみを誘い出したという読み方をしたいんですが。」と僕が言うと、「もうちょっとつっこんで欲しい。」と（笑）。これがすごいんです。「耳成山は三山の中では孤立しているのです。単に優しいだけではない。それから耳ナシのナシはもちろんノーという、無という一字も頭の中に入れておいて欲しい。それから耳成というのは耳を成すのではない、耳が無いのです。それも味付けの一つです。」と言われると、立派すぎて絶句してしまう（笑）。
永田　歌っていうのはそこまで読んじゃうと駄目なところもあって、ぎりぎりのところですよね。そこまで要求しちゃうとかえって歌が痩せてしまう。
三枝　それは無理なんですね。言葉の向こうに何を読むかという時、そんなにたくさんの情報は読めないので、言葉と言葉のつながりからにじんでくる何かという程度のところで読む。ただ塚本さんの一字から広がる背後の情報のすごさというのは、茂吉の読みしかり、僕とのやりとりもそうだし、平凡な言葉だけど、博覧強記の典型ですね。

塚本邦雄の「われ」とは

永田　我々が歌をいいと思うのは二通りあって、一つは一読「ああ、かっこいい」とエクスタシーを感じる歌、それが近代だったんだと思うんです。もうひとつは、塚本邦雄が開いたように、いろんな意味があってそれぞれがいろんな読みをしてゆく中で歌がすーっと立ち上がってくる、おおなるほどと思わせる。どっちも大事だと思うのです。あなたのインタビューで塚本さんが要求している読みというのは、後の方の、すべての情報をインプットしてから俺の歌を読んでくれという要求なんだけれど、必ずしもそういう読み方で読まなくても、塚本邦雄の歌は十分こちらに届いてくるところがあるという気がします。

三枝　先程の〈散文の文字や……〉は、塚本さんの来歴を知らなければ近江に死すというのがかっこいいシチュエーションだと読むかもしれないけれど、やはり自分の息づかいというものがそこにあって、同時にかっこいいという。何かそういう面も持っている。「散文の文字や目に零《ふ》る黒霞」って老眼で目がしょぼくれている、これ近代短歌だともうちょっと素朴な言い方をするんだよね（笑）。目が見えなくなってきて、ああ俺も年をとったかという歌になるけど、同じ老いを自覚した歌でも、塚本さんはここまでかっこよく歌ってくれる。

永田　今三枝さんが読んだ読みは、塚本さんの年齢というのを知っているからの読みですね。この歌だけでも成り立つとは思いますが、そこにかすかに、塚本邦雄に忍び寄っている老化というものをこちらが思えることによって、歌がふくらんでくる。

三枝　そこが非常に難しいところなんだけれど、インタビューで塚本さんは、「私は山崎方代のことを一度も言っていない。何故言わないかというと、彼のことを否定しているからだ。ああいう褻《ケ》の歌、日常が濃厚に反映している歌は私は駄目なんだ。むしろ晴の歌、公の席ですっと背筋をのばして歌う、個人の感慨からは離れたところの歌をどういう風に様にするのかが自分の使命だ。」と言っていた。それはとてもよくわかりますが、〈散文の文字や……〉の歌は晴の歌でも、褻に逆襲され浸透されている要素がありますね。

永田　基本的に僕は、ある種の決めつけというのは歌にとってはまずいんじゃないかと思っています。今のフラットな歌ばかりの我々世代の歌をみたら塚本さんがどう思うかというのは別にして、こんな風に読まなきゃいけないとか、これを詠んだらいけないという形でやっていくと歌は痩せると思います。前衛短歌の功罪の功は非常に大きいけれど、ひとつ罪をあげるとすると、「あれはしてはいけない」、「これをしてはいけない」という禁止条項を非常に強調した面がある。「幻想派」の中でも、おまえは「塔」でアララギだから日常を詠うのが駄目なんだといつも批判されていたけれど、つまりあれは駄目、これは駄目というのが前衛短歌を成り立たせてきた大きな要素だった。子供が生まれたとき福島泰樹氏が、「永田な、子供の歌だけはつくるな。」と言って、僕は真面目だったから、彼の教えに従って子供の歌はつくらなかった。ところが今や吉川宏志なんて子供が生まれる前から子供の歌をつくっている（笑）。基本的にもう一度前衛短歌というのを見直すとしたら、その問題は大きいと思います。

三枝　塚本さんが年譜を公表しなかったことと、子供を歌うなということは同じですね。どれだけ個人の生活を離れられるかが、ひとつの大きい要素だったわけだけれど、離れなきゃいけないんだということになったところに問題があった。その無理は結局続かなかった。

永田　詩型を撓めながら新しくしようとしてきた側面があるので、そこには無理があった。新しいものを持ち込むことに意味があったのだけれど、持ち込んだもの以外のものは駄目だと否定していったところがとてもしんどかった。つまり「われ」の問題というのは前衛短歌の一番大きな問題で、現実の「われ」は作品の「われ」とは違うものだというのが前衛短歌のテーゼだった。でも今なら我々は、現実の「われ」と作品の「われ」とは違うかもしれないし、違わないかもしれないというところで理解したいわけね。この違いはもう決定的に大きいと思う。

三枝　全くその通りですね。ただ、塚本さんの出発は昭和二十四年八月に創刊した「メトード」にあります。ちょうど二年前くらいから、第二芸術論で短歌は滅茶苦茶にやられていて、文学の中でずーっと日陰者にならざるをえない状況だった。「メトード」は鳥取の小さな印刷所で印刷され、しかもタブロイド判一枚、塚本さんが後で述懐しているんだけれども、ほとんど反響はなかった。ところがこれが、その後の歩みを劇的に変える第一歩、短歌史の中で考えると、涙が出るほど大切な第一歩だった。あの状況の中で第一歩を踏み出す時には、どんな無理もしなくちゃいけないんだと彼らは使命感に燃えたと思う。

永田　そうですね。ですから先ほどもいったように、最初からこれもある、あれもあると言っていたら、前衛短歌運動というのは前進力も衝撃力も持たなかったわけで、もうこれしかない、というのは仕方のないことだと思います。あるもののために他のものを切り捨てる。それはとても無理をして切り捨ててきたわけで、それがなければ近代短歌を越えられなかった。我々は塚本邦雄の発言や作品をテキストにして、自分達の歌論を作ってきたと思うのだけれど、その一番ラディカルなところをとってきたので、一方には無理があった。今の「われ」の問題でも、同じであってはいけない、という形をとってきたわけで、「幻想を見る以外の何の使命があらう」と言ったら、現実や日常はもう歌ってはいけないと思ってしまったわけです。

塚本邦雄の眼力

永田　ところが、塚本邦雄ほどよくものを見ていた歌人はいない。これはもっともっと強調されていいだろうと僕は思っています。塚本さんは通勤をしていた時に、毎朝電車の窓から外を見て、見たものすべてを十秒以内に言葉にするという訓練をしていたと言います。この観察眼のすごさっていうのは、その作品の残っていく大きな要素なんじゃないかと思います。これは以前、「塔」に本郷義武という評論家がいて、塚本邦雄のもっとも信頼している理解者でしたが、塚本作品を評して、「偉大なるトリビアリズム」と言った。トリビアルに徹することによって、非常にすごいことが言えてしまうのが塚本だと。例えば〈ラ・マルセイエーズ心の國歌とし燐寸《マッチ》の横つ腹のかすりきず〉。言われてみると確かに、マッチ箱の横っ腹のあれはかすり傷なんだ。しっかり見ているのだけれど、それだけではなくて「かすりきず」という表現が意表をつく。あるいは〈いたみもて世界の外に佇《た》つわれと紅き逆睫毛《さかまつげ》の曼珠沙華〉。蔓珠沙華の形を「逆睫毛」と詠う、この物の把握というのは、僕には一番大きなインパクトでしたね。

三枝　観察の細かさ、大切ですね。塚本さんは、結局短歌というのはどっかで世界は小さい一点に凝縮されている詩型だと、そう考えていたんですね。今の歌で思い出すのは、「メトード」創刊号の巻頭歌、〈赤い旗のひるがへる野に根をおろし下から上へ咲くジギタリス〉。「下から上へ咲くジギタリス」というのは、牧野植物図鑑を見ると正確にその通りで、いい加減に言ってるんじゃないんです。ジギタリスの咲き方、性格を正確に踏まえた上で、赤い旗が野に翻る。それはヤバイよという時代へのメッセージの中でジギタリスを出している。その植物の持つ特徴をちゃんと生かしながら歌を作っている。

永田　僕はその歌を読んだ時びっくりして、すぐ調べましたよ。そのときに初めて無限花序という言葉を知った。どんどん上へいくのが無限花序、下へ降りるのが有限花序。馬場さんの歌集『無限花序』もそうだったのかと、そういう広がりがありますよね。

三枝　大きいところで塚本さんを語ることはいくらでも出来るんだけれども、今のような小さいところのすごさは、これからの塚本邦雄論にとってもとても大切なことですね。

晩年の塚本短歌の特徴

永田　少し別の話になりますが、塚本邦雄には晩年になってから、二つ特徴的なことが現れてきたと思うのです。ひとつは戦争詠、もうひとつは「歌はずば言葉ほろびむ」という歌人としての自覚の歌。このふたつは、面白いんだけれども、僕にはちょっと窮屈な気がするんです。破壊者であった塚本邦雄が、晩年になって、歌壇に対してある種の使命感を持ってきた、その現れが戦争詠とうたびとの歌だと思うのです。どう思われますか。

三枝　僕は塚本さんの「歌の歌」が大好きなんです。〈歌はずば言葉ほろびむみじか夜の光に神の紺のおもかげ〉、廃墟の中から孤立無援の短歌革新の旗をかかげた塚本さんらしい覚悟であり、使命感です。あれは他の人じゃできない（笑）。

永田　確かにあれは塚本邦雄しか詠えないですね。

三枝　これはもう後期塚本邦雄の特徴のひとつで、歌人としての自分の自負を表明したということと、どこか歌っていうのはかっこいいんだということをまだ捨てていない歌い方、その両面から僕は大好きなんです。

永田　僕はそれが一種のマンネリズム、同じ主題で、ちょっと出口がない気がしていたんですけれどね。つまりここまで詠わなくてもいいじゃないかと。戦争の歌はどうですか。僕はちょっと疑問を持つところがあって、塚本邦雄が晩年になって戦争の歌を繰り返し詠い始めたのはなんだったんだろうと思うんですが。

三枝　時代が戦争へ傾斜していくことへのメッセージだという読み方があるけれど、塚本さんが何かあたり前の良識派になってしまった、と感じました。ひとつの言葉遊びというところで読めば読めると思うけれど。

永田　戦争中の自分を懐かしんでいるわけでもないし、単なる戦争への傾斜の危機感の表明でもないと思うんです。塚本邦雄には〈日本脱出したし……〉の一首があり、あの一首に後期の戦争詠は一首も及んでいないと思います。でも塚本邦雄は繰り返し詠った。これはいったい何故なんだと。

三枝　〈春の夜の夢ばかりなる枕頭にあっあかねさす召集令状〉を、みんながさかんに褒めたでしょう。塚本的な現代への危機感だと。そういった反響が塚本さんに逆作用で影響した可能性はありますね。〈驟長愕くなかれ睦月の無蓋貨車處女《をとめ》ひしめきはこばるるとも〉も僕は否定的です。塚本さんがこんな毒のない警告派になってどうする、という感じ。

永田　それもさっきからの議論と同じで、読者が自分のコードとして読める歌に出会うとそれで安心してしまう。戦争というものが出てくると、自分の体験に引きつけたり、意味性で反応する読者の層があって、歌自身の達成度という以上に、塚本邦雄が生の形で戦争を詠ったということに反応した層が結構多かったということじゃないかな。後期で面白いのは、山川呉服店シリーズですね。〈いふほどもなき夕映にあしひきの山川呉服店かがやきつ〉。おそらく最初は「あしひきの」という枕詞を「山川呉服店」につなげたところで面白がっていた。それが、まとまった形ではなく一冊の歌集に一首かそこら入れるというのを続けていったという。読む方も期待して、塚本さんはそれに応えていたんだろうね。あれは面白かったと思いますね。

三枝　佐佐木幸綱さんが塚本さんを〈遊び心〉というキーワードで論じたことがある。塚本さんの歌業を振り返る時には大切な指摘ですね。山川呉服店は後期塚本邦雄の遊び心の成果ですね。

同時代を生きた幸せ

三枝　塚本さんをどう短歌史の中に位置づけるかという点ですが、塚本さんは反第二芸術論で、占領期文化の否定から出発しています。それが私的な感傷性の排除として働いて、反近代の存在にもなった。僕は定型論から見たときに塚本は伝統歌人だと位置づけたことがあります。佐佐木さんの言う〈遊び心〉を重ねると、千三百年の尺度の中では塚本さんは痛切に伝統歌人でもある。近代以降の尺度だけで塚本さんを論じては駄目ですね。

永田　僕は歌を始めた初期に塚本邦雄に出会って、亡くなるまでわりと近くで現実にも何度もお会いして、つくづくよかったなあという気がしています。つまり同時代に生きられてよかったというのが、偽らざる思いですね。これから塚本邦雄を知らない世代、一度も塚本邦雄に会っていない人達が増えてくる。彼らに対してざまあみろという気持ちがある（笑）。塚本邦雄を知っていた、ある時は一緒にしゃべったり酒を飲んだりもしたということは、歌という詩型では抜き差しならない意味を持つこともある。それは後の世代に対する絶対的な優越感でもあります。同時代性というのはそういうことだと思うので、塚本さんが亡くなった時に、ああクロス出来てよかったなあと思いました。僕は残念ながら斎藤茂吉とは会わなかった。岡井隆さんの家に斎藤茂吉が来て「坊ちゃん、部屋を借りてるよ」と言って昼寝していたとどこかで読んだことがあります。生の茂吉を知っていることで、どう歌の読みが違ってくるのかはもっと慎重に言わなければならないけれど、やっぱり茂吉に会ったことがあるのはうらやましいと思っていた。たまたま偶然だけれどそういう経験を自分が得て、とてもよかったなあという気がしますね。塚本さんを忘れないでいる、これが我々が出来る唯一のお礼であり、これからの短歌にとっても大切なことだろうと思います。

「短歌」二〇〇五年（平十七）九月

私を支えた一首

通用門いでて岡井隆氏がおもむろにわれにもどる身ぶるい

『土地よ、痛みを負え』

私にはある時期、この歌にすがって自分を支えていたような時間があった。

この歌が作られていた当時の岡井隆は、職業人としては病院に勤める勤務医であり、一方で、この一連「暦表組曲《かれんだあ》」にも何度も出てくるように、やがて学位をとるべく、日々実験に明け暮れる研究者の卵でもあった。

理系の、特に実験科学者の日常は、文系の研究者からはちょっと想像しがたいタイトな時間の綱渡りである。

サイエンスにはどこまでが仕事の時間と割り切れないところがある。どこまでやっても今日の仕事はそれで終わりというノルマがそもそもない。次から次へ、やりたいこと、やるべき実験が浮かんできて、なかなか家へ帰ろうというきっかけがつかめない。やりたくてやっていることだから、それに苦痛はまったく感じないが、それ以外のことに興味を持ち始めると、とたんに研究者としての生活に支障をきたし、破綻してしまうことさえある。

岡井隆は歌集『土地よ、痛みを負え』のあとがきで、「三年前になるが、やはり初冬のある日の夕暮れ、研究室《ラボラトリウム》の中央で、僕は馬かなにかのように首を垂れて、はげしい譴責を浴びた」と書いた。「僕の業房における態度」が原因だと書く、その〈態度〉が、短歌にのめり込んで、研究が中途半端になっていたことに対する譴責であったことは明らかである。

> おもうにEntweder-oderとは、それ自体問であると同時に答でもあるような一つの状況の異名なのではなかろうか。Sowohl-als《あれもこれも》を希求するのはいい、二者綜合へのけなげな野心は僕自身のものでもあったし、又、ある。しかし、その道がやがてWeder-noch氏の広い前庭へ到っておらぬと誰が知ろう。むしろ、あれかこれかの問に引き裂かれたまま、答と化してしまうにしくはない……。

美しい文章だと、今でも思う。比喩的韜晦が、いっそう痛切に岡井の心情を照らし出す見事な一節である。当時も感動し、いま読んでもやはり同じ切なさで心に届くが、この一節を誰よりも切実に読み返したのは私であったかも知れない。当時の岡井と同じように、あるいはそれ以上に

〈Entweder-oder〉の間に揺れ続けてきたのが私自身であった。

文学か研究か。あれかこれか。もちろん〈あれもこれも〉と希求はしても、往々にしてそれは虻蜂取らず（Weder-noch）への回路を免れることができなくなる。そんな焦りと不安の中に、岡井も身を置いていた。

通用門を出る、さあ、とひとつ身震いをする。この身震いは、「われ」にもどるための通過儀礼、「われ」とはすなわち歌人としての岡井隆である。精一杯一日の仕事をし、同じ教室の仲間たちが眠りにつく頃からが、歌人岡井隆の始まりである。そんな緊張感のなかで、作歌をし、実験をしていた時期の岡井隆を、私自身の若い時間に重ねて思う。


「現代詩手帖」二〇〇五年（平十七）十一月

塚本以降の歌の読み

塚本邦雄さんの通夜の帰り、大阪駅まで帰る岡井隆さんと一緒になった。タクシーでは岡井さんと河野裕子との三人であったが、話題はもちろん塚本邦雄。

岡井隆さんは、同時代を共に走り続けてきた仲間として、言うまでもなく塚本をもっとも身近に感じてきた歌人である。いっぽう私は、地理的に近かったこと、同人誌の批評会やシンポジウムで何度も一緒になったこと、私自身の歌の初めに氏にであったことなどが重なって、私の同世代のなかでは、塚本邦雄の影響をもっとも強く受けている一人なのかもしれない。

タクシーでの三十分ほどの間、塚本さんのもろもろについて話が続いたが、最後に岡井さんが、塚本さんが亡くなったこれからこそ、塚本邦雄を読み直すことの大切さを言われた。塚本邦雄を何人かでじっくり読み込む会などを持ちたいですねと言い、「永田さん、ぜひやりましょうよ」と最後に念を押された。

今年の歌壇を語るときに、この塚本邦雄の死をはずしてはものは言えないだろうが、塚本邦雄という巨人が亡くなったということの大きさは当然あるとして、大切なことは、岡井さんが言うように、これからどのように塚本邦雄を読み直すか、その提起した問題を、またやり残した問題を、そして塚本に代表される前衛短歌の評価を、正負両面から問い直すことであろう。

本誌『短歌』における塚本追悼号が「塚本邦雄以降」となっていたのは、示唆的であった。塚本邦雄を、塚本以降の問題として捉え直そうということであろうか。

ここで塚本邦雄が歌壇に与えたインパクトについて書くつもりはないが、塚本という存在がどんなものであったかともう一度振り返って見ると、私たちは、塚本をどのように読むかという形で塚本作品に対することが圧倒的に多かったような気がする。

もちろん塚本の模倣は多く見られたし、私もその例外ではない。塚本エピゴーネンという言葉が流通した。そう言えば、エピゴーネンなどという語が歌壇用語となって通用したのも塚本が初めてではないだろうか。

それほどに作風においても影響を与え、また喩を駆使し、句割れ・句跨がりによって従来の短歌的リズムとは異なった、異質のリズムをむしろ積極的に導入しようとする塚本作品は、すでに目に見えない形で現代短歌の中に浸透している。現代短歌への浸透という点では、塚本邦雄と俵万智が双璧であると私は個人的には思っている。塚本の喩とリズム、俵のやわらかい口語表現、誰ももはやそれを今さら敢えて真似ようとはしないが、真似ようなどと思っていないそれぞれの作歌過程に、二人の影響は目に見えず浸透してしまっている。

そのような塚本の影響力は当然としたうえで、塚本短歌の残した大きな問題に、塚本をどのように読むかという問題が抜き差しならずあると思う。

『短歌』九月号の追悼特集では、三枝昂之と対談をした。なかで三枝が次のように発言したのを興味深く聞いた。

三枝　だからなるべくみんな立派な読みをしたがる（笑）。立派な読みをするのが、歌の表現からどんどんどんどん離れていくことにもなるわけですね。僕の印象だと、二十年前くらいからかな、塚本邦雄の歌を極めて明快な読みをしたがる動きが出てきたが、それはよくない。表現は表現のまま、なるべくいろいろなものに還元しないで表現として読まなきゃいけない。それでないと詩は面白くない。

このとき三枝が問題にしたのは、

日本脱出したし　皇帝ペンギンも皇帝ペンギン飼育係りも　『日本人靈歌』

に対する読み方であった。対談の中で私が述べたことをも含めてもう一度考えてみたい。

三枝の言う「立派な読み」というのが、まず大切な指摘である。近代短歌から明らかに袂を別ったところのものは、言葉はそれ自体、なんらかの比喩性を帯びており、その言葉の積み重ねである三十一音の中には、当然のことながら、表の意味性のほかに、喩としての言葉の作用が内在している筈だという認識であった。

その歌に何が歌われているか、作者が何を歌おうとしたか、は、いつの場合も鑑賞や批評の第一歩であることはまちがいないが、その射程距離をどこまでにとるかということは、時代性によって大きく左右される。前衛短歌時代の読みは、この距離を可能な限り遠くまで伸ばそうという意識がきわめて強かった。遠くまでという意識には、いかに複雑な意味や象徴性を読み取るかという側面が含まれ、つまり、いかに立派に読むか、その立派さを競ったと言ってもいい。

「この『皇帝ペンギン』を天皇の象徴ととらえ、飼育係に日本の国民を見る、という読みが、かつて菱川善夫によって示された。可能な読みであろう。」と『鑑賞現代短歌・塚本邦雄』で坂井修一は記している。私たちは、この菱川に代表される読みから、塚本の一首に入ったと言ってもいい。すでに発表されていた名高い一首を、その批評文とともに、あるいは批評文から知るという経験は、遅れてその分野に入ってきたものには普通の体験である。なるほど、現代短歌というのは、こんな風にも重層的で、穿った見方をしなければならないものなのか、とまことに素朴に驚いたことをよく覚えている。

塚本邦雄の「皇帝ペンギン」は以来、このような図式の中で読まれてきたが、坂井は先の文のすぐあとに「ただし、戦後の象徴天皇制のニュアンスを思うとき、こうした上段からの言葉の畳み掛けで批判しようとする対象が、『皇室を首座に据えた国家体制』である、というのは、今となってはすこし図式的すぎる読みかもしれない。」と続ける。

最近刊行された『名歌名句辞典』（佐佐木幸綱・復本一郎編）は、古典和歌から現代までの作家について、短歌俳句の紹介と鑑賞文からなる本であるが、私は塚本邦雄の歌三十首が担当になった。この歌数は斎藤茂吉と並んでもっとも多いものだという。佐佐木幸綱による短歌史上の位置づけをうかがわせて興味深い。

その本の中で、先の一首について私は、「『皇帝ペンギン』は確かに天皇の象徴ではあるが、その意味性だけで解釈しようとすると歌が痩せよう。天皇制を暗に揺曳させながら、動物園を出てはどこにも行きようのないペンギンを重ね、飼育係にかすかに自分たちを見るくらいの読みをしておきたい。」と書いた。行数の制約がきびしく十分に意を尽くしてはいないが、「暗に揺曳させながら」という部分と「かすかに自分たちを見るくらいの読み」という部分に、この行数のなかでなんとか言いたいところを伝えようとしたものである。

先の対談のなかで、三枝はこの部分に触れて、「この『かすかに』というところが、近年は我慢できなくなっている」と指摘した。つまりきっちりした図式で理解しないと読んだ気にならない、あるいは理解できたように思えないという、明快な納得への傾斜を言ったものだと考えることができる。三枝の言う、この「我慢できなくなっている読み」という部分は大切な指摘である。

きっちり図式化して、解釈に曖昧さを残さないで理解する、そのような明快さの中に取り零してしまう歌の良さがある。そんな当たり前のことを、ほかならぬ塚本邦雄の作品にさえ言うことができるようになった。私は、そこに歌壇全体の読みの成熟ということを思わざるを得ない。読みの歴史と言ってもいいだろう。

歌を始めたころの自分を思い出してみればわかるように、歌は初めから読めるものではない。読めるようになるまでには、ある程度長い訓練あるいは修練の時間が必要である。個体発生は系統発生を繰り返すという自然科学上の名言があるが、歌が読めるようになるまでの、個人史として時間は、また歌壇全体として読みの力を底上げしていく時間でもある。塚本邦雄という難解な歌を前にして、おっかなびっくりおよび腰で批評をしていた時期には、どうしても図式化しないと不安で仕方がなかった読みも、ようやく自前の感性と自前の言葉で批評ができるようになったということだろうか。

このような読みの成熟をいっぽうに置きながら、しかしいっぽうではいよいよ我慢のできていない性急な読みへの傾斜も急である。何を言っているかだけを議論して終わってしまう(意味読み)、この歌の象徴するものはと言って、その象徴性だけで歌の評価が終わってしまう(喩読み)、あるいはこの歌の主題はこうであると納得すればそこで鑑賞が終わってしまう(主題読み)。本当は、そのようなことを知った上で、そこから批評なり、鑑賞なりがスタートする筈なのに、そこに至る前に分かったような気になる読みが多くないだろうか。三枝昂之の言う「我慢のない読み」である。このような性急な読みが横行すれば、現代短歌の築いてきた読みの豊饒性が犠牲にならざるを得ないことは言うまでもなかろう。
塚本邦雄は近代短歌にはなかった歌の読み方を作品をもって示してきた。それは近代短歌の枠の中では納まりきれなかった読みの可能性であり、であるからこそ、その作品は難解というレッテルを貼られたのである。そこには従来の読みの枠を壊すという明確な意志があった。〈塚本以降〉という時代を生きることになる私たちにとって、塚本以降の読みを模索することは大切なことである。その読みの一つの要素として、性急な意味性や象徴性、主題性におんぶしない我慢強い読みということを考えてもいいのではないだろうかと、思っている。

「短歌」（短歌年鑑平成十八年版）二〇〇五年（平十七）十二月

新しさの価値という呪縛

塚本邦雄が逝った。塚本邦雄をもって現代短歌の始まりとする篠弘の説に私は賛成するが、塚本をもって始まった現代短歌は、それではいつまでも現代短歌であり続けるのだろうか。もちろんこの表現が言語矛盾を孕んでいることは明らかであり、〈現代〉が同時代において終わることはあり得ない。その意味での、〈現代の〉短歌は終わることはないとしても、篠弘の規定した意味での「現代短歌」はいつ終わるのか。あるいは、いつ終わったのか。いつの場合も、終りを跡付けるのは、始まりを跡付けるほど簡単ではない。あるいは、始まりは見えるが、終わりは見えにくいと言っていいかもしれない。いつの間にか終わっていた。同時代人は、常にそのような感覚で時代の終焉を受け容れる。

塚本邦雄に始まる現代短歌では、作品と作者はあくまで別の存在であると考えることを基本にした。作者とは、現実生活における作者という意味である。塚本邦雄がどういう職業にあり、どこで生まれ、どういう教育を受けたかなど、個人情報は不要というのが、〈現実にはどうであれ〉作品享受の基本であった。不要と言うより、それらを排除してのみ正当な読みは保証されるとするのが、前衛短歌の基本路線であった。作者に寄り掛かった読みが短歌を駄目にしてきたと言うとき、その「短歌」は紛れもなく「近代短歌」であった。

現代短歌は近代短歌の否定の上にのみ成り立つという意識の上に成されてきたのが、塚本邦雄に始まる前衛短歌運動である。新しい運動を起こすというのは、常にそういうことであろう。既存のものを打ち壊すことにおいてしか、本当に新しいものは出現しないと考える。

そこにおいては「新しいこと」がすなわち価値であった。これについては佐佐木幸綱がすでにどこかで書いていたか言っていたと思うが、前衛短歌以来の現代短歌においては、「新であることがすなわち価値である」という前提のもとに、さまざまな新しい試みがなされてきたと言える。まだ誰もがやらなかったこと、気づかなかったことを試みる。あるいは、まだ短歌ではなされていない試みを他の分野から導入する。そんな姑息な形も含めて、新しさを競うという動きはいつの時代も若者を中心になされてきた。

新しいものにこそ価値があるという時代はしんどい。誰かが新しい試みをすると、次の世代は、〈それ〉ではない、別の新しさを模索しなければならないからである。新しさの鼬ごっこには終わりがない。

今という時点からレトロスペクトルに振り返ると、そんな新しさの追及は、まさに高度経済成長の時代と軌を一にしていたという事実に思い当たる。社会の発展には限りがないという『成長神話』との深い共犯関係」（鷲田清一「〈想像〉のレッスン」）において保証されていた前提が、〈新〉への駆動力になっていたのだろう。しかし、その「成長神話」がまさに「神話」でしかなかったことが日本のあらゆる分野において思い知らされた後の時代に、いたずらに〈新〉だけを価値基準に置いた試みの多くは、いささか無惨な様相を呈し始めているようにも見えてくる。

社会における「成長神話」がバブルの崩壊によって敢え無く潰えたように、個人における「成長神話」は時間の経過とともに無力さを露呈する。老いの侵入である。いつまでも〈新〉にのみ目を光らせ、どこかに新しい芽はないかときょろきょろしているうちに、作歌主体たる私の老いにはるかに追い越されてしまっているということはないのだろうか。

私個人について言えば、「一歩の新」を自己の作歌の基本においていた時期が確かにあった。そして、それは今でも、尚この短歌という詩型に関わっている大きな理由のひとつでもあり続けているだろう。この長い時間を生き延びてきた詩型に、ほんのわずかでも自己の足場を刻んで、次の世代に残したい。その「一歩の新」に対する希願は抜き難くある。しかし、一方で、詩型に対する責任というか、存在証明というか、そのような外からの視線のほかに、自己の時間経過をどのように自己の全作品のなかに刻んでいけるかという点に強い関心を持ちはじめたことも正直に告白したい気がするのである。もっと平明に言えば、その時々の自分の体験や感想や発見、あるいはそのときどきに考えたことを、詩型における〈新〉とは別のところで記録する、それもまた作歌の大きな駆動力なのではないかと思うのである。

自分がこの生を終えるとき、それまでに残した歌の全体を眺めて、自分の生を肯定してやれる作品を残すこと、こんな視点から、これまで自分の作歌を考えたことはほとんどなかったことに気づく。（念の為言っておけば、この肯定は、自己の生そのものの肯定ではもちろんない。歌を作り続けて来たことを肯定する精神である。）

例え新しくなくとも、あるいはそれが時代の新しさから隔たったところにあるにしても、とにかく自分の足跡がそこにあるという、ささやかな確認は、歌を作り続けていたことの喜びに転化しないだろうか。どこかで「新しくないこと」に対する許容度を保証しておかないと、短歌はぶ厚さ、幅、あるいは奥行きといった、先端の試みだけでは計れない大切な部分を失ってしまうのではないだろうか。それが近代短歌への逆行になるのか、なってはまずいのか、近代短歌以外の方法があるものなのか、実は私にもわかっていない。

「短歌現代」二〇〇六年（平十八）一月

事実とリアリティ

國民年金番號四一七〇ノ二三二六　枇杷くされ果つ　塚本邦雄『魔王』

秋風《しうふう》に壓《お》さるる鐵扉《てつぴ》ぢりぢりと晩年の父がわれにちかづく　塚本邦雄『魔王』

こういうテーマを与えられると、近ごろならまずライブドア事件などを思い出してしまうのが普通だろう。いや私にとってはホリエモンはまだ分かりやすいのだが、近くて遠いものに村上ファンドなるものがあって、あそこで動いている金の問題などになると、あの見事なまでにリアリティと隔絶した金の動きには、ただただ圧倒されるばかりである。

まして、私の大学院生にもひとり変わり種が居て、同じような世界で知る人ぞ知るという存在であるらしいなどという噂を聞くと、ますます自分の世界が希薄に見えてしまうから困ったものだ。

昔、あるところで聞いたことで強く印象に残っている話がある。嬉しかったり、おもしろかったりすると人は笑う。悲しかったり、辛かったりすると人は泣く。実際に泣いている人の写真を撮って、第三者に示すと、かなりの確率で、その泣き顔を、笑っているところだと見てとってしまうのだそうだ。

なるほどわかるような気がする話だが、後段があって、映画などの俳優に泣いてもらって写真を撮る。すると今回はほぼ百パーセント、その写真を見た人は、泣いていると応えるのだという。本当に泣いているのに、ある一場面だけを切りとると、笑っているようにも見える。いっぽうで、悲しくもないのに、〈専門家〉が泣いているポーズをとると、まちがいなくそれは泣いていると受け取られる。

そう、リアリティとはそんな希薄なものである。

塚本の『魔王』から二首選んだ。これには種本があって、三枝昻之による『対論現代短歌の修辞学』というおもしろい本にあげられている。正確には一首目はちょっと話題になっているだけで歌が引用されている訳ではないが。何がおもしろいか？

一首目を読んで、この国民年金番号を本当に塚本の年金番号と思うだろうか。「あの！　塚本が」、である。この番号の真偽を問いただす三枝の問に、「私の国民年金番号です。何だったら何とか局にお聞きになっては？　いくらもらっているかも分かります」というのが塚本の答え。実際に塚本の口調とイントネーションを知っていないとこのくだりで笑えないかも知れないが、私は笑ってしまった。

「たとえば国民年金番号がもし創作だとすると、もうちょっと気のきいた番号にしますよ。これは私自身への皮肉なんです。たまには本当のことを言うバカという。（中略）これもともと嘘みたいな歌ですけど、それでも韻をふまないとか配慮の痕跡がないほうが、そういう真実味があります。」という塚本の言葉が続く。

いろいろ大切な要素が含まれた発言であるが、ひとつだけ採り上げておくと、〈できすぎた〉ものでないものの方が本当らしいということがあろう。得てして素人が失敗するのは、如何に歌らしく立派にしようかという配慮や細工が、歌のリアリティを削いでしまうという点である。「もともと嘘みたいな歌」がリアリティを獲得するためには、この場合なら番号にまったく何の意味も付与しない、番号が何らの「気のきいた」意味を持たないことが大切だという塚本の認識がある。

二首目はどうだろうか。「晩年の父がわれにちかづく」にはどこか切ないものがある。秋風が鉄扉を少しずつ圧している。その圧されている鉄扉のように「ぢりぢりと晩年の父」が近づいてくるというのである。晩年の父を見ながら、作者はそこに自らの晩年をも重ねている、たぶんそう読むのが正解である。

しかるに、作者塚本邦雄は「私、晩年の父なんて全然知りません。生まれて百日目で死んだのですから。」と身も蓋もない。おまけのように付け加えて、「もう一つはね、鉄の扉が秋風で影響を受けるはずは全くないのですよね。」とも言い放つ。そう言えば、なるほどそうであり、鉄の重い扉が秋風で圧される訳もない。作者の弁の通りに、この一首はすべてが嘘なのである。

しかし、この一首についてすでに私自身述べたことがあるが（「NHK短歌」平成十七年四月）、この一首はまことに嘘から出たまことよろしく、リアリティという面から言えば、明らかにリアリティがある。すべて嘘ばかり並べられているにもかかわらず、である。

改めて言うまでもなく、事実だからリアリティがあるのでも、嘘だからリアリティがないのでも、ない。リアリティは、如何に表現されているかというレベルでしか測れないものである。

「短歌研究」二〇〇六年（平十八）四月

薄明の心のほとり

山中智恵子さんの歌は、歌集としては『みずかありなむ』が最初に出会ったものであった。今でも山中さんの最高の歌業と思っているが、難解さということでももっとも際立った歌集でもあった。いきなり歌人山中智恵子の頂点でもあり、またそのもっともとっつきにくい地点に降り立ったことになる。

『みずかありなむ』は、なによりもまず「編者跋」という巻末の文章に度肝を抜かれた。

「あはれこのくにに生まれつ、ひとたれかうたうたはてあるへき。」

冒頭の第一節からして、当時歌を始めたばかりの学生にとっては謎解きそのものである。「歌々果てあるべき、ウン?」と言った具合。すぐ後には、「ここに、おのれかつたなきをもかへりみす、山中夫人智恵子君が集をあまむこころ抱けるも、つとに夫人のみうたたけたかくもあはれふかきをしたひ、おのか志いまたさたまらさるを引きたかめ、かためむよすかとせるゆゑにほかならす。」と続く。

まるで鷗外や樗牛を読んでいるような擬古文の快さに魅かれたことは言うまでもないが、「山中夫人智恵子君」の言い回しにはあっけなく参ってしまった。今の世に、こんな呼び方がまだあり、そんな呼び方で呼ばれる女人がいる。ただただまぶしく、そして衝撃であった。

この跋の書き手は「罵詈山房主人」こと村上一郎であったことは言うまでもない。もちろん会ったことはなかったが、およそこんな時代離れした文章を書く人にお目にかかってみたいと思ったことだった。山中智恵子だけでなく、馬場あき子にも大きな影響を与えた人である。

山中さんとはたぶんそれ以前に出会っている。最初は大阪で開かれた「'67現代短歌シンポジウム」であっただろう。塚本邦雄、岡井隆、寺山修司をはじめとして、当時の歌壇の〈精鋭〉たちが、文字通り轡を並べるといった熱気あふれる会であった。若者たちだけでなく、高安国世や前田透などの世代も参加し、世代を超えたシンポジウムでもあった。個人的には寺山の辛らつな批評の言辞が印象深かったが、いつもながらの寡黙さの故であったか、山中さんの印象はあまりない。『みずかありなむ』が出る一年前のことであった。

『みずかありなむ』を一首一首、それも一日に一章と決めて書き写していったことは、すでに何度も書いたことがある。学園紛争の日々、夕方大学へ行き、焚火を囲みながらバリケードのうちで過ごした後、徹夜明けの埃っぽい身体を抱えて、始発電車で帰っていた。火照ったような、そして炎の匂いのしみついた埃っぽい身体を拭うように、一首一首の歌を写していた。写しているうちに、精神の芯のほうから不思議に静かな安らぎが襲ってくるのが不思議だった。ほとんど意味を理解しようとした筆写ではなかったが、口に称えるように写していくリズムと、埃っぽい身体がきれいに拭き清められるような浄化の感覚が新鮮であった。後にも先にも、あの一時期だけの、そしてたった一冊だけの経験であった。

なぜそんな浄化にも似た感覚を味わうことができたのか、はっきりと説明することはできないが、そこには山中智恵子の歌に感じられる〈自己〉の感受の仕方が大きかったような気がする。山中さんの歌にあっては、山中智恵子という〈私〉は、自然のなかに溶解しているかのように感じられる。あるいは、自然に偏在しているかのようにと言ってもいいかもしれない。くっきりした輪郭で自分が自然のなかに存在するのではなく、自己の輪郭などまことに曖昧模糊と不安定でありながら、歌という言葉でのみ、自然に繋がっているといった態の歌のあり方、自己の提示の仕方が、ただでさえささくれ立って、もう人間の顔を見るのさえ億劫だといった当時の心に直截に訴えてきたのであったかも知れない。

衷ひしもののかへりをうけとめて耳ながく秋を弥勒は坐せり　『空間格子』

絲とんぼわが骨くぐりひとときのいのちかげりぬ夏の心に　『紡錘』

かがよひに合歓こそよけれ薄明の心のほとりゆらぐ夕花　『みずかありなむ』

炎昼を蜻蛉《せきれい》の影よぎりゆきかすかに咽喉は痛みそめつも

このようなあえかな、歌として言葉に出した途端に霧消してしまいそうなはかなさに、心が慰められていたのかも知れない。

後年、山中さんと一緒になって、強い思い出として残っているのは、「極」の同窓会の折のもろもろである。すでに書いたことがあるので繰り返さないが、塚本、岡井、山中など「極」同人の大先輩の輪に紛れ込んで、緊張のあまり早々に飲みすぎてダウン。京都白川院の玄関の暗闇にぶっ倒れていたところを、安永蕗子と山中智恵子が代わる代わる見に来たらしい。人が悪いというべきではなく、心配していただいたのだろうが、後々までも、この若き一夜の思い出から、どうにもこの二人には頭があがらない思いであった。

さて、どうしても付け加えておきたいことがひとつある。誰もが気がつきながら、まだそれについて書かれたものは見たことがない。

山中智恵子にとって田村雅之に出会ったことは、何にも代えがたい幸せであっただろう。田村は、砂子屋書房という出版社を賭けて、山中智恵子と付き合ってきた。山中さんが長く病院に入っていたときも、その期間に作った膨大な歌をつぎつぎと歌集に編んで、出版し続けた。村上一郎が『みずかありなむ』を編んだのと同じように、田村の編集の力が与って大きかったのだろうと思う。おそらく採算など度外視した事業であったのだろう。とことん山中智恵子に付き合うという姿勢、最後まで付き合うという決意は、『山中智恵子論集成』という、大部な一冊となっても残された。

個人的にも深い付き合い方であったと聞いているが、なにより出版人と作家の関係として、稀有なことだと言えるだろう。近頃とみに作家と編集者の関係が希薄になりつつある。そのような中にあって、まことにうらやましいばかりのひとつの典型を示している。今回『山中智恵子全歌集』全二巻が刊行されるが、田村雅之という編集者にとっては、文字通り集大成としての事業であるに相違ない。

このような編集者に出会った歌人の幸せを思い、このような歌人に出会った編集者の喜びを思い、ひそかに快哉の思いを深くするのである。

『山中智恵子全歌集』上巻・栞　二〇〇七年（平十九）七月

〈常民の思想〉——時間につきあう

もう覚えている人はほとんどいないだろうが、今から二十年余り前に、岡井隆が「常民の思想」というキーワードで、地方にいて、こつこつと歌を作り続けている歌人たちの存在について発言したことがある。歌壇の流行や潮流、そして技巧などの新規性といったところからは一線を画して、いわゆる中央誌などが取り上げない一群の、それも大多数の歌人群を、どう捉えることができるかという、それは問いかけであったはずだ。

長く私のなかでは気にかかっていた問題提起であった。そしてその問題提起はどのように岡井隆のなかで発展していくのかと思っていたが、その後、それについての論を読むという機会は訪れなかった。そのうちに、私自身、確かに読んだことは鮮明に覚えているのに、どこで読んだかさえ思い出せなくもなっていた。

久しぶりに岡井隆さんに電話をして、直接尋ねてみた。岡井さんが九州から帰って間もない頃のことであったことは覚えていたが、それは角川の座談会だったでしょうと教えられ、ようやく探し出すことができた。

その発言があったのは、「短歌」一九七七年（昭和五十二年）十二月号、「一九七七年の現代短歌」という座談会であった。二十年あまり前と漠然と思っていたのは、実は三十年も前のことだった。メンバーは岡井隆の他に、岡野弘彦、上田三四二、篠弘、島田修二。みんな若いのにも驚くが、このうち、二人がすでに亡くなっているのも、時間の推移をいやおうなく感じさせる。

さて、読み直してみるとなかなかおもしろい座談会である。一年のシメの座談会であり、最近の話題を論じ合うというスタイルはお馴染のものであるが、途中で岡井のこの発言があって、その話題でひとしきり盛り上がったようである。私の古い「短歌」にも、その部分になにやら多くの線が引かれており、そして書き込みがいくつもあったのには自分でも驚いた。インパクトの強い発言だったのだろう。

土俗論議からの流れで、地方にいる歌人の話がでる。伊藤一彦や、西村尚などの名があがるが、岡井はそうではなく、もっと無名の歌人たちへの目配りについて話をするのである。〈地方へ行くと、中央では知らないような新聞があり、聞いたことのない選者が選をし、そしてその中だけで近代短歌の類型をそのままなぞったような作品を作って死んでいく人たちがいる。〉「そういう人たちの存在というのは、全く無意味かどうかということなんですね」というのが岡井の問いかけである。

「われわれのような…と言うと非常におこがましいですけども、ともかく一応ピックアップされて、ジャーナリズムの中に出て来て、偉そうなことを言っている人たちの作品と、そういう人たちの作品活動というものが、どっかにある一点を支点として同じ重量で釣合う、つまり等価せられ得るような観点があり得るんじゃないか。」

「新聞であろうが、雑誌であろうが、表現して、殆ど仲間内だけからしか注目されないままに過ぎていくというような人たちがいますね。そういう生活をしているのも、偉そうなことを言っているわれわれの生活と一体どこが違うんだというふうな感じがときどきするわけですよ。」

「片一方でどんどんリファインされていくということは結構なんだけれども、リファインしたものを一生懸命作っているが、実は個人の生活とか、そういうものの原点から眺めた場合に同じことじゃないかという認識を、代表的作家の人たちも持たなければいけないんじゃないか、というのがぼくの考えです。」

「だから、なんというのかなあ。常民という言葉があるとすれば、自分もあるいはその一人かもしらん、（中略）そういう一種の畏れみたいなものが、やはり何十年か生きてくると出来てくるんじゃないですか。オリジナリティとかいっても、なんか幻想にすぎないという感じがどうしても出てくる。」

岡井の発言をピックアップすると、だいたいこういう流れになるだろうか。当時、私が驚いたように、他の参加者にとっても驚きだったようで、「意外な発言だねえ（笑）」などという対応に見られるように、みんながうまく対応できないままに中途半端に終わってしまったという印象がある。総合誌で活躍している歌人、特に先頭を走っている歌人の作品について云々することはたやすいし、時代を映すという観点からも、文学の運動という観点からもそれらは意味を持つことだ。しかし、座談会の中でも「文学でないものを「短歌」でやれというわけ？（笑）」と島田修二が問うように、この言わば「常民」の作歌活動という問題は、作品のレベルや短歌史的位置づけという観点からは対処の仕様がないという意味で、現在の眼でみても困難な命題であるには違いない。

私は、多くの場で、いわゆる一般歌人、無名歌人の作品を取り上げ、書いたり、話したりしてきたが、今回、この特集（「現代万葉集」）の依頼を受けて、最初に想起したのが、この岡井発言であった。ここでは、岡井のこの発言を繋ごうと思っているのではない。しかし、今回のテーマを考えるとき、岡井のこのきわめて困難な問題提起を意識しながら考えてみることは無駄ではないだろう。

私は平成四（一九九二）年から南日本新聞という鹿児島の新聞の選歌を担当してきた。南日本新聞にはポリシーがあり、選者は県外からということで、私が始めた頃は、大西民子と山本友一と私の三人。その前には葛原妙子が選者であったという。現在は大西さんに石川不二子さんが、山本さんに高野公彦氏が代わって、三人の体制が数年続いている。

この選歌欄の変わった点は、葉書が直接選者に送られてくること。新聞社を通さないのである。毎日郵便受に葉書が届く。新聞社からまとめてどさっと送られてくれば、それは「歌群」だが、毎日届く葉書は投稿者からの個人通信のようでもある。投稿者と選者が地続きという感じなのだ。そんなふうに、私は四十五歳から十五年間、毎日の葉書につきあってきたことになる。

選者と投稿者の関係にはいろいろのものがあるだろうが、このかなり長いつきあいのなかで私が実感したことの一つは、見たこともない投稿者たちの人生のすぐ横を一緒に走っているという感じである。

牛乳を飲むためにのみ帰り来て子はまた駆け出す炎天の道　　増田美幸（一九九二年）

増由美幸さんは若い母親の歌を多く送ってくることで当時から注目した一人であった。男の子が二人いるが、この歌では子はまだ小学生であろうが、中学生になり、やがて浪人をしていたかと思うと、

長男が一緒に住まなくなったこと猫たちももう気づいているか

増田美幸（二〇〇三年）

と、いつの間にか医学部へ入学している。どうやら夫は弁護士らしい。本人はフルートをやったり、手話を勉強したりと、典型的な幸せ家族の像が見えてくる。

こんな見たこともない家庭の状況にずっと付きあうことになる。子どもの成長とつきあってもいるわけで、彼女の家庭のことはひょっとしたら親戚よりもよく知っているのかも知れない。

まったく知らない人の人生につきあっているという感覚は、たぶんこれら投稿者たちが、技巧だけの歌を作っているのではないというところに起因するだろう。もちろん出来る限りの技巧は凝らすだろうし、あるものは現代短歌の流行に敏感であるかも知れない。私の選歌欄には亀の歌が多く寄せられるが、選者の好みを知り、「傾向と対策」に余念がないのかも知れない。

しかし、一般には、投稿歌には自分の生活を、技巧などには頓着なく精一杯歌おうとしているものが多い。余りにも幼稚な歌がもちろん多いが、そのかわり投稿歌には「時間」があると私は感じる。「時間」はすなわち「常民」の生活としての時間である。自らが生きているという〈この時間〉をなんとか歌にしたいという欲求がひしひしと感じられる歌が断然多い。多くは平凡な、どこにでもある生活であり、歌であるが、そこには紛れもない常民の〈時間〉があると感じられる。

選歌欄から学ぶなどと安易に言うつもりはないが、この愚直なまでの自分の生活に正直な歌いかたは、歌壇的な評価に多くの神経を割き、話題性のある作品をアクロバティックに発表しているか

のような作品が多い歌壇の状況から見ると、時にとても心を洗われるような気分になることがある。先の増田さんにも、

「民衆を導く自由の女神」の絵の民衆Aに子は仮装する　増田美幸（二〇〇〇年）

という一首があった。この歌に私は、「ドラクロアの代表作。普通は最前線の女性にしか視線は集まらないが、後ろの民衆あっての女神である。民衆Aはすなわち名もない民衆。その民衆の役を振り当てられた息子に、作者は主人公になる以上のシンパシーを感じている」と評を書いた。主役ではないわが子に共感している母の姿は、専門誌の歌群のなかに置いてみても、ある種のすがしさがあるのではないだろうか。

この「南日歌壇」で私は、大袈裟に言えば運命的ともいいたい歌と出あうことができた。

逝きし夫《つま》のバッグのなかに残りいし二つ穴あくテレフォンカード　玉利順子（一九九八年）

亡き夫の財布に残る札五枚ときおり借りてまた返しおく　野久尾清子（二〇〇一年）

これまでに何度、この二首について書き、そして講演の場で話してきたことだろう。自分でもまたかと思うが、茂吉の歌を引用しないことはあっても、この二首についてはいつも話をしてきた。

入れ込んでいるのである。私の中では古典的な位置を占めているのかも知れない。

玉利さんの作。病院からいつも電話をしてきた夫。その夫の残されたバッグにテレフォンカードを見つけた。穴が二つ空いている。作者には、その二つの穴で話したさまざまの楽しいこと、悲しいことが思い出されただろう。そして、カードにはあと数個の穴があく筈だった。その穴で話したかったこと、聞いておきたかったこと、あるいは夫への感謝の言葉もその残り数個の穴で伝えられる筈だっただろうか。悲しい寂しいとは一言も言っていないが、その二つの穴という具体が、作者の思いをなによりも雄弁に伝えている。どんな専門歌人の歌と比較しても見劣りすることはないと私は確信している。

野久尾さんの作。亡くなった夫の所持金だから、使ってしまってもいいのである。しかし、作者は時折借りて、好きなものを買い、あるいは映画などに行って、次に金が入ったとき、また律義に返しておく。借りては返すことで、作者はいつまでも亡き夫と会話をし、そして夫を身近に感じていられるのだ。楽しい、微笑ましい歌だが、夫をいつまでも死者として向うへやってしまえない悲しみは、だれもが納得し、そして共感することだろう。

この二首を私が選者として見つけたという、そのことが私には嬉しいし、誇りに思っている。おこがましいが、もし私がこの二首を見落としていたら、ひょっとしたら永遠に日の目をみなかったかも知れないのである。お二人には直接お会いしたことはないが、少なくとも著名な歌人ではない。単なる投稿者や地方結社の一会員という方だろう。しかし、そんな一般の歌人でも、これだけの歌が時としてできてしまう。歌の持つ不思議な力であるが、それだけに選歌はいつの場合も怖しい。

もうひとつの自負は、この二首の宣伝役を買って出ることにより、歌が人々の記憶となって残っていくことの大切さとともに、そのようにして残せる喜びを実感できるようになったことである。これまでに少なくとも数千人の人たちの前で話し、これだけは覚えて帰ってくださいねと念を押しているから、それくらいの人は覚えてくれている筈である。

二首とも、歌を詠んだことのない人たちにもダイレクトにその感動が伝わるらしい。若い科学者たちの前で話したこともあるが、会場で歌などにはまったく縁のない研究者たちの間で、泣いている女性が何人も居て驚いたこともある。そんなことが契機になって、去年には岐阜大学学長の黒木登志夫さんが出版した、中公新書『健康・老化・寿命』という科学書にまで引用されることになった。以て瞑すべしと思っている。

同じ「南日歌壇」で次のような作品を年度賞に選んだこともある。

あの日君はサングラスかけて待つたよね回診の教授吹き出したつけ　山本ゆうこ（二〇〇五年）

事件あればアップで映る鋭利なる検察庁の庁の字の撥ね　鮫島逸男（一九九八年）

身を伸ばしようやく触るる互いの手日朝会談のテーブルの距離　山口龍子（二〇〇三年）

どれもいい歌である。特に山本さんの君は悲しい歌だ。年度賞に選んでわかった事情だが、難病の甥であったらしい。幼くして亡くなったそうだが、おどけてサングラスなどして待っていた少年を診察した後、医師も看護婦も廊下に出て泣いたかもしれない。

地方歌壇の選者をやって、先に引用したような岡井隆の発言が、そのまま納得できるようになっていることに気づく。ある種の畏れ、おこがましいという気持、オリジナリティに奔走していることへの醒めた視線、そして現実の生活にへばりついているかのような歌と、専門歌人たちの作品活動を「等価させる」視野、それらの岡井の提言が、今となってはどれも納得できるものであることに改めて気づく。もっと言えば、自分たちのフィールドとは別のところに、よく見れば優るとも劣らない名歌が営々と作られ続けていることに、より強い畏敬の思いをもつことが、より自然にできるようになったということだろうか。「歌壇」は意識的な歌人の集団であって差し支えないが、現代短歌はそのような歌人だけのものではない。啓蒙とか教育とか、指導的な視線ではなく、同じレベルで「等価」に慎み深く向かい合うということが自分たちにとっても、あるいは自分たちにとってこそ大切であるように思われる。

私は、歌会というのは常に三分の一が入れ替わり、そして何人かは常に素人が居る歌会がおもしろいと言い続けている。ちょっと歌がわかり始めると、頓珍漢な素人が混じることを忌避する（准素人）がいるが、愚かである。歌のおもしろさは、いつもそのようなヘテロな集団がひとつところに集まることによって生れてくると思うのである。ことは歌会だけでなく、歌壇然り、結社然り、そして総合誌然りであろう。

「短歌」二〇〇八年（平二十）二月

「消す」ために歌われる父——寺山修司『月蝕書簡』を読んで

彗星のように現れ、またたくまに去ってしまった作家というものがある。歌壇でもそのような若い歌人は多いが、現代短歌に与えた影響の大きさにおいて、二十代の寺山修司（一九三五—八三年）をしのぐ存在はなかっただろう。

寺山修司が実質的に短歌にかかわったのは、「チェホフ祭」五十首によって第二回短歌研究新人賞を受賞した五四年から、『空には本』『血と麦』『田園に死す』という三冊の歌集刊行までのほぼ十年ほどである。その後の映画演劇などでの活躍はあらためて言うまでもない。本歌集『月蝕書簡』は、没後二十五年に当たって刊行された未刊歌集という。寺山が歌の別れをしてから実に約四十年ぶりの未見の歌群、期待して読んだ。

暗室に閉じこめられしままついに現像されることのなき蝶
履歴書に蝶という字を入れたくてまた嘘を書く失業の叔父

寺山修司

撮影者　有田泰而
提供　㈱テラヤマ・ワールド

これらはかつての「寺山ワールド」そのものであろう。ボキャブラリーだけでなく、発想も『全歌集』までの寺山の世界から地続きのようで、ある意味痛ましくさえ見える。辺見じゅんとの対談の中で、「歌の別れ」を問われ、「歌はできるんですよ。でも、自分の過去を自分自身が模倣して、技術的に逃げ込むわけでね」と応じ、歌の別れからの復帰の難しさを語っているのが印象的だ。殊《こと》にも歌という詩型では、作り続けていないと新しい世界は開けないという事実は、寺山ほどの才能を以《もっ》てしても否定し得ないものなのであろうか。

　パイロットひとりひそかに発狂し月明をとぶ
　旅客機もあれ

とは言え、さすがにはっとする秀歌には事欠かない。この一首、怖い歌である。深夜の旅客機、乗客はみな眠っている。パイロットだけが起きているが、その精神状態は正常ではない。旅客機は目覚めることのない乗客を乗せてどこへ行くのか。現代の世相をも鋭くつかんだ歌と言えよう。

「父」探しは、寺山修司の生涯のテーマであった。初期歌集から変わらない主題であるが、『月蝕書簡』でも父の歌はライトモチーフとして繰り返し登場する。

父酔いて霧のなかにて万才《ばんざい》の両手あぐるは撃たるるかたち
父と寝て父の寝顔を見し夜より行方不明の風見鶏かな

これらの歌に、寺山の代表歌のいくつか、たとえば〈向日葵は枯れつつ花を捧げおり父の墓標はわれより低し〉(『空には本』)や〈すでに亡き父への葉書一枚もち冬田を越えて来し郵便夫〉(『血と麦』)などを重ねてみれば、寺山の意識の中でいかに父というテーマが抜き差しならぬものとしてあったかがうかがい知れる。

父ひとり消せる分だけすりへりし消しゴムを持つ詩人の旅路

父という存在を消せるだけの大きさにまですり減った消しゴムを持って、旅路を彷徨《さまよ》う詩人。この一首は寺山自身の自画像でもあろうと私は読む。

そして一方でこの歌は、消すためには描くしかないというパラドックスをも内包しているだろう。初期歌編以来の父の歌の多さは、いかに父から離陸できるか、寺山自身が父を消す作業であったのかも知れない。父を〈消す〉ために父を〈歌う〉。表現とは常にそのような逆説の上に成り立っているものでもあるだろう。

私はタッチの差で寺山修司とすれ違った世代である。大阪であったシンポジウムの席で寺山が訥々《とつとつ》と、しかし限りなく鋭く辛辣《しんらつ》に話をするのに強い衝撃をうけた。そのあと懇親会場まで佐佐木幸綱と寺山修司が話しながら歩いていた。まだ学生だった私には彼らに直接話しかける勇気はなく、あこがれの歌人に遅れまいと二人の会話に耳をそばだてながら数人の学生たちと歩いたことがなつかしい。〈君に遭う以前のぼくに逢いたくて海へのバスに揺られていたり〉という私の第一歌集中の一首は、そのころ作られたものだが、そこに寺山の影響は紛れもない。

「共同通信」二〇〇八年（平二十）三月

山川呉服店と出羽ヶ嶽文治郎

短歌には「連作」という作品の発表形式がある。ある一つの主題なりテーマのもとに、まとまった数の歌を発表するものである。現在の短歌の発表形式としてはもっとも一般的なもので、意識するとしないとに関わらず、なんらかの意図のもとに作品をまとめるという作業は、誰もが行っていることである。

塚本邦雄には「連作」とは呼べない、しかし、あきらかにそれを意識した不思議な一群の作品があり、以前から気になっている。

いふほどもなき夕映にあしひきの山川呉服店かがやきつ　『詩歌變』

この作品が初めて発表されたとき、あるいはこれが『詩歌變』なる歌集にまとめられたときにも、この一首はさして大きな注目を集めたわけではなかった。「あしひきの」なる枕詞が固有名詞の「山川呉服店」に冠せられていることがもの珍しいという程度であっただろうか。山川呉服店という固有名詞も、多くのフィクショナルな固有名詞を読み込んでいる塚本邦雄の作品世界を考えると、それほど驚くことではない。

しかし、こののちに塚本邦雄は次のような歌を次々に発表する。

山川呉服店破産してあかねさす昼や縹の帯の投売り　『不變律』

あさもよし紀州新報第五面山川呉服店主密葬　『波瀾』

青嵐ばさと商店街地図に山川呉服店消し去らる　『黄金律』

山川呉服店未亡人ほろびずて生甲斐の草木染《くさきぞめ》教室　『魔王』

塋域に白雨　山川呉服店累代の墓碑何ぞしたたる　『獻身』

山川呉服店の盛衰史、あるいは後日譚《ごじつだん》を綴っていくかのような一連である。一連という言い方は正しくなく、塚本はこれらを決して連作としては発表していない。一冊の歌集に一首の割合で、わざと隠すように忍び込ませているのである。最初は軽い遊びのつもりだったのかもしれない。しかし、こうまで執拗に繰り返されると、そこには作者の強い意図と意志が当然感じられよう。これらの一連を、作品発表の時期と連動させる形で、リアルタイムの山川呉服店顛末として構成しようという意図が、どこかの段階で働いたはずだ。最後には「復活祭キャフェ「山川」の扉の前に洋犬

「権兵衛」が寝そべって」（歌壇九十五年十月）という新たな展開を予測させるおまけまで付けて、でである。

私がこの一連の存在に気づいたとき、最初に思い出したのが、斎藤茂吉による文治郎こと出羽ヶ嶽に関する一連の歌の存在であった。

出羽ヶ嶽文治郎、本名佐藤文次郎は、茂吉と同じく山形県南村山郡中川村（現、上山市）に生まれた。出生に関するまことに複雑で不思議な人間関係も興味深いが、ここでは詳しく述べる余裕がない。私はもっぱら大山真人著『文ちゃん伝――出羽ヶ嶽文治郎と斎藤茂吉の絆』（河出書房新社）に頼っているので、興味ある方はそちらを参照いただきたい。

ともあれ文治郎は、小学校の一年生、九歳にして身長五尺三寸余（一六一センチ）というから怖しい。二年生の時には毎日十八キロの炭俵を二キロ離れた別の村まで担ぎとおしたという怪力。まわりではこの子は将来相撲取りになるしかないと皆が思い、また期待し、事実、三年になると早くもうわさを聞きつけた東京の大相撲、横綱梅ヶ谷からの使者が来て、弟子入りするよう要請したという。

文治郎自身は少しも乗り気でなく、最後まで抵抗したらしいが、種々曲折があって、結局、東京のドクトル・メジチーネこと斎藤紀一の青山脳病院に預けられることになった。紀一自身「日本一頭のいい男と、日本一身体の大きい男を養子にする」と豪語したらしいが、もちろん前者は茂吉である。文治郎が斎藤家にやってきたのは大正二年、小学校の五年生である。茂吉自身は、第一歌集

『赤光』が歌壇に大きく認められ、第二歌集『あらたま』の出版に重なる、歌人としての幸福なスタートをきった頃である。

入門を渋っていた文治郎も、大正六年にはいやいやながら両国の出羽ノ海部屋に預けられることになり、その不思議な、そして哀れにも逸話の多い人生がスタートする。

巡業に来ゐる出羽嶽わが家にチャンポン食ひぬ不足もいはず　『つゆじも』

茂吉長崎時代の一首であるが、文治郎を歌った最初の歌のはずである。巡業に来た文治郎が、後に義兄弟となる茂吉を訪ねてきた。茂吉は兄として、文治郎にチャンポンを振舞う。いかにも長崎という風情だが、結句「不平もいはず」に文治郎のおっとりした、たぶんにのろまと見られていたその性格を慈しむかのような茂吉の口吻が感じられる。

一九八センチ、二〇二キロという体格は当時桁外れの大きさだ。当時の大部分の力士との対戦でも、大人と子供の相撲にしか見えなかったという。その割に、入門後の出羽ヶ嶽の昇進の遅さはまた目を見張るほどである。小よく大を征すというが、大男が小兵に見事に土俵に這いつくばわせられるのを見て、観衆は大喜びをし、これまた桁外れの人気力士であったという。

しかし、無責任な観衆とは異なり、茂吉にとっては血はつながらなくとも身内である。出羽ヶ嶽の勝敗に一喜一憂するのは常のことであった。

床に入りて相撲の番付を見てゐたり出羽ヶ嶽の名も大きくなりて　『遍歴』

巡業の組に入りつつ上海に相撲取る出羽ヶ嶽をおもひ出でつも　『たかはら』

番付に出羽ヶ嶽の名を確認し、だんだんに字が大きくなっていく、つまり昇進していくのを素直に喜び、上海巡業で国のために相撲を取っている弟を誇らしくも思っている。

絶間なく動悸してわれは出羽ヶ嶽の相撲に負くるありさまを見つ　『暁紅』

出羽ヶ嶽勝ちたるけふをよろこびて二たりつれだち飯くひはじむ　『寒雲』

勝てば喜び、負ければ動悸しながらそれを注視する。身内が勝負の世界に身を置く家族にとっては、勝負はその日その日の身を刻まれるような心痛であるに違いない。

出羽ヶ嶽にもの話さむとこのゆふべ相撲争議団の一室に居り　『石泉』

またこの時期、出羽ノ海部屋の力士たち三十人余が相撲協会を相手に力士の待遇改善を要求して、ストライキを起こしたことがあった。出羽ノ海部屋のほぼすべての力士が相撲協会を脱退して、新たな組織を作り、別の興行を始めたのである。心ならずもその一員に加わった出羽ヶ嶽は、負けが続くにも関わらず随一の人気力士であっただけに、相撲協会と新たな組織との板ばさみになって苦悩していた。先の歌は茂吉が出羽ヶ嶽を諭すために争議団の立てこもる場に出かけていった折の歌である。

番付もくだりくだりて弱くなりし出羽ヶ嶽見に来て黙しけり　『暁紅』
出羽ヶ嶽引退をすることに極め廻るべき処に吾はまはりぬ　『寒雲』

長い力士生活であったと言う。関脇まで昇り詰めながらも、怪我と無気力で、とうとう三段目まで落ちるという前代未聞の記録を残すことになった。時に出羽ヶ嶽三十八歳。入門を最後まで嫌がっていた文治郎は、こんどは逆に、まわりの懸命の説得にもかかわらず最後まで引退に応じようとしなかったという。私は前記大山氏の『文ちゃん伝』で知るより他ないが、このみんなから愛された弱い巨人は、性格的には相当な頑固ものであったらしい。茂吉もその負けっぷりに見るに見かねて引退を強く勧め、親方株まで買える手はずを整えていたらしいが、とにかく引退が決まってほっとしたというのが、最後の一首である。

斎藤茂吉の出羽ヶ嶽を歌う歌と、塚本邦雄の山川呉服店。これらはどちらも歌集をまたいで、一人の、あるいは一家族の盛衰史、あるいは後日譚《ごじつだん》を綴ったものといえる。茂吉は文字通り身近に義理の弟として面倒を見ていた男の、類稀なまでに数奇な人生のリアルタイムの物語。一方の塚本邦雄の一連は、塚本の内部で小説のように膨らんでいく想像力のなかでの一家族。しかしながら、どちらの歌も、それぞれの歌集の時間と膚接《ふせつ》することによって、大きな時間の存在を読者に体験させる仕組みになっている。歌集を読むという時間のなかで、ある物語に近い顚末のいっさいに付き合うということ、茂吉は自然体であり、塚本は意識的であるが、いずれもそのような時間の堆積をそこに強く感じさせる。そして、塚本の山川呉服店一連は、茂吉の出羽ヶ嶽の一連の歌に影響あるいはヒントを受けたのではないかというのが、私の仮説なのである。

茂吉記念館会報二〇〇八年（平二十）十二月

梨五つ

私がまだ東京で会社勤めをしていた頃。電車のなかで雑誌を読んで、どうにも笑いが止まらなくなったことがあった。こういう状況は、まことに間が抜けていて、ばつが悪い。読んでいたのは、文藝春秋の塚本邦雄のエッセイである。題して「菜葉煮ろ煮ろ」。「數字翻讀詞華集」なる副題がついていた

一九七〇年代半ば、この頃の塚本のエッセイは、冴えわたっていたという印象が強い。歌壇という場を離れて書かれたものが多かったが、韻文定型詩作家の全存在を一身に担って書いているといった、ある種のパセティックなまでの気負いが、文体の隅々にまで過剰なトーンの高さとしてあらわれていた。息を衝かせぬ速度で、次々と展開してゆく知識の量と幅広さに圧倒されつつ、あれよあれよと思いつつ読み終わる、そんな文章である。

この時期の塚本のエッセイを、私は個人的にとても好きなのだが、現在は『國語精粹記』にまとめられた諸篇は、その白眉かもしれない。この一書の前半は、徹底した固有名詞への拘りである。

義兄の住所であった「京都市伏見區深草極樂町」という地名を手掛かりに、三〇ページにおよぶ地名のオンパレード。「天使突抜《てんしつきぬけ》」も実在の京都の町の名だが、これに劣らず「御陵血洗町《みささぎちあらひ》」「蠶《かひこ》の社《やしろ》」等々の不思議な地名が惜しげもなく並ぶ。さらに人名に飛び、どう頑張っても読めない人名やゆかしい固有名詞が、これでもかと目白押しである。果ては、大阪市の電話帳から「夏秋朋《なかば》文」「蜘渡《くもわたり》政吉」などの実在の人名を電話番号付きで拾い出すという念の入れよう。その数一五〇余り。

このあたりの徹底ぶりがいかにも塚本邦雄なのである。その徹底癖は、どこか突き抜けて可笑しい。読み進むにつれて、呆れるとともにじわじわと笑いがこみあげてくる。まったく違うように見えて、どこか齋藤茂吉のおかしさに通じるところがあると私は思っている。

「菜葉煮ろ煮ろ」(『翡翠逍遙』収録)はこれまた徹底した電話番号への拘り。電話番号を如何に読み解くか、その蘊蓄が凄いとしか言いようがない。

塚本が初めて電話を引いたときの番号は、七八二局六二六二番であったという。

菜食主義のあなたは——　・菜葉《なつは》煮ろ煮ろ肉腐れ

ゾラの徒であるあなたは——　・ナナは風呂に六時間

など五案をカードに列記して知人に通知したのだそうだ。「ナナは風呂に六時間」なら誰にでもできそうだが、「菜葉」のほうはどうだろう。「肉腐れ」が憎いのである。「菜っ葉煮ろ煮ろ」で七八二―六二六。そこに「二九」とまでわざわざ入れて「九去れ」と九を引き算してしまうという、まさに超絶技巧。

それから数年後、塚本邦雄の住む東大阪市の局番が変わったのだと言う。七四五局六二六二番。この局番変更が俄然、塚本の闘争心？ に火をつけた。

新しい読みは「梨五つ浪人六人國を出る」。さる大名の姫君には寵愛する六人の若侍がいたが、ある時、分け与えようとした梨が生憎五つしかなかった。誰か一人があぶれるのは忍びないということで六人は揃って禄を捨て浪人に。

ここでどうして私に笑いが止まらなくなったのかおわかりだろうか。「七《な》四《し》五《いつつ》、六《ろう》二《にん》六《ろく》二《にん》」までダイアルをまわすと、電話口に「邦《くに》雄《を》出る」という寸法。電車の中である。あの時は、ほんとうに困った。

「塚本邦雄展」（日本現代詩歌文学館）二〇一六年（平二十八）三月

私の前衛短歌　歌人別目次

塚本邦雄

岡井隆

山中智恵子

寺山修司

春日井建

総論・その他

あとがき

この一冊を読み通していただいた読者は、どのような感想を持たれただろうか。「はじめに」でも少し触れたように、どの文章もずいぶん熱い思いの噴出した文章になっている。いまの私からは、若書きに近いものもあり、恥ずかしいと思えるようなものも多い。しかしいっぽうで、いまなら書けないだろうと思わざるを得ない懸命さとでもいったものが、どの文章にもはっきりと感じられることにも気づいている。いまそれらの文章を振り返ってみて、こうして書いてきたことの意味をも強く再確認するのである。

ここには正面切った作家論のほかに、一～二ページほどの書評の類も収めているが、その書評においても一冊の内容の紹介というよりは、その一冊を、どのようにその時々の歌壇状況のなかに放り込んで、そのなかから意味を見出そうかといった、一般化への志向と姿勢が、やはり露わである。歌壇をはなれて、もっと広く、文学一般のなかで短歌をどうとらえようか、位置づけようかという意図も、若さゆえの性急さとともに否応なく出ているだろうか。

しかし、それは私自身の当時の若さの故も一部にはあるにせよ、より大きくは、時代の若さでも、それはあったといまは思うのである。短歌という詩型を、その抱えている問題を、できるだけ大きな場において把握し、追求したい。そんな熱気とまじめさと、意気込みが、そのまま時代を反映していると言えるのだろう。二〇〇〇年以前の文章に、特にその傾向は露わであろうか。

読み直してみて、現在にいたるも結局解決のついていない問題も、いたるところに見られるのであるが、答えが見いだせていないにしても、ともかくも全力でぶつかっていたことだけは確かである。全力でぶつかっていこうという対象を確かに私たちの世代が持っていたことも、また確かなことなのである。そのことをいまという時代に置き換えて、私は幸せなことであったと思っている。

ここに収載した文章のほかに、前衛短歌に関する文章は、私のこれまでの二冊の評論集『表現の吃水――定型短歌論』『解析短歌論――喩と読者』(いずれも而立書房)にもいくつか収められているはずである。あるいは雑誌「短歌」における共同研究にも前衛短歌に強くかかわったものがあるが、共同研究という性格のものであるので、ここには収めることを控えておいた。これらの文章がおそらく私の前衛体験の総体であるのかもしれない。

しかし、いっぽうで、前衛短歌の洗礼というものを考えると、ここに収められた文章以上に、塚本邦雄、岡井隆をはじめとして、多くの前衛歌人やその評論家とのなまの接点を持った、その場においてこそ、そのヴィヴィッドな影響力はあったともいうべきであろう。多くのシンポジウムに参加したし、私自身もそんなシンポジウムのオーガナイズに携わったこともあった。梅原猛と塚本邦雄の二人がそれぞれ「歌の始め」と「歌の終わり」と題して一つの場で講演をするなどというのも、それまでは考えられなかった企画であったが、この京都のシンポジウムにあって、その中心として動いていたことなども、いまは懐かしく思い出されるのである。そんな直接の体験を可能にした時代に居合わせた幸せをもまた強く感じざるをえない。

ここに収めた文章は、あまりにも私という個人に引きつけすぎた前衛短歌観であるのかもしれない。しかし、客観的な短歌史のほかに、個々人の短歌史というものこそが、時代を鮮明に浮かび上がらせるものでもあると私は思うのである。どの時代にあっても、もっとも強い関心は、同時代の動きにあることは言うまでもないだろう。しかし、そのような共時性のほかに、通時的な視線をどれだけ確保しつつ、現在という時代を見られるかも、また改めていうまでもなく重要であろう。この一書がそのような観点から、前衛短歌を、そして時代を感じなおしていただくきっかけになればうれしいことである。

本書は、長い時間、ともに友人として過ごしてきた砂子屋書房の田村雅之氏の手によって出ることになった。そのこともまた私にはうれしいことである。装丁を倉本修氏にお願いできるのもありがたいことだ。思えば倉本氏とも、本づくり以外のところで長く付きあってきたように思う。そんな友人たちの手によって一書が送り出されていくことに改めて感謝している。

二〇一七年七月二四日

永田　和宏

私の前衛短歌

二〇一七年九月一三日初版発行

著　者　永田和宏

発行者　田村雅之

発行所　砂子屋書房
東京都千代田区内神田三―四―七（〒一〇一―〇〇四七）
電話　〇三―三二五六―四七〇八　振替　〇〇一三〇―二―九七六三一
URL　http://www.sunagoya.com

印　刷　長野印刷商工株式会社

製　本　渋谷文泉閣